당신을 믿고
추락하던
밤

The Blindfold

시리 허스트베트

김선형 옮김

당신을 믿고
추락하던
밤

mu∫intree
뮤진트리

▪ 일러두기

– 이 책은 Siri Hustvedt의 《The Blindfold》(Sceptre, 1993)를 우리말로 옮긴 것
  이다.
– 긴 주석은 본문 하단에 각주로, 짧은 주석은 본문 내에 '—옮긴이'로 표기했다.
– 책 제목은 《 》로, 잡지·논문·작품 제목은 〈 〉로 표기했다.

폴 오스터를 위하여

차례

1

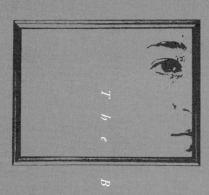

The Blindfold

지금도 가끔은 길거리에서 그 사람을 봤다는 생각이 들 때가 있다. 창문 너머 서 있거나 커피숍에서 고개를 푹 숙이고 책을 읽고 있는 모습을 본 것만 같다. 찰나의 순간이지만, 딴 사람이라는 걸 알아차리기 전까지는 허파가 죄어들고 숨도 잘 쉴 수가 없다.

내가 그 사람을 만난 건 8년 전이었다. 그때 나는 컬럼비아 대학의 대학원생이었다. 그해 여름은 뜨거웠고 불면의 밤이 잦았다. 웨스트 109번가의 방 두 칸짜리 아파트에서 뜬눈으로 누워 도시의 소음에 귀를 기울이곤 했다. 책을 읽고 글을 쓰고 담배를 피우다가 아침을 맞았지만, 진 빠지는 더위에 일조차 할 수 없는 밤에는 침대에 누운 채 이웃 사람들을 구경했다.

창살 사이로 좁은 통풍공 저편의 아파트를 보면 푹푹 찌는 무더위에 옷을 거의 벗은 채 이 방 저 방을 돌아다니는 두 남자가 보였다. 7월의 어느 날, 모닝 씨를 만나기 얼마 전에, 한 남자가 나체로 창가로 와서 섰다. 어스름 지던 즈음에 거기 그렇게 한참을 서 있었는데, 등 뒤에서 비추는 노란 불빛에 벌거벗은 몸뚱어리가 훤히 밝혀져 보였다. 어두운 침실에 숨어 내가 보고 있다는 사실을 남자는 몰랐다. 그때는 스티븐과 헤어지고 두 달쯤 되었을 때라 눅눅한 이불 속에서 몸을 뒤채며 온통 스티븐 생각만 하던 때다. 한시도 마음 편할 때가 없고 어떤 위로도 찾지 못한 채로 말이다.

낮에는 일자리를 찾아다녔다. 6월에는 어떤 의학사학자를 위해 연구조사 일을 했다. 일주일에 닷새 동안 이스트 103번가에 있는 의학 아카데미의 독서실에 죽치고 앉아 대역병에 대한 자료를 찾아 인덱스카드에 채워 넣었다. 페스트 · 나병 · 인플루엔자 · 매독 · 결핵은 물론이고 이제는 희미하게 이름만 기억나는 덜 알려진 질병들도 있었다. 인도마마 · 백고종 · 위황병 · 넝마주이병* · 하녀슬** · 뎅기열 등등. 언행이 느려터진 팔십대 노인 로젠버그 박사는 인덱스카드를 채우는 일을 한

---

* ragsorter's disease. 일종의 탄저병이다.

** 전슬개 건염.

시간에 6달러씩 쳐 주었는데, 그런 자료를 어디다 쓰는지 도통 이해가 되지 않았지만 혹시라도 물어봤다가 몇 시간이나 붙잡혀 설명을 듣게 될까 봐 절대 묻지 않았다. 하지만 일거리를 주던 박사가 이탈리아로 가버리면서 그 일도 끝이 났다. 학생 때는 늘 가난했지만, 로젠버그 박사의 휴가는 당시의 내겐 특히 비상사태였다. 7월 월세도 밀려 있었고 8월 생활비는 아예 한 푼도 없었다. 날마다 아르바이트 공고가 붙는 철학관 게시판에 가 봤지만 항상 누가 먼저 뜯어가고 남은 게 없었다. 하지만 어쨌든 그러던 중에 모닝 씨를 찾았다. 작은 쪽지에 손으로 쓴 일자리 설명은 다음과 같았다. "구함. 이미 진행 중인 프로젝트의 연구 보조원. 문학 전공생 선호. 허버트 B. 모닝." 이름 밑에 있는 번호를 보고 당장 전화를 걸었다. 미처 자기소개도 못 했는데 목소리가 아름다운 남자가 암스테르담 애비뉴의 주소를 불러주며 최대한 빨리 오라고 말했다.

아지랑이가 피던 그날, 나는 내리쬐는 뙤약볕에 눈이 부셔 껌벅거리면서 모닝 씨의 아파트가 있는 공동주택 건물 현관문을 열고 들어가야 했다. 엘리베이터가 고장 나서 4층까지 땀을 뻘뻘 흘리며 걸어 올라간 기억이 난다. 문을 열어주던 남자의 열의에 찬, 진중한 얼굴이 지금도 눈앞에 생생하다. 모닝 씨는 크고 잘생긴 코를 가진 파리한 남자였다. 시끄럽게 숨을 씩씩 쉬면서 문을 열어주더니, 고양이 냄새가 나는 좁고 답답한 방안으로 들어오라고 했다. 사방 벽에 책이 가득 찬 책장이 들어차 있고, 더 많은 책들이 비스듬한 탑을 이루며 방안 여기 저기 쌓여 있었다. 신문이며 잡지들도 여기저기 높이 쌓여 있었고, 블라인드가 굳게 내려져 있는 창문 밑에는 낡은 옷가지 인지 넝마인지가 산더미를 이루고 있었다. 거대한 나무 책상 이 방 한가운데 놓여 있고 그 위에 각양각색 크기의 상자들이 열 개도 넘게 놓여 있었던 것 같다. 비좁은 침대가 책상에 딱 붙여져 있고 구겨진 시트 위에는 책들이 어지럽게 흩어져 있 었다. 모닝 씨가 책상 앞에 앉고 나는 맞은편 낡은 접이의자에 앉았다. 망가진 블라인드 틈새로 가느다랗게 비어져 나온 한 줄기 햇살이 우리 사이 방바닥에 떨어졌고, 빛줄기 속 아지랑 이처럼 피어오르는 먼지가 보였다.

나는 담배를 피우고 안 그래도 흐릿한 방안 공기를 더 탁하 게 만들면서 모닝 씨의 목을 바라보았다. 달처럼 희었다. 내가 와줘서 기쁘다고 한 마디 하더니 모닝 씨는 침묵에 빠졌다. 그 리고 별다른 거리낌도 없이 말간 눈길로 내 전신을 훑었다. 음 란한 눈길인지 그저 호기심인지 알 수는 없었지만 어쩐지 습 격을 당한 기분이 들어 나는 고개를 돌렸고, 이름을 묻는 그에 게 거짓말로 대답을 했다. 순식간에 아무 망설임도 없이 새 성 을 꾸며냈던 것이다. 데이비드슨이라고. 그렇게 해서 나는 아 이리스 데이비드슨이 되었다. 방어 행위였다. 무정형의 위험에서 자기방어를 하는 나 나름의 방식이었다. 하지만 훗날 나는 그 가명에 발목 잡혀 시달려야만 했다. 그 이름은 나를 어딘가 다른 곳으로 이동시켜 궤도를 이탈하게 만들고 한동안 내 온 세상을 기묘하게 바꿔버리는 것만 같았다. 지금 돌아보면 그때의 그 거짓말이 어떤 이야기의 시작이었고, 어떤 불편한 세상으로 통하는 문을 열었다는 생각이 든다. 이름만 빼고 내가 그에게 해준 다른 이야기는 모두 사실이었다. 미네소타의 부모님과 자매들, 19세기 영문학을 전공한다는 얘기, 과거에 했던 연구 관련 일들, 심지어 전화번호까지 다 알려 주었다. 내 말을 듣는 내내 모닝 씨는 줄곧 미소를 머금고 나를 바라보는데, 마음속으로 난 그런 생각을 했었다. 저건 친밀한 웃음이야. 꼭 나를 몇 년이나 알고 지낸 사람 같잖아.

모닝 씨는 자기가 작가라고 말했다. 돈을 벌기 위해 잡지에 글을 쓴다고.

"온갖 취향을 다 맞춰주고 온갖 주제에 대해 다 씁니다." 그가 말했다.

"〈필드 앤 스트림〉〈하우스 앤 가든〉〈트루 컨페션즈〉〈트루 디텍티브〉〈리더스 다이제스트〉에 기고했어요. 단편도 썼고 스파이 소설 한 편이 있고, 시·에세이·리뷰도 썼어요. 심지어 한 번은 미술 카탈로그도 썼지요."

그러더니 씩 웃으며 한 팔을 휘저었다.

"'스탠리 루빈의 리듬감 넘치는 캔버스는 매너리즘에 빠지고 있음을 보여준다. 그중에서도 폰토르모에게. 긴 파상형의 형태가 넌지시 암시하는 것은…' 뭐 이런 거죠."

그가 웃음을 터뜨렸다.

"같은 필명으로 기고하는 일이 드물어요."

"자기 글이면 그 뒤에 서 계셔야 하지 않나요?"

"저야 제가 쓴 모든 글 뒤에 있죠, 미스 데이비드슨. 보통은 앉아서, 가끔은 서서. 18세기에는 서서 글을 쓰는 일이 흔했죠. 에스크리투아르라고 하는 당시의 책상 앞에 서서 썼어요. 토머스 울프도 서서 글을 썼고요."

"꼭 그런 뜻으로 드린 얘기는 아닌데요."

"그럼요, 그렇겠죠. 하지만 허버트 B. 모닝이라는 이름으로 어떻게 〈트루 컨페션즈〉에 글을 씁니까. 펀 루스라는 이름이면 몰라도. 그런 거예요."

"가면 뒤에 숨어계시면 좋으신가요?"

"신나죠. 제 삶에 색채와 위험을 가져다주니까."

"위험이라니 좀 과장 아니에요?"

"그렇게 생각지 않습니다. 각 프로젝트마다 딱 맞는 이름을 쓰면 세상에 못 할 일이 없어요. 이게 아무렇게나 하는 일이 아닙니다. 내가 할 말인지는 모르겠지만, 각 일거리에 맞아떨어지는 남자 혹은 여자를 연상시키는 가명을 생각해 내려면

재능이, 아니 천재성이 필요하단 말이죠. 예를 들어서 그 미술 카탈로그는 드윗 L. 파커가 썼고 스파이 소설은 마틴 블레인이라는 사람이 썼단 말입니다. 하지만 위험부담도 있어요. 아무리 세심하게 짠 계획이라도 틀어질 수가 있거든요. 제가 선택하는 가명 밑에 과연 어떤 사람이 숨어 있는지는 미리 알 길이 없어요."

"알겠어요." 내가 말했다. "그렇다면 지금은 누구시냐고 여쭤봐야 되겠는데요."

"지금 숙녀 분께서는 영광스럽게도 다른 인격의 간섭 없이 허버트 B. 모닝 본인과 대화하고 계십니다."

"모닝 씨께서는 무슨 일로 연구 보조가 필요하신지요?"

"일종의 전기를 쓰고 있어요." 그가 말했다.

"자질구레한 삶의 물건들, 조각과 편린, 보물과 쓰레기. 문제의 물건들에 자유롭게 반응할 당신 같은 사람이 필요해요. 귀와 눈이 되어주고 필경사이자 목소리가 되어주고 주중 평일에 프라이데이처럼 나를 도와줄 사람. 날카롭고 예민한 사람. 그러니까, 저는 생명이 없는 세계의 본질을 억지로 열어젖히려 하고 있다 이 말입니다. 현재의 인류학이라 해도 좋을 겁니다."

나는 할 일을 좀 더 구체적으로 설명해 달라고 했다.

"3년 전 그 여자가 죽었을 때 시작된 일이죠."

생각에 잠긴 듯 그가 잠시 말을 멈췄다.

"소녀… 젊은 여자였습니다. 알긴 했어도 아주 친하지는 않았어요. 아무튼, 그녀가 죽고 나서 보니 제 수중에 소지품이 상당수 있었습니다. 그저 평범한 일상적 물건들이었습니다. 이것저것, 여기저기, 유실물들이 아파트에 돌아다니고 있었어요. 유기되어 말이 없지만 숙지는 않은 물건들. *그게* 핵심이었죠. 우리가 물건들에 생명이 없다고 생각하는 그런 식이 아니었어요. 죽지 않았더란 말입니다. 어떤 전기가 충전된 것처럼 말이에요. 가끔은 그 에너지로 인해 움직이는 느낌마저 들었죠. 그러다 몇 주일 뒤에는 물건들이 다시 생기를 잃고 물성物性으로 퇴보하는 것처럼 보였습니다. 그래서 상자에 다 넣어버렸어요."

"상자에 넣으셨어요?" 내가 물었다.

"'현재의 이곳'에 닿지 않게 하려고 상자에 넣은 거죠. 물건들에 여자의 자취가 남아 있다는 확신이 들었거든요. 세상에 살아 있는, 따뜻한 몸뚱어리의 흔적 말입니다. 안전하게 보관하려고 아무리 노력을 해도 그 몸의 흔적은 차갑게 식어가고 있었어요. 난 알 수가 있었습니다. 너무 오래 끌어서 일이 급합니다. 빨리 움직여야 해요. 물건 하나 당 60달러를 지불하겠습니다."

"물건 하나 당?"

나는 의자에서 식은땀을 흘리며 자세를 바꿨다. 치맛자락을 끌어내려 다리를 감추려고 하는데, 다리의 촉감이 이상하게 싸늘했다.

"제가 다 설명할게요."

모닝 씨는 책상 서랍에서 작은 테이프 레코더를 꺼내 내 쪽으로 밀었다.

"이걸 먼저 들어보십시오. 알고 싶은 건 거의 다 알게 될 겁니다. 들으시는 동안 저는 방에서 나가 있겠습니다."

그러더니 의자에서 일어나 문 쪽으로 갔다. 커다란 노란 고양이가 상자 뒤에서 나타나 그를 따라갔다.

"재생 버튼을 눌러요." 그는 명령을 내리고 사라져 버렸다.

기계를 향해 손을 뻗는데 옆에 있는 공책에 끼적거린 두 마디 말이 눈에 들어왔다.

"여자의 손."

그 말들은 어쩐지 중요해 보였고 나는 지하의 삶으로 통하는 비밀번호라도 되는 것처럼 그 말들을 기억한다. 테이프를 틀자 여자의 목소리가 속삭였다.

"이것은 망자의 물건입니다. 싱글베드의 하얀 시트입니다…."

그 후로 이어진 내용은 물건에 대한 꼼꼼한 묘사였다. 아주 작은 변색과 얼룩, 낡은 면의 질감, 심지어 여러 번 빨아서 글자가 지워진 상표까지 빠뜨리지 않았다. 아마 십 분쯤 이어졌던 것 같다. 공기가 반쯤 섞인 독특한 목소리가 전체 내용을 읊조렸다. 묘사 자체는 지루했으나 시트 말고 다른 것에 대해 뭔가 말해주는 바가 있을까 싶은 마음에 기대에 차서 그 말들을 경청했다. 그러나 그게 다였다. 테이프가 끝나고 모닝 씨가 숨어 있는 문 쪽을 보니 문이 활짝 열려 있고 문에 바짝 대고 있는 모닝 씨의 얼굴 반쪽이 보였다. 역광이라서 얼굴이 또렷이 보이지는 않았지만 연한 머리카락이 반짝거렸고, 내게로 걸어오는 그의 숨소리가 또 힘겹게 쌕쌕거렸다. 그는 내 손을 잡으려 했다. 생각조차 않고 나는 손을 뒤로 뺐다.

"그 여자의 물건들을 묘사해주길 바라는 거군요, 그렇죠?" 격식을 차리며 굳어지는 내 목소리가 들려왔다. "녹음한 묘사가 프로젝트와 전체적으로 어떤 관계가 있는지, 테이프에 녹음한 여자가 왜 속삭이고 있는지 이해가 안 되는데요."

"속삭임이 본질적으로 중요합니다. 온전한 인간의 발성은 지나치게 개성이 강해 그 자체의 역사가 너무 뚜렷하게 도드라지거든요. 전 익명성을 추구하고 있어요. 그래야 사물의 순수성이 막힘없이 새어나와 벌거벗은 정체를 드러내거든요. 속삭임에는 특징이 없어요."

이상하다 못해 제정신이 아닌 프로젝트 같았지만, 어쩐지 마음이 끌렸다. 나는 우연히 맞닥뜨린 이 작은 모험이 즐거웠다. 게다가 모닝 씨의 아이디어도 괴벽을 걷어내고 보면 묘하게 논리적이었다. 예를 들어 속삭임에 대한 논평만 해도 일리가 있었다.

"어째서 묘사를 글로 적지 않으시죠?" 내가 물었다. "그러면 원하시는 익명성을 방해하는 목소리가 아예 없을 텐데요."

나는 그의 표정을 세심하게 살폈다.

그는 책상 위로 바짝 다가들며 나를 똑바로 바라보았다.

"왜냐하면 말이죠. 그렇게 하면 각성을 촉발할 살아있는 존재도 기운도 없을 테니까요."

나는 다시 의자에서 불안하게 몸을 들썩거리며 창문 밑에 쌓여 있는 넝마 더미를 바라보았다.

"각성이라니 무슨 뜻이죠?"

"문제의 물체들이 세밀하게 관찰해 보면 꿈틀거리기 시작하고, 아무 소리도 내지 않지만 인간의 신비를 증언해 준다 이 말입니다."

"여자의 삶에 실마리가 되어 준다는 말씀이세요? 그 여자에 대해 알고 싶다는 거죠? 전기적 정보를 캐내려면 더 직접적인 방법들도 있을 텐데요."

"제가 관심 갖는 부류의 전기는 아니겠죠."

모닝 씨가 나를 보고 웃었다. 이번에는 입을 벌리고 웃었는데, 큼직하고 하얀 치아가 근사했다. 늙은이는 아니네, 나는 생각했다. 쉰도 안 되어 보이는데. 그는 허리를 굽히고 바닥에서 파란 상자를 집어 들어 내게 건네주었다. 중간 크기의 백화점 상자였다.

나는 뚜껑을 잡고 당겨 열려 했다.

"지금은 안 돼요!" 그는 울부짖다시피 외쳤다. "여기서는 안 됩니다."

나는 다시 뚜껑을 밀어 닫았다.

"집에서 혼자 있을 때 해요. 일할 때가 아니면 물건은 꽁꽁 싸서 상자 속에 넣어두어야 합니다. 낱낱이 연구해요. 묘사를 해요. 물건이 말을 하게 해요. 레코더와 새 테이프도 줄 겁니다. 아, 맞다, 묘사는 반드시 '이것은 망자의 물건입니다'로 시작해야 합니다. 모레까지 해줄 수 있겠어요?"

할 수 있다고 대답하고 나는 상자와 테이프 레코더를 받아 들고 아파트를 벗어나 황급히 대낮의 햇빛으로 뛰쳐나왔다. 건물을 등지고 바삐 걸어서 모퉁이를 돌아 아파트에서 볼 수 없는 곳까지 와서야 상자 안을 들여다보았다. 그 안에는 휴지를 뭉쳐 쑤셔 넣어 만든 받침 위에 때가 탄 하얀 장갑 한 짝이 들어 있었다.

그날은 늦게까지 집에 들어가지 않았다. 피서랍시고 냉방이 되는 커피숍에 들어가서는 몇 시간을 죽치고 앉아 장갑에 대한 메모들을 혼자 끼적거리며 월세를 내려면 물건 몇 개를 해 줘야 하나 계산을 했다. 각 사물을 묘사하는 내 글은 촌철살인의 우아한 글쓰기로서 19세기 실증 철학에 근거한 문학적 소품의 습작이 될 거라 상상했다. 잠시만이라도 물건을 언어로 포착할 수 있는 척 믿어보자고 결심했다. 커피를 마시고 글레이즈 도넛을 하나 먹었더니 행복해졌다.

그러나 그날 밤 타이프라이터 옆에 장갑을 두고 작업을 시작하는데 어쩐지 그 사이에 뭔가 변한 것 같았다. 장갑을 만져보고 일어난 보풀을 쓸어보고 아주 천천히 왼손에 끼어보기도 했다. 장갑이 작아서 내 긴 손가락이 다 들어가지도 않고 손목까지 오지도 않았다. 그런데 장갑을 쳐다보고 있자니 똑같은 장갑을 낀 다른 손을 언젠가 본 듯한 기이한 느낌이 들었다. 문득 섬뜩해져서 손가락을 마구 빼며 다급히 장갑을 벗으려다 바닥에 툭 떨어뜨리고 말았다. 이상하게 손을 대기 꺼려져서 몇 분쯤 그대로 두었다. 여기저기 올이 나가고 얼룩진 울 소재의 작은 손은 왠지 끔찍스러워 보였다. 좌초되고 공허한 물건, 그건 무의미하고도 잔인했다. 결국 장갑을 재빨리 주워 상자에 도로 던져 넣었다. 다음 날까지는 아무 글도 쓰지 않을 작정이었다. 너무 더웠다. 너무 피곤하고 너무 불안했다. 활짝 열어둔 창가 침대에 누웠지만 공기는 철저히 정체되어 있었다. 끈적거리는 내 살갗을 만지며 건너편 아파트를 봤지만 두 남자는 자러 들어갔고 창문은 캄캄했다. 난 자기 전에 상자를 다른 방으로 옮겨놓았다.

그날 밤에 비명소리가 시작되었다. 시끄러운 비명소리에 잠이 깼지만 어디서 나는지 무슨 소리인지 알 수가 없어서 처음에는 초여름에 들었던 발정 난 고양이들 울음소리라고 생각했다. 그러나 여자의 목소리였다. 길고 애끊는 통곡은 으르렁거리는 포효로 끝났다.

"그만 둬! 당신 미워! 밉다고!"

여자는 악을 쓰고 또 썼다. 큰 소리에 놀란 나는 뻣뻣하게 굳어 경찰을 불러야 할까 고민했지만, 그래도 한참동안 기다리면서 귀를 기울였다. 누군가 창가에서 "입 닥쳐!"라고 소리를 지르자 비명이 그쳤다. 또 시작될 줄 알았지만 그게 끝이었다. 차가운 물로 수건을 적셔 목·팔·얼굴을 닦았다. 그때 스티븐이 문득 떠올랐다. 예전에 자주 본 모습대로 책상에 앉아 내게 살짝 고개를 돌리고 큰 눈으로 책을 내려다보던 모습. 그때는 스티븐의 몸에 걸린 마법이 아직 풀리지 않고 있었다. 그 육체의 권능에 맞서 나는 몇 달을 씨름하고 격렬한 싸움을 벌여야 했다. 하지만 때가 되자 마법의 힘은 저절로 풀렸고, 이제 스티븐은 그때의 나로서는 상상조차 할 수 없었던 평범한 존재로 변해 버렸다.

다음 날 아침 나는 다시 일을 시작했다. 밝은 낮에 보니 부엌 식탁 위에 놓인 상자는 원래대로 무구한 물건으로 돌아와 있었다. 커피숍에서 쓴 메모를 활용해 찬찬히 녹음을 했지만 어려웠다. 장갑을 곰곰이 살펴보며 다양한 부위들이나 섬유의 결과 얼룩의 색깔에 맞는 단어들을 찾아내려고 애썼다. 주인이 뭔가 더러운 표면을 쓸어봤는지 장갑의 검지 끝이 새카맣게 변해 있었다. 아마도 왼손잡이였나 보다, 하고 나는 생각했다. 이런 건 좋아하는 손으로 하는 동작이다. 지하철 난간을 손가락으로 쓸고 지나가는 소녀. 그 이미지가 일깨운 기억이 전율로 떠올랐다.

"여자의 손."

그 말은 여자의 손, 장갑을 낀 손, 아니면 장갑 그 자체를 의미했을지도 모른다. 의미가 농축된 연상이었지만 막상 그것이 내 안에 불러일으킨 감정은 죄책감 비슷한 것뿐이었다. 억지로 묘사 작업을 계속했지만 글을 쓰면 쓸수록, 장갑의 특징에 더 구체적으로 다가갈수록, 장갑은 점점 더 멀어져갔다. 과학적 정확성의 관점으로 고정시킬 때보다는 디테일을 풍요롭게 묘사할 때 오히려 장갑의 실체가 사라졌다. 사실, 변색·실 뭉침·보풀·풀린 올과 펼쳐진 손바닥을 낱낱이 세세하게 묘사한 내 설명은 눈앞에 놓인 이 슬프고 작은 사물에 대면 생경해 보였다.

저녁에는 퇴고한 글을 녹음기에 대고 읽었다. 속삭여야 한다는 게 영 신경에 거슬렸다. 단어들이 비밀스럽고 낯설어져서 테이프를 들어보니 내 목소리인데도 알아들을 수가 없었다. 조숙한 아이가 눈에 잘 안 띄는 방구석에 앉아 혀 짧은 소리로 횡설수설 늘어놓는 헛소리처럼 들려서, 지금도 영문을 알 수 없는 수치심에 휩싸여 얼굴을 붉히고 말았다.

그날 밤늦게 또 비명소리가 나서 잠에서 깼지만, 비명소리는 지난번과 마찬가지로 몇 분 만에 뚝 그쳤다. 이번에는 다시 잠을 이루지 못하고 막연한 괴로움에 뒤채며 몇 시간을 뜬 눈으로 누워 있었고, 피로와 무더위의 파편적 이미지들이 뇌 속을 가득 채우고 바글거렸다.

모닝 씨는 초인종 소리에 금세 답하지 않았다. 세 번 누른 후 막 돌아서려 하는데 느릿하게 발을 끌며 문으로 다가오는 인기척이 났다. 그는 문간에 서서 내 눈을 똑바로 보고 미소를 지었다. 그 아름다운 미소에 소스라치게 놀란 나는 눈길을 돌리고 말았다. 모닝 씨는 문을 늦게 열어줘서 미안하다고 사과했지만 이유를 설명하지는 않았다. 그날 보니 처음 왔던 때보다 아파트 내부가 더욱 어질러져 있었다. 특히 책상에는 신문과 상자들이 아무렇게나 쌓여 있었다. 테이프는 어떻게 되었느냐고 묻기에 건네주었더니, 그는 나를 부드럽게 잡아끌고 지난번에 자기가 들어가 숨었던 문 뒤로 데리고 갔다.

주방이었다. 아까 그 방보다 덥고 악취가 나는 몹시 비좁은 공간이었다. 싱크대에는 씻지 않은 그릇이 몇 개 있고 카운터에는 책 몇 권이 쌓여 있었으며 커다란 흰색 상자가 하나 놓여 있었다. 옆방에서 테이프가 돌아가면서 장갑에 대해 중얼거리는 부드러운 내 목소리가 간신히 알아들을 정도로 들려왔다. 책 한두 권을 뒤적거려봤더니 하나는 세계전도고 다른 하나는 아담한 《무지의 구름》이었다. 하지만 내 진짜 관심은 온통 하얀 상자에 쏠려 있었다. 상자 앞에서 허리를 숙이고 더 가까이 살펴보았다. 여러 번 열렸다 닫혔는지 상자 모서리가 닳아 있었다. 양 옆은 테이프로 고정되어 있었다. 손가락으로 테이프를 만지며 혹시라도 헐겁게 만들 수는 없을까 생각했다. 손톱으로 노란 테이프 끄트머리를 긁어 봤지만 괜히 패이고 찢어지기만 해서 그만 두고 다른 쪽에서 다시 시도했다. 상자 위로 고개를 푹 숙이고 있는데 문으로 다가오는 그의 기척이 들려 화들짝 물러서다가 그만 실수로 상자를 쳐서 떨어뜨리고 말았다. 상자는 바닥에 부딪혔지만 열리지는 않았다. 다행히 모닝 씨가 문간에 나타나기 전까지 제자리에 올려놓을 수 있었다. 부리나케 상자에서 손을 떼던 내 모습을 봤는지 못 봤는지는 지금도 모르지만, 상자가 떨어질 때 뭔지 몰라도 안에서 속이 텅 빈 물건 특유의 쩔렁거리는 큰 소리가 났으니 그건 들었을 것이다. 하지만 어쨌든 그는 아무 말도 하지 않았다.

우리는 다른 방으로 가서 앉았다. 그가 나를 보았을 때 나는 그의 시선에 남다른 힘이 있다고, 보통 사람들보다 눈도 잘 깜박이지 않는다는 생각을 했다.

"테이프 괜찮았나요?" 내가 물었다.

"좋아요." 모닝 씨가 말했다. "하지만 한 가지 묘사할 때 빠뜨린 측면이 있는데 나는 그게 좀 중요하다고 생각해요."

"뭔데요?"

"냄새."

"그 생각은 못 했네요." 내가 말했다.

"네. 많은 사람들이 생각 못 하는 부분이지만 냄새가 없으면 사물은 정체성을 잃어요. 냄새의 부재로 인해 묘사는 불구가 되고 2차원으로 전락하죠. 모든 사물은 고유의 냄새가 있을 뿐 아니라 장소의 냄새까지 간직해요. 이건 조사에 엄청나게 값진 자산이 되죠."

"어떻게요?" 나는 큰 소리로 물었다.

모닝 씨는 잠시 말을 끊고 창문을 바라보았다.

"결정적인 무언가를 환기하기 때문이죠. 이전에 미처 보지 못한 무언가, 어떤 장소나 시간이나 말 한 마디. 우리가 옷장이나 다락방에 넣어두고 잊어버리는 물건들을 생각해 봐요. 곰팡이·먼지·메말라 바스라진 벌레들의 사체, 그 냄새들이 흔적을 남깁니다. 우리 어머니의 트렁크들은 축축한 양모와 라벤더 냄새가 났어요. 그 냄새가 뭔지 알아내는 데 오랜 시간이 걸렸지만, 일단 찾아내고 나니까 잊어버렸던 일들까지 기억이 돌아오더군요."

"죽은 이 소녀에 대해 기억하고 싶은 게 있으신가요?" 내가 물었다.

"왜 그런 말을 하죠?" 그는 고개를 홱 돌리더니 나를 보았다.

"이런 모든 일에서 뭔가 원하시는 바가 있으신 것 같아서요. 이유가 있으니까 묘사를 해달라고 하시는 거잖아요. 트렁크 얘기를 하시는 걸 들으니까 어쩌면 기억을 일깨우고 싶으신지 모르겠다는 생각이 들어서요."

모닝 씨는 다시 눈길을 돌렸다.

"어떤 세계 전체의 기억이죠." 그가 말했다.

"하지만 그 여자 분을 잘 모르시는 줄 알았는데요, 모닝 씨."

그는 연필 한 자루를 집어 공책에 낙서를 끄적이기 시작했다.

"내가 그런 말을 했습니까?"

"그래요, 그러셨어요."

"사실이에요. 잘 몰랐죠."

"그럼 하시려는 게 뭐예요? 조사하고 계시는 이 사람 누구예요?"

"나도 그걸 알고 싶군요."

"제 질문에 답변을 피하시는군요. 이름이 있었을 거 아니에
요, 그렇죠, 이 여자분 말이에요?"

"이름은 도움이 안 될 겁니다, 미스 데이비드슨." 속삭임처
럼 나직한 목소리였다.

"글쎄요, 해가 되지도 않을 걸요."

모닝 씨는 계속 앞에 놓인 종이에 나른하게 끼적끼적 연필
을 놀리고 있었다. 치맛자락을 정리하는 척 하면서 낙서를 보
려고 목을 쭉 뺐다. 종이 위에는 글자 몇 개가 쓰여 있었다. I
·Y·B·O·M, 그리고 D라고 쓴 것 같았다. M에는 동그라미
가 쳐져 있었다. 그 기호에 혹 어떤 질서가 있다 해도 나로서
는 알아낼 길이 없었다. 다만 어떤 의혹도 품지 않았던 당시
에조차 글자들은 내게 이상한 영향을 끼쳤다. 경미한 질병의
미약하지만 끈질긴 통감처럼 한참을 사라지지 않고 머물렀던
것이다.

연필을 내려놓은 그는 나를 올려다보며 고개를 끄덕였다.

"더위 때문에 땀띠가 났나 보군요, 여기에." 그는 자기 가슴
을 탁탁 쳤다.

"아니요, 이건 태어날 때부터 있던 홍반이에요." 나는 쇄골
바로 밑의 피부를 만졌다.

"포트와인 얼룩 같군요." 그가 말했다. "특징이 있네요. 평생 지워지지 않는 표식. 이런 말은 실례겠지만, 전 그런 흠결을 보면 항상 마음이 짠해지더군요. 우리 필멸의 작은 외면적 기표라고 해야 할까요. 옛날에 썼던 글에서 선천성 홍반을 다뤘던 적이 있는데…."

내가 말허리를 끊었다.

"아무 말도 안 해주실 작정이군요, 그렇죠?"

"우리가 다루는 대상 얘기를 하는 건가 본데, 맞아요?"

"그럼요."

"우리 작업의 본질을 이해하지 못한 것 같군요. 제가 그쪽을 고용한 건 아무것도 모른다는 바로 그 이유 때문입니다. 내가 못 보는 걸 봐 달라고 고용한 거예요. 당신은 당신이니까요. 난 그쪽을 텅 빈 석판 취급하고 있지 않아요. 여기 올 때는 그쪽도 자기 삶을 가져오는 겁니다. 19세기 소설, 미네소타, 모든 면에서 존재의 총체성을 가져오는 거죠. 그런데 당신은 그 여자를 몰랐잖아요. 내가 주는 물건들을 보고, 그것들에 대해 글을 쓰고 말을 할 때, 당신 말과 목소리는 미지의 존재에 촉매가 될 수 있어요. 그 여자에 대한 얇은 작업에 집중해야 하는 지금 정신을 산란하게 만들 뿐이에요. 예를 들어서, 어디 생각해 봅시다. 그 여자 이름이 앨리슨 하트였고 백혈병으로 죽었다고 해 봐요. 눈앞에 뭔가 나타나는 게 있죠, 어떤 이미지. 형광등 조명으로 밝혀진 커다란 병실에 일렬로 놓여 있는 침상이라든가, 그리고 그 여자의 얼굴도 떠오를 거예요. 틀림없이 그럴 겁니다. 앨리슨, 낭만적인 이름이잖아요. 파리하고 해쓱하고, 한때는 아름다웠던 여자가 하얀 시트 아래 누워 있고…. 눈앞에 펼쳐지는 그런 이미지는 내 말뿐 아니라 내 억양·내 표정에 따라 형태가 달라질 테고 결국 그쪽은 자유를 잃고 말 겁니다."

내가 말하기 시작했지만 그가 막았다.

"아니, 내 얘기 끝까지 들어요. 또는 내가 그 여자 이름을", 그는 잠시 말을 멈췄다, "맥신 로빈슨이라고 말해주고 살해당했다고 말해준다 칩시다." 그는 나를 지나쳐 저 멀리 뭔가를 보듯 실눈을 뜨고 문 쪽을 보았다. 그러더니 몇 번인가 심호흡을 했다. "바로 여기 이 건물에서 살해당했다고요. 그러면 내 상자들을 들여다보고 어떤 글을 쓰게 될까요, 미스 데이비드슨? 나만큼이나 알고 있는 사실에 숨이 막힐 겁니다. 그래서는 안 돼요. 절대로 안 됩니다."

"저를 놀려먹고 계시는데 기분이 나쁘네요." 내가 말했다. "묘사에 제 나름의 연상을 끌고 들어온다는 사실을 인정한다면, 어째서 그 여자의 삶과 연루된 사실에 제 삶의 무게를 끌고 들어오면 안 된다는 거죠? 아니 그 여자의 죽음이거나."

"왜냐하면!" 그는 악을 쓰다시피 말했다. "왜냐하면 우리는 발굴 작업을 하고 있으니까. 매장이 아니라 부활이 목표니까 말입니다!"

그는 책상 끄트머리를 잡고 흔들었다.

"속죄요, 미스 데이비드슨, 속죄라고요!"

"맙소사." 내가 말했다. "무슨 죄에 대한 속죄죠?"

모닝 씨는 갑자기 차분해졌다. 의자를 뒤로 밀고 다리를 꼬고 팔짱을 끼고 머리를 비딱하게 한쪽으로 기울였다. 자의식적이고 연극배우처럼 과장된 몸짓이었다.

"세상의 죄를 씻어달라는 거죠."

"그게 무슨 뜻이에요?"

"정확히 그 단어들이 지시하는 그대로입니다."

"그 단어들 말이에요, 모닝 씨." 내가 말했다. "그건 기도문에 나오는 말들이잖아요. 갑자기 종교적인 모드로 들어가시면 어떡해요. 나더러 어떻게 생각하라는 거죠? 세련되게 아무 말도 안 하시는 데 특출한 재주가 있으신 것 같군요."

"참을성을 가져요. 그러면 차차 나를 이해하게 될 겁니다." 그는 미소를 띠고 있었다.

뭐라 대답할 말이 없었다. 뜨거운 방, 어둠, 돌발적인 흥분과 도저히 이해할 수 없는 장광설이 대꾸할 의지조차 앗아가 버렸다. 몇 초도 안 되는 사이 지독한 피로가 덮쳐왔다. 뼈가 쑤셨다. 그래서 결국 이렇게 말했다.

"이제 가봐야 해요."

"좀 더 있다 가시면, 차를 끓여 드릴게요. 크럼펫*도 먹여주고 이런 저런 얘기들도 들려주고. 흠잡을 데 없는 저의 매너와 위트와 상상력으로 혼이 쏙 빠지게 해 드리지요."

나는 고개를 저었다.

"정말로 가야겠어요."

그는 내게 23달러 지폐와 또 다른 상자 하나를 주었다. 이번에는 작고 하얀 보석 상자였다. 그 다음 주 월요일까지만 묘사를 주면 된다고 했다. 나흘 여유가 있었다. 우리는 악수를 했고, 문을 막 나서려는데 그가 내 팔을 툭툭 쳤다. 공감의 몸짓이었다. 나는 그 사람이 내게 진 빚을 갚는 것처럼 당연하게 받아들였다.

두 번째 상자 안에는 얼룩지고 꼬인 솜뭉치가 들어 있었다. 왠지 오염된 물건처럼 만지기가 꺼려졌다. 솜뭉치는 햇빛 아래서 보면 오렌지색으로 보이는 화장품이나 파우더가 묻어 변색되어 있었고, 정체를 알 수 없는 꾸덕한 갈색 딱지가 눈에 띄었다. 나는 솜뭉치가 든 작은 상자에서 멀찌감치 뒤로 물러섰다. 그러면 이 남자는 여자가 죽고 나서 이 물건을 찾아 보

---

* 미국식 핫케이크. 하지만 속어로 '성교'라는 뜻도 있다.

관한 건가? 나는 화장실 쓰레기통에 구부정하니 얼굴을 처박고 남이 쓰다 버린 솜뭉치를 줍는 모닝 씨의 모습을 상상했다. 어떻게 이런 물건들을 찾아낸 걸까? 상자들 속에 여자가 버린 쓰레기를 더 많이 쌓아두고 있을까? 내 상상 속에서 그는 혼자였다. 블라인드를 내린 창문 앞 의자에 앉아 물건의 윤곽선을 따라 손가락으로 쓸어보는 모습이 눈에 선했다. 하지만 상상 속에서는 그가 손에 쥔 물건이 무엇인지 알 수가 없었다. 쭈그린 남자의 몸만 보였다.

　모닝 씨를 방문하기 전까지 나흘의 시간이 주어졌지만 나는 그에게서 전혀 자유롭지 못했다. 그와 나눈 대화의 조각과 파편이 내 사유를 침범해 아무 때나 불쑥, 특히나 야밤에 제멋대로 마구 떠올랐다. 나는 그가 사는 건물에서 여자가 살해당했다는 생각에 온통 사로잡혀 이런 저런 상상을 시작했다. 그런 가능성을 던져줌으로써 그는 나를 놀리고 있었다. 한 가지 죽음의 가능성에 불과한 아이디어로 유혹할 의도였겠지만, 나는 처음 듣는 순간 원래부터 알고 있던 사실 같은 기분이 들었다. 부활·속죄. 모닝 씨는 진짜 격정에 사로잡힌 것처럼 보였다. 말할 때 가빠지던 호흡, 공책의 글자들, 하얀 상자가 떨어졌던 일, 내 팔에 닿던 손길이 기억났다. 하지만 한편으로 나는 그 남자는 협잡꾼이라고, 게임과 수수께끼와 은근한 추파를 즐기는 인간일 뿐이라고 스스로를 설득했다. 그런 사람이 하는 말은 한 마디도 믿으면 안 된다고 마음을 다잡았다. 그렇지만 결국 모닝 씨가 취한 태도가 문제였다. 거짓말 속에 진실을 숨겨두어 어쩐지 그 프로젝트와 여자에 대한 마음만큼은 진심이라고 믿게 만들었다.

그날 밤 나는 몇 시간 동안이나 묘사 작업에 매달렸다. 솜뭉치를 핀셋으로 집어 들고 불빛에 비춰보면서 형용할 말을 찾으려 애썼지만, 도저히 언어로 포착할 수가 없었다. 솜뭉치는 장갑보다 저항이 더 심했다. 은유를 시도했더니 아예 다른 비유대상 속에 푹 가라앉아 버려서 결국 비교 자체를 포기하는 수밖에 없었다. 이 쓰레기는 대체 무엇이었을까? 섬유 냄새를 맡아보고 갈색 얼룩을 바늘로 콕콕 찌르며 앉아 있는데 왈칵 혐오감이 치받쳐 올라왔다. 솜뭉치는 아무 말도 해주지 않는다. 텅 빈 여백, 암호다. 무서운 사건 따위와는 아무 관련이 없을 수도 있는데도 왠지 수치스러운 비밀을 침범한 느낌, 보아서는 안 될 것을 보아버린 느낌에 시달리게 된다. 천천히 글을 쓰는데 내 마음이 갈피를 잡지 못하고 방황했다. 소리가 많은 밤이었다. 옆집에서는 남자와 여자가 스페인어로 싸우고 있었다. 화재 사이렌이 울부짖었고 어디 가까운 데서 불쌍한 개가 우는 소리도 들려왔다. 새벽 두 시경 찜통 같은 좁은 침실에서 녹음기에 대고 묘사를 속삭였다. 녹음이 끝나자 솜뭉치를 다시 상자에 넣어 숨기고 테이프는 다른 방 수납장에 넣어두었다. 문을 닫고서야 나는 내가 뭔가 양심에 가책을 느끼는 사람처럼 굴고 있다는 사실을 깨달았다.

모닝 씨의 집 문 앞 어둑한 복도에 서는 건 세 번째였다. 시끄러운 소리가 아파트 안에서 들려왔다. 외풍이 안으로 들이치듯 휘몰아치는 소리였다. 문에 귀를 바짝 대고 들으니 소리의 정체가 분간이 되었다. 테이프였다. 숨결 섞인 목소리들이 겹겹이 겹쳐서 들려왔다. 그가 묘사들을 재생하며 듣고 있었던 것이다. 유달리 구분이 잘 되는 소리가 따로 있었던 건 아니지만, 그 중에 내 목소리가 섞여 있는 건 확실했다. 나는 문에서 섬찟 물러섰다. 상자와 테이프 레코더를 그냥 문 밖에 두고 도망쳐 버릴까 싶은 마음도 들었다. 하지만 나는 오히려 문을 두드렸다. 그러고 보면 그때쯤 나는 모닝 씨에 대해 뭐라도 알아내지 않고는 배길 수 없었던 것 같다. 뭘 숨기고 있는지 알아내야만 직성이 풀릴 것 같았다. 그래서 녹음기 소리가 꺼지고 테이프가 하나씩 되감기고 서랍이 열렸다 또 닫히는 소리를 그렇게 귀를 쫑긋 세우고 듣고 있었던 것이다.

문을 열어주는 모닝 씨의 매무새는 흐트러져 있었다. 땀에 젖은 머리카락이 이마에 달라붙어 있었고 셔츠 단추가 두 개나 풀려 있었다. 붉게 상기된 그 얼굴을 보지 않으려 눈을 피하면서 이제는 낯익은 방안으로 들어섰다. 블라인드가 여전히 꼭 쳐져 있었다. 이런 어둠을 어떻게 견디고 살까? 나는 생각했다. 모닝 씨가 앞으로 몸을 숙이며 나를 보고 미소를 지었다.

"이런 몰골을 용서해 주세요, 미스 데이비드슨. 잠을 자다가 시간을 까맣게 잊었습니다. 지금 보는 게 오블로모프*적인 제 페르소나입니다. 그냥 잠이 반쯤 깬 상태죠. 미안하지만 브로케이드로 된 실내 가운을 상상해야 할 겁니다. 그리고 정말 무한히 안타깝지만 자카르**는 없습니다."

그가 '잠'이라는 말을 뱉는 순간, 내 가슴이 쿵, 하고 살짝 죄어들었다. 거짓말을 하고 있어, 나는 생각했다. 자고 있지 않았잖아. 테이프들을 듣고 있었잖아.

그는 계속 말했다. "어서 녹음한 것을 주면 내가 당장 옆방으로 내보내드리죠. 그리고 얘기를 좀 합시다. 언제 오나 기다렸어요. 그쪽이 오면 기분이 밝아지거든요."

주방에서 지난번에 본 상자를 찾았지만 거기 없었다. 옮긴 거야, 안에 뭐가 들었는지 내가 못 보게 하려고. 기다리고 있는데 나지막한 내 목소리가 옆방에서 들려왔다. 저 묘사들을

---

* 러시아의 소설가 곤차로프의 대표작인《오블로모프》에 나오는 주인공. 귀족의 집에 태어나 교양과 뛰어난 재질을 가졌으면서도 막대한 유산을 받고 안락한 생활로 들어가자 안일하고 게으른 일상생활을 할 뿐 드디어는 제 손으로 양말 한 짝도 신을 줄 모르는 소극적이고 무감각한 사람이 되어버린다.

** 오블로모프에게 돈키호테의 산초 판자 같은 존재. 무의미한 존재를 유지하기 위해 오블로모프는 유능한 하인 자카르에게 전적으로 의지한다.

테이프에 대고 읽어줄 사람을 몇 명이나 고용한 걸까? 정말로 어디다 쓰는 걸까? 한순간 흐트러진 침대에 누워 혼란스러운 목소리들을 듣는 그의 모습을 상상했지만 금세 떨쳐 버렸다. 그때 그가 문간에 나타나 옆방으로 따라 오라고 내게 손짓을 했다.

"어려운 물건인데 잘 했더군요." 그가 말했다.

"어디서 구하신 거죠?" 내가 말했다. "그리 대단한 의미를 담은 물건 같아 보이지는 않던데요. 쓰다 버린 솜뭉치 한 조각."

"바로 그런 류의 물건이 가장 많은 걸 말해 주고 또 가장 애상적이죠. 당신 묘사에도 있잖아요, 파토스라고."

"어디서 구하셨어요?" 나는 거듭 말했다.

"그 여자가 여기 두고 갔어요." 그가 말했다.

"누구였는데요? 어떤 관계였죠?"

"도저히 참지를 못하는군요, 그렇죠? 당신은 호기심에 죽을 지경이에요. 그쪽처럼 똑똑한 여학생에게 당연히 예상할 만한 반응이죠. 솔직히 그 여자가 내게 무엇이었는지 우리가 어떤 관계였는지 모르겠어요. 알았다면 이 문제로 이런 작업을 하지도 않을 거구요. 하지만 그쪽한테 만족스러운 대답은 아니겠죠?"

나도 모르게 한숨을 쉬고 고개를 돌렸다.

"제게 해주신 얘기들이 어딘가 잘못됐고, 말 뒤에 뭔가 숨겨져 있다는 느낌이 들어요. 그래서 불편합니다."

"듣고 싶은 말을 해줄게요. 그쪽이 이미 알고 있다고 생각하는 얘기, 그러니까 그녀가 살해당했다는 얘기 말입니다. 이 건물의 지하에 있는 세탁실에서 살해당했어요. 여기 살았거든요."

"그리고 이름은 맥신 로빈슨이었고요."

"아니요." 그가 말했다. "그건 꾸며낸 이름입니다."

"왜요?" 내가 말했다. "왜 그런 짓을 해요?"

"왜냐하면 말이죠, 그때는 사실 관계를 제공한 게 아니었거든요. 내가 제공한 건 이야기였어요. 수없이 많은 가능한 이야기들 사이에 한 가지 이야기. 그쪽을 즐겁게 해주고 계속 돌아오게 만들 작은 실타래 말입니다." 그는 자기 손을 바라보았다. "그리고 나를 살아있게 해주지요. 천 개 하고도 또 하나의 이야기들이."

"한 번이라도 책 얘기는 좀 빼고 말해주면 말도 못하게 마음이 편할 것 같네요."

"노력은 해보죠. 하지만 머릿속에서 굴러다니다가 틱 장애처럼 툭툭 튀어나오는데 어떡합니까. 그 많은 사람들, 그 많은 대화들. 제 뇌 속은 광기의 집이에요."

그는 자기 머리를 손가락으로 가리키며 씩 웃었다.

"그 여자의 진짜 이름이 뭐였어요?"

"그건 중요하지 않습니다. 진심이에요. 지금 그쪽이 하는 일에는 전혀 중요하지 않아요. 이름은 모든 걸 떠올리게 하고 아무것도 떠올리지 못하게 하는 힘이 있지요. 하지만 언제나 지나가지 못하게 길을 막고 있는 커다란 바윗돌 같단 말입니다. 압니다, 내가 전문가죠. 나는 그쪽은 무지한 채로, 그 여자는 익명인 채로, 그대로 있으면 좋겠어요."

그는 나를 빤히 쳐다보았다.

"놀리는 거 아닙니다. 그쪽이 필요해요. 도움이 필요한데 그쪽이 너무 많이 알게 되면 난 그쪽을 잃게 될 거예요. 더이상 묘사를 할 수 없게 될 테니까."

그 목소리에 묻어나는 감정에 마음이 흔들렸다. 그가 부적절하리만큼, 내밀한 속내를 드러낸 느낌이었다. 내 얼굴이 화끈 달아오르는 게 느껴졌다. 말을 하자 내 목소리에 떨림이 느껴졌다.

"전 이해가 안 돼요."

"어떤 삶과 어떤 행위를 이해하려고 노력하고 있는 겁니다." 그가 말했다. "이해할 수 없는 존재의 파편들을 짜 맞추고 기억을 하려는 거라고요. 나는 그 여자 얼굴도 기억 못한다는 거 알아요? 아무리 애써도 떠오르지 않아요. 어떻게 생겼는지는 말해줄 수 있어요. 생김새를 눈·코·입 하나하나 묘사

해줄 수도 있단 말입니다. 그런데 얼굴 전체를 떠올릴 수가 없어요."

"사진 없어요?"

"사진이라니!" 그는 그 단어를 씹어뱉듯 말했다. "나는 참된 회상을 말하는 겁니다. 얼굴이 눈앞에 떠오르는 것 말이에요."

고양이가 모닝 씨의 다리에 몸을 부비고, 그 모습을 나는 바라보았다. 방이 한층 더 시원했다.

"창문 좀 열어주실 수 있어요?" 내가 말했다.

그는 일어나서 블라인드 줄을 잡아당겨 반쯤 걷어 올렸다. 바깥은 아까보다 어두웠다. 회색 구름이 숨 막히는 노란색 아지랑이를 대체하고 있었다. 창문 앞에 서 있는 그의 옆얼굴을 보았다. 풀어진 셔츠와 바지차림으로 한쪽 호주머니에 손을 넣고 거기 서 있는 그 남자는 우아해 보였다. 어깨가 우아해, 하고 나는 생각했다. 그리고 좁은 골반도. 저 사람은 그 여자를 사랑했거나 증오했던 게 분명해.

"저 가봐야겠어요." 내가 말했다.

"묘사 하나 더 해주실 거죠?"

나는 고개를 끄덕였다. 그는 내게 또 다른 작은 상자 하나와 지폐로 23달러를 주고 이틀 뒤에 다시 오라고 말했다. 나는 돈을 쳐다보지도 않고 주머니에 쑤셔 넣고 일어났다. 창문 쪽에서 산들바람이 불어왔다. 날씨가 바뀌고 있었다. 문간에서 그가 손을 내밀었고 나는 그 손을 잡았다. 그는 과하게 오래, 몇 초는 더 악수를 끌었고 내가 손을 잡아 빼자 내 손바닥을 엄지로 꾹 눌렀다. 나는 화들짝 놀랐지만, 그러면서도 어쩐지 낯익은 흥분의 전율을 느꼈다.

놀라운 속도로 날씨가 싸늘해져 있었다. 하늘에는 시커멓게 구름이 뒤덮여 있었고, 집으로 휘적휘적 걸어오다 얼굴을 들어 올려다보니 처음 내리는 빗방울이 투두둑 떨어졌다. 아파트로 뛰어 들어가서 상자를 열었다. 뚜껑을 열고 티슈페이퍼를 헤쳤다. 세 번째 물건이 내 앞 테이블 위에 놓여 있었다. 거울이었다. 꾸밈없는 거울, 단순한 사각형에 프레임조차 없었다. 별 생각 없이 거울을 들어 내 얼굴을 살폈다. 눈 안쪽에 묻은 졸음을 걷어내고 입가를, 턱 선을 꼼꼼히 살펴본 뒤 거울을 멀찌감치 들고 좀 더 들여다보았다. 아직도 이해할 수가 없지만 거울을 보고 있는데 욕지기와 현기증이 몰려왔다. 나는 앉아서 무릎 사이에 머리를 묻고 심호흡을 했다. 어지럼증은 그 거울과 아무 상관이 없을 지도 모른다. 그날도 그 전날도 나는 먹은 게 거의 없었으니까. 그때는 생활비를 아끼려고 밥값을 줄이면서 대신 담배는 샀었다. 그러니까 어쩌면 그저 단순한 허기였을지도 모른다. 하지만 지금도 그때 그 거울을 생각하면 뭔가가 많이 잘못된 것처럼, 어딘가 병적인 구석이 있는 것처럼, 마음이 심하게 어지러워지곤 한다.

여전히 다리가 후들거렸지만 책상으로 가서 메모를 시작했다. 혼잣말처럼 글을 쓰면서 모닝 씨와 프로젝트에 대한 의문들을 타이핑했지만 무엇 하나 앞뒤가 맞게 끼워 맞출 수기 없었다. 기억·속삭임·부활에 대해 그가 한 말들이 어떤 불가해한 사유나 엽기적인 계획의 파편처럼 산발적으로 내게 돌아왔다. 문 뒤에서 나던 시끄러운 테이프 소리, 그의 손길과 창문 앞에 서 있던 늘씬한 몸매가 생각났다. 글자들, 하고 나는 생각했다. 공책에 쓰여 있던 그 글자. 무슨 뜻이었을까? 이름. 그녀의 이름. 나는 글자들을 이리 저리 돌려보며 말이 되는 순서로 배열해 보려고 애썼다. mob(군중), boy(소년), dim(침침한), 그리고 body(몸)를 찾아냈다. body라는 단어가 내 온몸을 짜릿하게 훑고 지나쳤다, 경미한 신경의 발작. 그러나 말이 되지 않는 얘기였다. 한 남자가 종이에 낙서를 끼적거렸는데, 그 무의미한 낙서를 해독하다니. 개중에는 딱 맞아 들어가지 않는 글자들이 있었다. I. M. M에는 동그라미가 쳐져 있었다. 의혹이 가시지 않았다. 나는 모닝 씨가 사실 숨기기보다는 말하고 싶어 한 거라고, 내게 뭔가 말하고 싶어 했다고, 그 글자, 그 실마리들은 계시였다고, 완곡한 고백의 일환이라고 상상했다.

"너무 많이 알게 되면, 나는 당신을 잃게 될 거요."

우산을 들고 빗속으로 나갔다.

오 분도 못 되어 나는 모닝 씨 집 건물 현관 앞에 서 있었다. 그리고 건물 관리인을 호출했다. 한참을 기다린 후에야, 작고 뚱뚱한 남자가 나와 문을 열어주었다. 하품을 하더니 눈썹을 치켜 올렸다. '원하는 게 뭐요?'라고 묻진 않았지만, 표정에서 바로 느껴졌다.

"아파트를 찾고 있어요." 내가 말했다. "빈 집 있나요?"

이것이 내가 부린 첫 번째 잔꾀였는데 놀랍게도 건물에는 빈 아파트가 한 채 있었다.

"한 달에 375달러요."

관리인은 다시 눈썹을 치켜 올렸다.

"보고 싶은데요."

그는 나를 3층으로 데리고 가서 모닝 씨의 집과 똑같은 작은 아파트 문을 열었다. 나는 집을 보는 것처럼 방방마다 돌아다녔다. 관리인은 따분하면서도 호전적인 얼굴로 문간에 비딱하게 기대서 있었다.

"이 건물에서 살인사건이 있었다는 얘기를 들었어요." 내가 말했다.

"그건 벌써 3년 전 일이에요, 아가씨. 그 후로는 그런 쪽으로 사고가 없었어요."

나는 그 쪽으로 걸어갔다.

"그 여자 이름이 뭐였나요?"

"아가씨 우산에서 내 쪽으로 물 떨어져요."

나는 뒤로 물러서서 다시 한 번 물었다.

"맥신이었나요, 맥신 로빈슨?"

"어이, 어이, 어허." 관리인은 양손을 치켜들더니 펄쩍 뒤로 물러섰다. "이거 무슨 수작이지? 이름은 잘루스키였어요, 셰리 잘루스키. 비밀도 아니고. 어차피 다 신문에 났으니까."

내 눈에 눈물이 고였다.

"왜 그래, 아가씨?" 그가 말했다.

"부탁이에요. 좀 가르쳐 주세요." 내가 말했다. "누가 한 짓인지 찾아냈나요?"

"여기 특별히 이해관계라도 있어요?"

"이야기 좀 해준다고 해될 건 없잖아요."

그래서 관리인은 이야기를 했다. 내가 딱해 보였거나 내 감정에 당황했거나 그랬던 모양이다. 셰리 잘루스키는 그 건물에 살던 간호사였다. 2월 어느 날 밤에 세탁실에서 빨래를 하다가 칼에 찔려 죽었다. 뭔가를 보거나 들은 사람이 아무도 없었다. 바로 직후에 이사를 나간 다른 여자가 다음 날 아침에 시체를 발견했다.

"정말이지 흉측했어요." 관리인의 말이었다. "굉장히 끔찍했다니까."

시체를 발견한 여자는 복도에서 구토를 했다. 경찰은 살인범을 끝내 찾지 못했다.

"몇 달 동안 이 근처를 뒤지고 다녔어요. 하지만 나오는 게 없었지. 한동안은 4층에 사는 남자를 쫓아다니더라고. 모닝 그 사람, 진짜 괴짜지. 심지어 경찰서까지 연행도 했었어요. 세입자들이 전부 전화를 해대고 난리를 피웠지. 결국 풀어줬어요. 뭐 하나도 나온 게 없어서."

"그 사람이 죽었다고 생각하세요?"

"에이. 그 사람 그런 타입 아닙니다."

그곳을 나와 신문을 검색하러 버틀러 도서관으로 갔지만 새로운 게 별로 없었다. 셰리 잘루스키는 그린포인트에서 자랐다. 어머니는 돌아가셨고 아버지는 우체부였으며 여동생이 하나 있었다. 〈타임스〉에서 생전에 잘루스키를 '자비로운 천사님'이라고 불렀다는 친구의 말을 인용했다. 모닝 씨에 대해서는 나와 있는 게 없었다. 기사에 따르면 경찰에서는 용의자를 특정하지 않았다. 셰리 잘루스키는 몇 달 동안 신문 지면에서 사라졌다. 그러다가 그 이름이 뉴욕시의 미제 살인사건에 대해 〈타임스〉가 다룬 기사에 다시 한 번 나왔다. 여자의 사진을 한 장 찾아냈다. 고등학교 졸업사진을 가져다 쓴 걸로 보이는 해상도 낮은 신문기사 사진이었다. 나는 어디론가 들어가는 길을 찾을 수 있을까 해서 사진을 물끄러미 들여다보았으나 이상하리만큼 텅 빈 사진이었다. 작은 눈에 도톰한 입술을 한, 예쁘지도 촌스럽지도 않은 젊은 여자였다.

나는 내 집 현관문에 꼼꼼하게 사슬 자물쇠를 걸고 실내의 불을 모조리 다 켜고 나서야 타이프라이터 앞에 앉았다. 모닝씨를 수신인으로 해서 편지를 쓰고 녹음하기로 마음먹고 있었다. 간단하게 거울을 묘사하긴 했지만 별로 할 말이 없었다. 표면에는 긁힌 자국이 없었고, 두드러진 냄새도 없었다. 한 장소에서는 이미지들이 빽빽하게 들어차 있다가 다른 장소로 옮기면 텅 비는, 충만하면서도 공허한 물건이었다. 밖에서 착실하게 내리는 빗소리 말고는 우리 건물과 길거리가 그날 밤엔 유달리 조용했지만, 틀림없이 들었던 그 소음에 나는 까무라치게 놀라고 말았다. 그게 어떤 사람 소리라는 걸 깨달은 나는 침입자의 소음을 예상하며 기다렸다. 그런데 그 남자는 내 머릿속에 있었다. 우리가 나눈 대화들이 조각조각 부서져 내게로 돌아왔다. 펀 루스, 그 여자의 얼굴이 기억나지 않는다면서 그가 했던 얘기, 그 남자 어머니의 트렁크에서 났던 양모와 라벤더의 냄새. 나는 글을 썼고, 글을 쓰면서 아까 찾아갔던 아파트의 텅 빈 마룻바닥에 누워 있는 그 여자의 몸을 보았다. 왠지 모르지만 항상 그 자리에 그렇게 보인다, 피범벅이 되어 난도질당한 사체가. 시체는 사진에서처럼 흑백으로 보였고, 희미한 알전구 불빛을 받고 있었다. 지금도 그 이미지가 떠오르지만 난 도저히 자세히 볼 수가 없다. 그래서 억지로 털고 쫓아버리고 만다.

저녁은 밤이 되었다. 방안이 어둑해지고 싸늘한 한기가 돌아 팔뚝의 금빛 털이 오소소 곤추선다. 담요로 몸을 감싸고 한 장 한 장 글을 썼다가 구겨버린다. 다 쓰고 나니 겨우 한 장밖에 되지 않았다. 거울이 내 옆에서 스탠드 불빛을 받아 빛나고 있었다. 새벽 한 시쯤에 내가 쓴 것들을 녹음기에 대고 말했지만 다시 들어보지는 않았다. 바람이 내 침대 위로 불었고 나는 깊고 텅 빈 잠에 빠져들었다.

모닝 씨의 방은 그날 서늘하고 축축했다. 창문은 처음으로 열려 있었고 바깥에서 불어오는 바람에 신문지 더미 맨 위에 놓여 있던 신문이 휘날렸다. 남다르게 파리한 그의 뺨은 장밋빛이었고 보통 때보다 숨도 한결 쉽게 쉬는 것 같아 보였다. 그 남자가 내 두려움을 즉시 감지했다고 믿어 의심치 않는다. 내게 말도 거의 하지 않았고 얼굴에도 슬픔 어쩌면 후회 같은 표정이 떠올라 있었다. 부엌에 호젓하게 들어가 숨기 전에 보니, 자필원고처럼 보이는 종이들이 책상 위에 높다랗게 쌓여 있었다.

부엌으로 통하는 문은 닫지 않았다. 살짝 열어두고 문틈에 한쪽 눈을 댔다. 책상 앞에 녹음기를 놓고 켜는 그의 모습을 바라보았다. 그는 의자에 기대 앉아 힘없이 팔을 늘어뜨리고 눈을 감았다. 잠시 치직거리는 녹음기 공전음이 들리고 옆방에서 내 목소리가 나오기 시작했다. 귀를 쫑긋 세우고 테이프에 의무적으로 속삭여 녹음한 짤막한 거울의 묘사를 들었다. 그리고 마침내 온전한 내 목소리가 나오자 모닝 씨가 날카롭게 내 쪽을 홱 바라보는 게 보였다. 재빨리 문을 닫았다. 그리고 내 것임이 분명한 높고 어린애 같은 목소리를 듣는데 어찌나 이를 악물고 있었는지 나중에 턱이 얼얼하게 아팠다.

"그 여자가 누군지 알아요. 그 여자 이름은 셰리 잘루스키였어요. 한동안 당신이 없는 여자를 만들어 낸 걸까 궁금했지만 이제는 그 여자가 실제로 존재했고 당신 건물에 살다가 죽었다는 걸 알아요. 장갑·얼룩진 솜뭉치·거울. 왜 이 물건들이죠? 어디서 찾은 물건들이에요? 내가 이런 질문을 할 거라는 걸 분명히 알았을 거예요. 당신이 유발한 질문들이니까, 어차피 내가 그 여자와 당신에 대해 알아낼 줄 이미 알고 있었던 거죠. 나한테 얘기를 해줬어야 했어요, 모닝 씨. 단서를 흘리는 게 아니라 직접적으로 말해줬어야 한다고요. 아무튼 당신한테는 이 프로젝트가 그날 밤 일어났던 일을 없던 걸로 하려는 시도라는 건 알아요. 이 물건들이 내가 이해할 수 없는 어떤 정교한 아이디어의 일환이라는 것도 알아요."

테이프에서 잠시 말이 끊겨서 혹시 그가 무슨 소리를 낼까 들어봤지만 아무 소리도 나지 않았다.

"물건들·테이프들·온갖 장광설. 그걸 다 어떻게 해야 할지 모르겠어요, 어떻게 이해해야 할지, 당신을 어떻게 이해해야 할지 모르겠어요. 하지만 죽은 사람이 살아 돌아오지 않는다는 건 알아요."

시끄럽게 찌이익 긁히는 소리가 들렸다. 의자를 끌었던 모양이다. 그러나 테이프는 여전히 돌아가고 있었다. 문에 몸을 바짝 붙여 섰다. 내 몸무게로 그 남자가 못 들어오게 막을 수 있는 것도 아닌데.

"경찰한테 취조를 받은 것도 알고, 그들이 당신을 의심한 것도 알고 있어요. 당신이 죽였다고 하는 얘기가 아니에요. 그저 진실을 말해달라고 부탁하고 있는 것뿐이에요. 그게 다라고요."

테이프가 끝났다. 문 쪽으로 걸어와 반대편에서 손잡이를 돌리는 기척이 느껴졌다. 한 발짝 물러섰다. 숨소리가 요란하게 들렸다. 씩씩거리는 소리는 가슴 깊은 데서 올라오는 것 같았다. 열린 문간에 서서 빤히 바라보는 얼굴이 상기되어 있었다. 뭐라 할 말이 있는 얼굴이었지만, 그는 그냥 입을 다물더니 먼저 호흡부터 가다듬었다.

그가 말했다. "할 말이 뭐가 있어요? 내가 자백하길 기대하는 거죠? 당신 앞에 털썩 주저앉아서 그 여자를 내가 죽였다, 말하라는 거잖아요. 하지만 그런 일은 없을 겁니다. 있을 수가 없다고요."

"무슨 말을 하는 거예요?" 내 입에서 누가 목이라도 조른 소리가 났다.

"난 이미 전부 다 설명을 했단 말입니다." 나를 관통해 아득히 먼 데를 보는 눈빛을 한 그가 문득 왈칵 복받친 감정에 입을 꾹 다물었다. "더는 할 말이 없어요. 이 이야기는 그쪽 거지, 내 것이 아니니까."

"무슨 뜻이죠?"

"그 이야기는 그쪽이 만들어낸 거라는 뜻입니다. 그쪽 거지, 내 것이 아니에요. 당신은 벌써 엔딩을 선택했어요. 탈출할 길을 찾은 거죠. 그러니 필연적으로 만족감을 원하겠지요." 그는 나를 바라보았다. "'사악한 마술사는 돌로 변했어요.' '왕과 여왕은 영원히 행복하게 살았답니다.' '그 남자는 폐인이 되어 감옥에서 죽었다.' 그런 거… 아무튼 뭐든지. 다만 하나 그쪽이 잊고 있는 게 있는데 어떤 건 말로 형용할 수가 없다는 겁니다. 그걸 빠뜨렸단 말이에요. 한동안은 말로 대충 덮을 수 있을지 몰라도 그런 것들은 결국 울부짖으며 돌아올 겁니다. 폭풍으로. 역병으로. 겨우 반쪽짜리 기억이 되어서 다시 돌아올 겁니다. 그쪽과 나의 차이는, 나는 잊은 게 있다는 걸 안다는 겁니다. 그쪽은 모르고." 그는 돌아서서 다른 방을 보고 섰다.

나는 그의 등에 대고 말했다. "그게 나한테 해줘야 하는 말이에요? 진실을 말해달라고 부탁했더니 이런 말을 하는 거예요?"

"그래요." 그가 말했다.

"이해가 안 돼요. 아예 이해를 못 하겠어요. 당신이 그 여자를 죽인 게 아니라고 말해달란 말이에요." 내 목소리가 날카롭게 갈라졌다.

"싫어요." 그가 말했다.

모닝 씨는 책상으로 걸어갔고, 블라인드가 찰랑거리는 소리가 들렸다. 밖에서 불어온 거센 바람에 책상 위에 놓여 있던 서류들이 나부꼈다. 수백 장의 하얀 종이들이 시끄럽게 펄럭거리며 책장과 벽에 부딪고, 의자와 신문 다발 위로 날아가 원목마루를 가로질러 미끄러졌다. 모닝 씨가 황급히 달려가 종이들을 주웠다.

"들어봐요, 아이리스. 상황이 달라졌다는 건 알지만 당신을 잃고 싶지 않아요. 내 곁에 머물러 있으면서 일을 더 해 줘요. 지난 2주일 동안 그랬듯이 나와 얘기를 나눠주면 좋겠어요. 있어줄 거죠, 그렇죠?"

그래서 그러겠다고 했다. 한 번 더 묘사를 해주면 다시 추궁할 수 있을 테고, 그러면 그가 진실을 말해줄 수도 있다는 생각을 했지만, 지금은 정말로 그런 이유였던 건지도 잘 모르겠다.

그가 책상 서랍을 열고 또 작고 하얀 상자를 꺼냈다. 양손으로 잡고 내게 내밀었다.

"내일까지. 내일 두 시에요."

내게 녹음기를 주더니 현금이 모자란다면서 아이리스 데이비드슨 앞으로 수표를 끊어주었다.

"그건 받을 수 없어요." 내가 말했다.

"제발 부탁이니 받아줘요." 그가 말했다.

수표를 받았지만 절대로 현금화할 수 없다는 걸 알고 있었다. 널브러진 종이들을 피해 살금살금 문 쪽으로 걸어갔다. 그가 내 옆에서 나란히 걸었다.

문 앞에서 그가 양손으로 내 손을 잡았다.

"마지막으로 하나 더 있습니다. 가기 전에 당신 것을 하나 놓고 가주면 좋겠어요."

그의 눈빛은 형형하게 빛나고 있었다.

"싫어요."

"왜 싫습니까?"

그 손아귀에서 내 손을 잡아 뺐다.

"싫어요."

"작은 거 하나만."

그가 내게로 바짝 몸을 기울이자 풀린 셔츠 섶 사이로 쫙 갈라진 쇄골이 보였다. 희미한 콜롱 향이 풍겼다.

가방을 열고 책·봉투·열쇠들을 마구 헤치고 뒤져서 시커 멓게 흑연 때가 묻은 오래된 녹색 지우개를 하나 찾아 그 손에다 휙 던지며 약속이 있어서 가봐야겠다고 말했다.

나의 상상 속에서 그 남자는 문간에 서서 황급히 계단으로 달려가는 나를 지켜보고 있었고 내가 한 발 한 발 계단을 밟아 내려가는 동안에도 계속해서 거기 그렇게 서 있었다. 끝까지 문이 닫히는 소리는 들려오지 않았다.

길거리로 뛰쳐나가 브로드웨이를 향해 걷기 시작했다. 길모퉁이에 다다라 문득 발을 멈췄다. 비는 이미 그쳤고 하늘이 갈라져 광막하고 공허한 파란 구멍이 드러나고 있었다. 구름의 움직임을 지켜보다 길거리를 바라보았다. 인도며 건물이며 사람들이 완전히 새로운 관점에서, 지독히도 선명해 보였다. 돌연 시야가 또렷해지기라도 한 것처럼 낱낱의 사물이 날카롭게 구분되어 도드라졌다. 바로 그때 나는 물건들을 다 없애버리기로 결심했다. 가방을 열고 수표를 꺼내 갈기갈기 찢어서 커다란 쓰레기통에 버렸다. 녹음기와 열어보지도 않은 상자도 던져 버렸다. 아직도 쓰레기 더미 위에 비스듬히 놓여 있던 검은색 소형 전자기기가 굴러 떨어져 쓰레기 속으로 더, 더

깊숙이 가라앉던 모습이 지금도 눈에 선하다. 녹음기가 떨어지면서 스티로폼 컵 하나를 뒤집는 바람에 연한 갈색 커피 찌끼 한 줄기가 뚜껑 위로 흘러내렸고, 나는 바로 그 순간 돌아섰다. 다른 쓰레기와 뒤섞여 있던 그 버려진 사물들의 기억은 총천연색이지만 소리가 없다. 꼭 영화나 꿈속에서 아무 소리도 나지 않는 도시에 서 있었던 것 같다. 나는 그 물건들을 잠시 바라보다가 그것들이 벌떡 일어나 나를 뒤쫓아 오기라도 할 것처럼 도망쳤다.

그게 끝일 거라고는 생각지 않았다. 어쨌든 모닝 씨는 내 전화번호를 갖고 있었으니까. 찾으려 들면 못 할 이유가 없었다. 그래서 몇 달을 기다렸지만 끝내 아무 소식도 듣지 못했다. 전화벨이 울릴 때면 어김없이 다른 사람이었다.

2

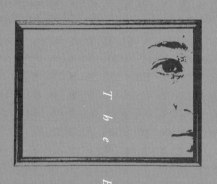

T h e   B l i n d f o l d

조지는 애초에 스티븐의 친구였고 그게 문제의 일환이었던 것 같다. 나는 8개월이나 스티븐을 사귀었고 꽤 자주 함께 있었지만, 우리 연애는 발작적이고 불편했다. 스티븐에게는 비밀이 많았다. 정보를 유보하는 걸 즐겼다. 전화한 사람의 정체·약속 장소·옛 친구의 이름, 심지어 책 이름도 잘 말해주지 않았다. 처음부터 내가 잡을 수 없는 사람이라는 걸 알았어야 했는데, 그때는 그의 육체가 마법과 같아서 자꾸만 걷잡을 수 없이 떼밀려갔다. 그의 목덜미나 손·입을 슬쩍 보기만 해도 성애의 기억이 전율처럼 떠올랐고 쾌락은 갈수록 고통으로 변해갔다. 스티븐은 제 몸마저 할당량을 정해 배급하고 며칠 아니 몇 주일씩 아끼며 감질나게 내어주었고 나는 채워지지 않는 갈망 속에 살았다. 하지만 어김없이, 도저히 더는 참을 수 없어 떠나겠다고 마음을 먹으면 스티븐은 완전히 달라진 모습으로 나타나곤 했다. 열정적이고 허심탄회하고 도저히 뿌리칠 수 없을 만큼 매력적이었다. 우리 둘이 조화를 이루는 시간은 짧았다. 보통은 불과 몇 시간 후면 스티븐이 다시 물러섰다. 얼굴만 봐도 후퇴의 징후가 읽힐 때도 있었다. 눈에 초점이 없어지고 턱이 굳고 입술을 앙다물곤 했다. 그러나 사실은, 스티븐을 내 침대에 두고 있어도 온전히 그가 거기 있는 게 아니라는 느낌을 받을 때가 있었다. 그 몸이 단단한 실체가 아니라서 마음만 먹으면 손을 쑥 넣어 관통할 수 있을 것 같았다. 설명할 수는 없어도 나중에 일어난 일과 관련이 있고 또한 그 빌어먹을 사진과 얽혀 있는 느낌이었다.

처음 두 사람을 함께 본 건 4월 초 어느 추운 날이었다. 버틀러 도서관을 막 나와서 계단을 밟자마자 코트 단추를 채우려고 딱 멈춰 섰는데, 그때 몇 미터 거리에서 다른 청년과 함께 서서 깊은 대화에 빠져 있는 스티븐을 보았다. 두 사람은 나를 못 봤고 나는 몇 초쯤 둘을 지켜보다가 다가갔다. 스티븐이 청년에게 더 가까이 다가가 어깨에 손을 얹고 속삭였다. 그 몸짓의 내밀함에 작은 충격이 짜릿하게 내 몸을 훑고 갔다. 또 나한테 숨기는 사람이 있었구나, 나는 생각했다. 자기 이름을 부르는 소리에 스티븐은 퍼뜩 돌아서서 미소를 지었지만, 나는 그 뺨과 이마에 번진 연한 홍조를 보았다고 생각했다. 하지만 젊은 남자는 웃지 않았다. 어찌나 의미심장한 눈빛으로 사람을 꿰찌르듯 쳐다보는지 나는 터져 나오는 웃음을 참아야 했다.

"아이리스." 스티븐이 말했다. "여기는 조지라고 해."

그리고 그 순간 비가 내리기 시작했다. 우리 세 사람은 꼭 붙어 내 우산을 같이 쓰고 암스테르담 애비뉴에 있는 헝가리 페이스트리 숍으로 걸어갔다. 조지의 어깨가 내 어깨에 스쳤고 스티븐이 내 코트 주머니에 손을 넣은 채 손가락으로 여러 겹의 천 너머로 폭 들어간 내 골반 뼈를 위아래로 쓸던 기억이 난다. 스티븐의 목덜미 쪽으로 고개를 돌리다 조지를 훔쳐보는 스티븐을 보았다. 스티븐은 친구와 눈을 마주치고 싶어 하는 눈치였지만 조지는 똑바로 앞만 바라보고 있었다.

우리는 페이스트리 숍 뒷쪽 테이블에 앉아 커피를 마셨다. 스티븐은 조지를 사진가가 아니라 사진을 찍는 예술가라고 소개했다. 그 점을 강조하는 것으로 보아 뭔가 결정적인 차이인 모양이었다. 그때 했던 말들은 거의 기억나지 않지만, 대화는 활기찼고 뚱하던 조지도 얼굴이 환해졌던 건 생각난다. 조지가 말할 때는 어디인지 꼭 짚어 알아낼 수 없는 억양이 들렸고, 말도 다른 사람들보다 느릿느릿해서 남다른 무게가 실렸다. 그날 나는 달변에 재치마저 넘치는 여자였다. 아니 적어도 내 상상 속에서는 그랬다. 스티븐과 조지가 홀린 듯 듣고 있는 것 같아서 나도 모르게 두 사람이 내 얘기에 매료되었다는 착각에 빠졌던 것 같다. 나중에야 뭔가 다른 기운이 작용하고 있었는지도 모른다는 생각이 떠올랐다. 조지의 존재가 나와 스티븐에게 영향을 미쳤던 거다. 아마 조지와 함께 마신 커피가 아니었다면 스티븐은 그날 오후 나를 자기 집에 데려가지도 않았을 테고 문이 닫히자마자 다급하게, 치열하게 사랑을 나누지도 않았을 거라는 생각이 든다.

바로 그날 스티븐의 침대에 함께 누워 비상계단에 떨어지는 빗소리를 듣고 있다가 조지에 대해 물었다. 오래된 친구야? 어디서 만났어? 그 사람 사진들은 언제? 하지만 스티븐은 말을 아꼈다. 아니, 조지를 알게 된지는 얼마 되지 않았어. 시내 파티에 갔다가 만났지. 사진은 천재적이야. 그게 스티븐이 쓴 단어였다. 말하지 않고 남겨둔 말이 많았지만 나로서는 스티븐이 평소의 버릇대로 과묵한 건지 조지가 일부러 숨겨야 할 이유가 있는 사람인 건지 알 길이 없었다.

조지는 내게 전화를 걸기 시작했다. 커피를 마시자고, 점심을 먹자고, 저녁을 함께 하자고 하면 나는 갔다. 우리는 오랫동안 대화를 나누었고 조지는 금세 내 사연을 전부, 아니 뭐 거의 다 알게 되었다. 조지와 있으면 절로 말하고 싶은 마음이 들었다. 편안한 매너에 친절하고 이해심도 깊어서 속내를 다 털어놓지 않고는 배길 수가 없었다. 하지만 또 다른 무언가, 더 중요한 게 있었다. 조지는 나 자신보다 나를 더 잘 아는 사람처럼 말하곤 했는데, 이런 주제넘은 말투마저 조지에게서는 무슨 마술처럼 작용해 예전에 다른 누구에게도 말한 적 없는 생각과 추억을 술술 풀어놓게 만들었다. 나는 스티븐에 대한 얘기도 했다. 아마 그게 내가 저지른 첫 번째 실수였을 것이다. 하지만 그때 나는 외로웠다. 스티븐과 함께 있으면서도 외로웠고 문장 하나하나 내뱉을 때마다 걱정하는 것에도 지쳐 있었고 하지 말아야 할 말까지 다 해버렸다는 느낌도 지긋지긋했다.

스티븐과 달리 조지는 숨김없고 솔직해 보였지만 사실 자기를 별로 보여주지 않았다. 함께 저녁시간을 보내고 나서 가끔 내가 정말로 그에 대해 아는 게 뭘까 자문할 때도 있었다. 조지는 미국 외교관의 외동아들로 유럽과 아시아에서 성장했다. 아버지는 돌아가셨고 어머니는 브뤼셀에 살고 계시지만 어머니 얘기를 하는 일은 드물었다. 돈은 확실히 있었던 것 같다. 사진 일만으로 그렇게 넓은 아파트와 값비싼 식사를 감당할 수는 없었을 테니까. 옛날 여자 친구들 얘기는 해주었다. 2년 동안 동거했던 스웨덴 건축가, 파리의 3층 건물 창문에서 뛰어내렸지만 죽지 않고 살아난 아름다운 마임 배우, 그 외에도 그 삶에 스치듯 드나들었던 무수한 괴짜 여자들. 하지만 연애 얘기에는 놀랄 만큼 솔직해서 절정과 바닥을 꼼꼼하게 말해주던 한편으로, 그 여자들 얘기를 하는 말투는 꼭 다른 사람의 전기에 나오는 코믹한 캐릭터들을 말하듯 했고, 나는 서서히 이런 이야기들이, 아마 분명히 사실이겠지만, 어쨌든 회피의 수단이라는 느낌을 받기 시작했다. 너무 미끈하고 완전해서 자꾸만 자문하게 되는 것이었다. 구멍은 대체 어디 있는 거지? 하고.

어느 날 밤 조지는 자기 아파트에서(넓고 하얗고 텅 비다시피 한 웨스트 브로드웨이의 로프트였다.) 내게 사진 연작을 보여주었다. 사진들은 2장 1조로 되어 있으며 거리에서 즉흥적으로 찍은 사진과 스튜디오 사진이 쌍을 이루고 있다고 설명해주었다. 사진은 모두 흑백이었다. 첫 번째 사진은 밤에 찍은 것으로, 커다란 차에 올라타는 아주 어린 창녀였다. 내 시선은 곧장 치켜 올린 소녀의 다리에 꽂혔다. 허벅지까지 올라오는 하얀 부츠가 기묘하게 빛나고 있었다. 짝을 이룬 사진에는 반짝거리는 자동차 부품들이 바닥에 널려 있는 모습이 담겨 있었다. 후드·펜더·버킷 시트에 와이어·튜브·호스, 기타 이름도 모르는 내부 부품들이 잔뜩 널려 있었다. 또 다른 쌍의 사진을 보았다. 두 여자가 활짝 열린 문간에 앉아 담배를 피우고 있었다. 그 뒤로 기저귀를 찬 아기가 울부짖듯 입을 크게 벌리고 서 있었다. 짝지어진 사진은 싱크대에 고무장갑을 낀 여자의 손과 시커먼 하수구로 소용돌이치며 빨려 들어가는 물을 보여주었다. 내가 본 사진들은 모두 약간 불편한 감정을 불러일으켰다. 섬뜩하거나 엽기적인 구석은 없었지만 이미지의 배치로 비딱한 세계를 암시하고 있었다.

한참 동안 나는 사진 두 장 앞에서 멈춰 서 있었다. 하나는 창문 철창살 사이로 찍힌 사진이었다. 마름모꼴 창살 너머로 흐트러진 침대·낡은 천 의자·유별나게 털이 북슬북슬한 깔개가 있는 아주 좁은 방안이 보였다. 하지만 조지의 관심이 꽂힌 사물은 분명히 벽에 걸린 포스터였다. 수영복을 입은 젊은 여자의 이미지는 철창살에 가려져 흐릿했다. 여자의 얼굴은 전혀 보이지 않았지만 잘 빠진 몸매는 완벽하게 시선을 잡아끌었다. 이 사진은 어깨에서 잘린 젊은 남자의 나체 사진과 짝을 이루고 있었다. 카메라에 등을 보이고 돌아서 있는 남자 너머로 창문 하나가 보였다.

"이 사진들이 맘에 들어?" 조지가 말했다.

"응." 내가 말했다. 남자의 조그맣고 남자다운 엉덩이와 늘씬한 허벅지를 물끄러미 바라보았다. 어쩐지 스티븐이 떠올랐고 잠깐이지만 그가 틀림없다는 확신이 들었다. 그런 깨달음은 충격적이었지만 사람의 몸은 다 비슷하거니와 사진을 오래 들여다볼수록 점점 더 다른 사람처럼 보였다.

"첫 번째 사진은 어떻게 찍었어?" 나는 조지에게 물었다.

"비상계단에서." 그가 말했다.

"거기 사는 사람을 알아?"

"아니."

나는 조지의 얼굴을 똑바로 쳐다보았다.

"맙소사. 뉴욕시의 비상계단에 올라가서 모르는 사람들의 창문을 기웃거리고 놀아다니다니. 그러다가는 체포당할 수도 있어, 살해당할 수도 있단 말이야…."

조지는 고개를 숙여 얼굴을 내게 바짝 붙였다. 면도를 하지 않고 있었다. 뺨에 돋아난 거뭇한 턱수염이 보였다. 남자로 사는 건 어떤 느낌일까? 그런 생각이 들었다.

"좋아하지, 안 그래?"

"뭐라고?"

"너 그런 위험에 흥분되잖아."

그 미소가 짜증스러워서 뒤로 물러났다. 대꾸할 말을 찾았지만 떠오르지 않았다. 그날 밤 침대에 누워 그때 해줬어야 하는 몇 가지 말들을 생각하면서 내 위트는 왜 뒤늦게 꽃피는 걸까, 아무 짝에도 쓸모가 없어졌을 때, 자정에 가까운 시각 홀로 있을 때만 반짝거리는 걸까 한탄을 했다.

조지가 보여준 사진의 잔상이 마음속에 머물러 있었지만, 한편으로 또 다른 이미지들, 카메라를 들고 도시를 배회하며 골목을 기웃거리고 비상계단에 매달려 잠복하는 조지의 더욱 강력한 이미지들이 항상 따라다녔다. 지붕에 쭈그리고 앉아 쓰레기통 뒤에 숨어 어둠속에서 남몰래 사진을 찍는 조지의 모습이 눈에 선했다. 플래시가 터지면, 키스든 싸움이든 불법 거래든, 비밀로 남기고 싶던 행위를 하다 들킨 사람들의 화들짝 놀란 얼굴이 보이고, 다음 순간 강도처럼 현장에서 도망치는 조지가 보인다. 무엇보다, 그 사진들은 조지를 보는 내 시각을 변화시켰다. 길고 검은 머리에 아름다운 매너를 소유한 우아한 젊은이가 분신을 낳았고, 이 두 번째 남자, 내가 모르는 그 젊은이의 분신은 나를 매료시켰다.

그날 토요일에는 햇빛이 찬란하게 빛났고 날씨는 아주 따뜻했다. 조지는 자기 아파트에서 점심을 먹자고 스티븐과 나를 초대했고, 나는 시내로 가는 지하철 안에 서서 강렬한 기대감에 사로잡혔다. 식사를 하고 나서 우리 셋은 옥상으로 올라가 라운지체어에 앉아 볕을 쬐었다. 우리는 도시의 다른 풍경을 내려다보았다. 번들거리는 타르가 깔린 옥상, 용도를 알 수 없는 전선, 녹슨 파이프, 뜬금없는 작은 창고들. 배부르고 볕이 따사로워 나른했고 서로 별 말을 하지 않았다. 우리는 각자 책을 한 권씩 들고 있었다. 나는 책을 읽다 말다 하면서 둔한 경이로움으로 구름을 물끄러미 바라보았다. 구름은 아주 느리게 하늘을 흘러갔다. 스티븐은 독서에 푹 빠져 있었다. 하얀 바지를 무릎 위로 걷어 올려 드러난 종아리 맨살이 햇빛에 익어 분홍빛이었다. 조지는 책을 내려놓고 도시를 바라보았다. 카메라가 옆에 있는 등 없는 의자에 놓여 있었다. 우리는 길에서 불과 4층 높이에 있었고 시끄러운 차 소리가 그대로 들려왔다. 조지는 일어나서 옥상 끝으로 걸어갔다. 나는 발가락을 옥상 끝에 올려놓고 발꿈치로 부드럽게 몸을 흔드는 조지를 바라보았다.

"그러지 마!" 나는 조지를 보고 외쳤다. "나 무서워."

조지는 고개를 젖혀 나를 가리키며 팔을 뻗어 균형을 잡았다.

스티븐은 조지를 슬쩍 보더니 절레절레 고개를 흔들었다.

그리고 나는 그 소리를 들었다. 비명소리, 전류처럼 내 몸을 관통한 커다랗고 짐승 같은 울음소리. 한 순간 조지가 떨어진 줄 알았지만, 조지는 내 쪽으로 달려와 자기 카메라를 낚아채 어갔다. 스티븐은 의자에서 벌떡 일어나 조지가 서 있던 곳으로 달려갔다. 뒤따라가 거리를 내려다보니 인도에 쓰러져있는 젊은 여자를 둘러싸고 사람들이 옹기종기 모여 있었다. 한 줄기 선혈이 여자의 머리 근처 시멘트 바닥으로 흘렀고, 여자가 한 팔을 치켜드는 모습이 보였다. 누군가 그 팔을 잡아 뽑으려 하는 것 같았다. 여자의 온몸이 경련을 일으켰다. 드레스의 치맛자락이 골반에 휘감겨 허벅지가 드러나고 팬티의 하얀 테두리가 보였다. 조지가 카메라와 필름을 가지고 허둥지둥하며 욕설을 내뱉는 소리가 들렸지만 난 그쪽을 보지 않았다. 여자는 경련을 하다가 한쪽 신발을 잃었는데 군중 속의 한 남자가 허리를 굽혀 그 신발을 주워들었다. 하지만 남자는 막상 신발을 손에 쥐고는 그걸 어찌해야 할지 몰라 망설이는 것이었다. 남자는 양편을 두리번거리더니 재빨리 무릎을 꿇고 신발을 다시 땅바닥에 내려놓았다. 또 다른 남자가 현장을 떠나 모퉁이의 공중전화박스로 달려갔다. 빨간 셔츠를 입은 어떤 여자는 재킷을 벗어 쓰러진 여자의 머리를 받쳐주려 했지만 제자리를 잡을 수 없었고, 머리가 다시 홱 뒤로 꺾이며 땅바닥에 부딪자 비명을 질렀다. 누가 울고 있었다. 조지의 카메라가 몇 번 찰칵거리는 소리를 냈고, 조지가 또 욕을 했다. 스티븐은 꼼짝도 않고 서서 거리에 시선을 고정하고 있었다. 나는 심장이 머릿속에서 쿵쿵 뛰고 깜짝 놀랄 만큼 추웠지만 계속 내려다보았다. 한 남자가 뭐라고 큰 소리로 지시를 내리고 있었지만 지나가는 트럭 소리가 그 말을 삼켜버렸다. 남자는 사람들을 헤치고 가서 젊은 여자의 머리를 손으로 잡았다. 그리고 그때 나는 여자가 오줌을 싸는 광경을 보고 말았다. 커다란 얼룩이 드레스 천을 시커멓게 적셨고 액체가 인도로 흘렀다. 남자가 여자의 머리를 단단하게 잡고 있어 내 쪽으로 돌려진 여자의 얼굴을 나는 빤히 바라보았다. 퉁퉁 부어오른 얼굴이 시뻘건 피범벅이었다. 눈은 뜨고 있었지만 눈빛은 공허했다. 여자가 질식하고 있다는 걸 퍼뜩 깨달았다. 그 얼굴이 남자 뒤로 사라졌다. 남자가 여자 위로 허리를 굽히고 아마 입안에 손을 넣었던 것 같다. 사이렌 소리가 울렸다. 무릎이 덜덜 떨렸다. 정신을 차리려는데, 내 몸이 허공에 떠서 저 아래 거리로 떨어지는 상상이 덮쳤다. 나는 옥상 끝에서 움찔 한 발 물러섰다.

스티븐과 조지는 계속 보고 있었다. 조지는 목에 카메라를 걸고 있었다. 그 순간 두 남자의 얼굴은, 사실 아주 다르게 생겼는데도, 닮아 보였다. 둘 다 입술을 헤벌리고 실눈으로 집중을 하고 있었다.

"여자는 괜찮을 것 같아." 스티븐이 말했다. "이제 앰뷸런스를 탔어."

"저 남자가 여자를 구했어." 내가 말했다.

스티븐은 흥분해서 말이 빨라졌다.

"사람 몸이 저런 식으로 움직일 수 있다는 게 믿기 힘들지. 저런 격한 발작은 한 번도 못 봤거든. 저 여자 몸이 조각조각 해체되는 줄 알았지 뭐야. 사진 좀 찍었어?" 조지에게 하는 말이었다.

"그럴 수도 있지." 조지가 말했다. "하지만 못 찍은 거 같아. 셔터가 꼼짝도 안 해. 이해가 안 되네." 그는 손으로 얼굴을 문질렀다. "다시는 기회가 없겠지."

스티븐이 고개를 끄덕였다. "진짜 아쉽네."

나는 의자에 앉았다.

"차라리 잘 된 일인지 몰라." 내가 말했다.

"뭐라고?" 스티븐이 말했다. 짜증이 묻어나는 말투였다.

"뭐, 저 여자가 알면 기분이 끔찍할 거 아니야. 괴로워하는 모습을 찍는다는 건 사생활을 심하게 침해하는 거니까…."

"찍으면 안 되는 피사체가 있다고 설마 정말로 그렇게 믿는 거야?" 조지가 말했다. 차분하고 온화한 말투였다.

"그런지도 몰라." 생각나는 대로 왈칵 말해버렸다.

"그럼 검열의 신봉자로군." 스티븐이 말했다.

눈을 들어 스티븐을 보았다. 그는 딱딱하게 굳은 얼굴로 당장이라도 싸울 태세였다.

"검열이 아니야." 나는 느릿느릿하게 말했다.

"그건 외부적인 거잖아. 내면으로부터의 통제를 말하는 거야. 어쨌든 사진은 거짓말을 할 수 있잖아. 진실보다 허위를 전달할 수도 있다고."

"아니, 아이리스." 스티븐이 말했다. "그게 대체 무슨 뜻인데, 진실이라는 거?"

고개를 돌려 조지를 보니 나를 흘겨보고 있었다.

"내 말은 아주 단순하게 간질 발작을 찍는 행위는 일종의 책임을 수반한다는 뜻이야."

눈물이 차오르는 바람에 화들짝 놀란 나는 그들이 보지 못하게 얼굴을 돌렸다.

조지는 내 의자 옆에 무릎을 꿇고 앉았다.

"너 안색이 굉장히 창백해." 그가 말했다. "너무 어렵게 생각하지 마."

조지의 마지막 말을 나 자신에게 타일렀다. 아무 의미도 없었던 거다. 내가 이해할 수 없는 언어의 단어처럼 말이다. 가끔 그럴 때가 있다. 말 한 마디, 간단하고 평범한 말 한 마디가 의미를 잃고 횡설수설로 전락하는 일. 멍한 눈으로 조지와 스티븐을 스쳐 보다 새삼 날씨가 바뀌었다는 걸 깨달았다. 시커먼 먹구름이 해를 가로막고 있었다.

"폭풍이 몰아치기 전에 가자." 내가 말했다.

우리 셋은 조지의 아파트에 앉아 이야기를 나눴다. 조지도 스티븐도 다시는 발작 얘기를 꺼내지 않았는데 나 때문이라는 확신이 들었다. 창문은 다 열려 있었고 천둥소리가 들리더니 비가 무섭게 들이치기 시작했다. 조지가 창문을 닫고 부엌으로 가서 차를 끓여 내왔다. 스티븐은 한 팔로 내 어깨를 안고 나와 함께 소파에 앉아 있었다. 커다란 방은 쾌적했고 홍차 덕에 몸이 따뜻해졌다. 조지도 나와 스티븐이 앉아 있는 소파로 왔다. 나는 두 사람 사이에 앉아 옥상에서 본 광경을 잊었다. 망각은 일상이다. 심지어 상주들도 소소한 행복에 정신이 팔리면 고인을 잊기 마련인데, 나는 그 불쌍한 여자를 알지도 못했다.

비가 그쳤다. 커다란 창문으로 햇살이 들어와 스티븐의 얼굴을 비추었다. 조지는 식탁 위 크리스털 꽃병에 빨간 튤립을 꽂아두었는데, 그 꽃들도 갑자기 환하게 빛을 받았다. 나는 아릿한 기쁨을 느꼈다. 바로 그때 조지가 내게로 몸을 기울이고 귓전에 속삭였다.

"네 사진을 찍고 싶어."

나는 웃음을 터뜨렸다.

"왜 속삭이는 거야, 조지?"

"우리는 은밀한 얘기를 나누고 있는 거니까." 그러더니 씩 웃었다. "이건 우리끼리 얘기야."

"그럼 우리끼리 얘긴데, 왜 지금 내 사진을 찍고 싶은 거지?"

나는 큰 소리로 속삭여 말했다.

"우리 친해진 지 꽤 됐잖아. 왜 지금이야?"

"두 사람 뭐라고 중얼거리고 있어?" 스티븐이 말했다. 우리끼리 하는 말을 틀림없이 엿들은 거다.

"너랑 상관없는 일이야." 조지는 여전히 싱글거리며 대답하더니, 이번엔 나를 보고 말했다.

"왜냐하면 방금 떠올랐기 때문이야. 네 남다른 아름다움,

인격의 깊이와 지성."

스티븐은 소파에 뒤로 기대앉았지만, 눈으로는 나를 보고 있었다.

조지와 나는 장난을 치고 있었다. 나는 코미디 배우의 목소리를 흉내 내어 말했다.

"그 저열한 아첨으로 나를 꼬드겨 네 음모에 농참하게 만들 수 있다는 생각을 잠시나마 한다면 참으로 슬프지만 착각이로다."

"진지하게 접근해 봐, 조지." 스티븐이 말했다. "그러면 효과가 없을 리 없지."

"알았어." 조지가 말했다.

"아이리스, 네 사진을 찍고 싶어. 네게서 영감을 받는다고. 내 부탁이 변덕처럼 보일지도 모르지만, 사실 몇 주일 동안이나 애를 태우고 있었고 방금 전에야 간신히 용기를 내서 부탁한 거야. 사진에 관한 한 난 절대로 농담하지 않아. 죽도록 진지하다고."

조지는 소파에서 일어나서 내 발치에 무릎을 꿇고 내 양손을 감싸 잡았다.

나는 낄낄 웃으면서 스티븐을 바라보았다.

"자긴 어떻게 생각해?" 나는 스티븐에게 물었다. "감히 조지의 손에 날 믿고 맡겨도 되겠어?"

스티븐은 어깨를 으쓱했다. 이런 게임이 지겨워진 눈치가 역력했다. 스티븐은 조지를 흘끔 쳐다보았고, 조지는 내 손을 자기 입술로 가져갔다. 나는 시선을 조지에게로 옮겼다. 조지가 턱을 치켜들더니 휘둥그레 뜬 눈으로 나를 보았다.

"좋아." 내가 말했다. "언제든 좋을 때 찍어."

그 "좋아"가 나를 위험에 몰아넣었고, 그 사실을 나는 말하는 순간 알아차렸다. 하지만 아무래도 좋았다. 그게 이 이야기에서 가장 희한한 대목이다. 그 말을 내뱉는 순간 나는 조지와 맹약을 맺은 거고 결코 가볍게 뒤집을 수 없다는 걸 알았다. 게다가 업타운으로 돌아오는 지하철 안에서 스티븐 옆에 앉아있을 때, 나는 왠지 모르지만 사진촬영을 허락함으로써 내가 스티븐에게 상처를 주었다는 걸 알게 되었다. 스티븐이 입 밖에 내어 말한 건 아니었지만 그의 갈망과 새삼스럽게 내게 굶주린 듯 달려드는 태도에서 읽을 수 있었다. 나도 전혀 미안하지 않았다. 열차가 72번가 역을 휙 떠났을 때, 스티븐은 내 얼굴을 양손으로 잡고 격하게 키스를 했다. 그러나 아침이 되자 전날 밤 내게 있었던 신비스러운 매력은 다 사라지고 없었다. 스티븐은 뚱하고 심술을 부렸다. 자기 아파트에서 내가 빨리 없어져주기만 바라는 속내가 빤해서 순순히 그렇게 해주었지만, 아파트를 나서는 심정은 비참했다. 집으로 걸어오는데 머리와 가슴과 위장이 텅 빈 듯 끔찍한 공허감이 덮쳤다. 그 느낌이 너무나 강렬해서 이제 예전처럼 내 영혼이 내 몸에 살지 않는구나, 스치듯 그런 생각마저 했다. 언제나 내 내면의 삶을 총체적으로 지시했던 '나'는 어딘가 다른 데로 획 사라졌고, 잠시 나는 나 자신이 너무 낯설어 발길을 멈추고 말았다.

조지는 전화를 걸어 우리 약속을 확인했다. 토요일 정오에 조지의 아파트에 기기로 했었다. 옷은 단순하게 입고 오라고 했다. 그게 다였다. 토요일 늦은 아침에는 조지의 꿈을 꾸다가 일어났다. 결말만 기억난다. 조지가 스티븐의 셔츠를 입고 어린애가 갖고 노는 블록만한 창문을 가리켰다. 불쾌한 꿈이었기에 애써 떨치고 창밖 통풍창으로 목을 쭉 빼고 하늘을 보려 했다. 파랬다. 좋은 날이네, 나는 생각했다. 앞단추가 달린 꾸밈없는 검은 원피스를 골랐고 립스틱으로 입술을 빨갛게 칠하고 스웨터를 들고 조지의 아파트를 향해 출발했다.

봄 날씨에 기분이 들떠서, 조지가 문을 열어주기를 기다리고 있는 내가 웃고 있다는 걸 깨달았다. 조지는 아무 말도 하지 않고 나를 아파트 안으로 잡아당겨 껴안았다. 내 심장박동이 빨라졌다. 낯익은 방이 빛으로 찬란했다.

"오늘 여기 아름답다." 내가 말했다.

조지는 내 얼굴을 양손으로 감싸 잡았다. 그러더니 멀찌감치 거리를 두고 찬찬히 뜯어보는 시늉을 하며 눈을 가느다랗게 떴다.

"이만하면 되겠어." 그가 말했다. "여기 다 있네."

"뭐가 다 있는데?"

"내가 원하는 거."

"그건 답이 아니잖아." 나는 그의 손에서 빠져나오면서 말했다.

"그게 내 대답이야." 조지가 말했다. 눈길은 여전히 맞추고 있었다. 묵직한 눈꺼풀과 검은 속눈썹은 미동도 없었다. 나는 그의 입을 보고 처음으로 아름답다는 생각을 했다.

조지는 내 발을 내려다보았다.

"맨발이라야 할 것 같아. 드레스는 좋은데, 구두하고 양말은 웃겨."

"그래?" 나는 면 발목양말과 샌들을 보며 말했다.

"어린애 같아."

"나는 뭐 상관없어." 나는 이렇게 말하고 양말을 벗으려고 허리를 숙였다.

"아니." 조지가 말했다. "내가 해줄게."

나는 앞으로 다리를 쭉 뻗고 방바닥에 앉았다. 조지도 앉아서 내 오른발을 자기 무릎 위에 올려놓았다. 천천히 구두 버클을 풀더니 내 발에서 스륵 벗겼다. 웃음을 띠고 있었다. 나는 조지의 손가락들이 양말을 주름잡아 발목을 지나 발꿈치 위로 내리는 걸 지켜보았다. 조지는 양말을 개어서 구두 위에 놓앗다. 그러더니 다른 쪽 발로 넘어갔다. 전혀 서두르는 기미가 없었다. 움직임은 정석적이고 정확했다. 반대편 구두와 양말을 벗기고 나서도 내 맨발을 몇 초쯤 들고 있었다. 이제 표정이 진지해져 있었다. 나는 몸을 뒤로 젖히고 손바닥으로 땅을 짚은 후 눈을 감았다. 방안의 찬란한 햇빛이 눈꺼풀 안쪽 살갗에 뻘간 흔적으로 남아 감고 있는 눈을 뚫고 눈부시게 빛났다. 조지의 숨소리가 들리고 방 저편으로 갔다가 돌아오는 발소리도 들렸지만 나는 눈을 뜨지 않았다. 그런데 조지의 카메라가 찰칵거리는 소리가 났다.

"우리 시작한 거야?" 내가 말했다. "그냥 이렇게?"

"그냥 이렇게." 그가 말했다.

"뭘 어떻게 해야 할지 모르겠어."

"아니, 넌 알아."

나는 대꾸하지 않았다. 어쩌면 난 알았는지도 모른다. 창문으로 쏟아지는 볕에 등이 따뜻했고, 목으로 흘러내려온 머리카락이 느껴졌다. 누군가의 눈길을 받고 있다는 사실에는 쾌감이 있다. 방바닥에 앉아 카메라 셔터 소리를 듣다 보니 바로 그 쾌감을 새삼스럽게 발견하는 기분이었다. 꼬리를 물던 생각의 흐름을 어느새 잊었다. 이미지와 말들이 잠들기 전의 시간처럼 뇌리를 스치고 지나갔다. 거의 무의식적으로 나는 포즈를 바꾸었다. 아무래도 좋아, 나는 속으로 말했다. 어쩌면 그 생각이 기점이었을 거다. 나는 이유는 알 수 없지만 나 스스로에게 변화를 명했다. 페이스가 빨라졌고, 깔깔 웃음을 터뜨리는 내 목소리가 들렸다. 우리는 어떤 리듬을 찾아냈다. 조지는 이쪽저쪽으로 펄쩍펄쩍 뛰어다녔다. 쪼그리고 앉았다가 일어났다가 무릎을 꿇었고, 나는 그런 그와 함께 움직였다. 그는 웃음을 터뜨렸고 나는 춤을 추었다. 처음에는 조심조심, 거울을 보고 내 팔다리를, 골반과 허리를 의식하며 춤을 추었지만 어느새 나 자신을 잊고 점점 더 동작이 빨라졌다. 조지를 위해 소용돌이치듯 돌면서 미친 사람처럼 춤을 추었다. 조지는 추임새를 넣어 부추기며 수백 장도 더 되는 것 같은 사진들을 찍었고, 카메라에 필름을 더 넣을 때에만 멈췄다. 바닥을 쿵쾅쿵쾅 세차게 밟았다. 시끄러운 소리를 내고 허벅지를 철썩거리며 치고 양손으로 의자를 두드리고 현기증 나는 환희 속에 괴성을 질렀다. 심장이 폭주했다. 얼마나 계속됐는지는 모르지만 힘이 들어 헐떡거렸던 건 기억난다. 머리카락과 겨드랑이에 밴 땀이 느껴졌고, 결국 나는 기진맥진해 풀썩 쓰러졌다. 조지를 보았다. 그가 싱긋 웃었다. 카메라를 무릎에 놓고 바닥에 앉아 있었다. 나는 무릎을 꿇고 그에게로 기어가 늘씬한 팔과 아름다운 입을 보았다. 오른팔을 들고 그 얼굴을 만지려고 손을 뻗었지만, 조지의 표정에서 무언가를 보고 멈췄다. 이제 난 원하는 걸 다 얻었어, 그렇게 말하는 얼굴이었다.

이 이상 가까이 다가오지 마. 나는 팔을 툭 떨어뜨리고 물러나 앉았다. 여전히 숨이 찼다.

조지는 계속 나를 보았다. 인중과 관자놀이에 땀방울이 송글송글 맺혀 있었다. 열없어 보였지만 방금 배불리 잘 먹은 사람처럼 뿌듯해 보였고, 나는 그의 높은 이마와 서로 거의 붙다시피 한 눈썹을 자세히 보다가 그로부터 움츠러들었다. 불과 몇 초 전에 느꼈던 강렬한 쾌감은 흔적도 없이 사라져 버렸다. 말하면서 윗입술을 혀로 핥는 조지를 지켜보았다. 나른한 동작이었지만 왠지 모르게 무섭게 느껴져서 눈을 감았다. 무슨 일이 일어난 거지? 나는 생각했다. 조지에게 아무 말도 하지 않았지만 그 역시 변화를 감지한 게 틀림없었다. 창가로 걸어가서 거리를 내려다보았다. 두 팔로 꾸러미를 안은 남자가 바삐 거리를 걷고 있었다. 두 손이 떨렸다. 돌아서서 바닥에 놓인 내 신발과 양말을 보고, 그걸 신으려고 몸을 숙였다.

두 번째 구두 버클을 채우는데 조지가 내 위로 서 있었다.

"괜찮아?" 그가 말했다.

"피곤해." 난 거짓말을 했다. "그것뿐이야."

올려다보니 그의 눈에 날카로운 총기가 사라져 있었다.

"뭐라도 나오면 좋겠다." 그가 말했다.

문을 보았다.

"어디서?"

"사진들 말이야, 아이리스. 아직 정신 차리고 있는 거지?"

"미안해." 내가 말했다.

"가끔은 몇 시간씩 작업을 해도 좋은 사진 한 장 못 건질 때가 있거든. 반면 단번에 환상적인 이미지를 포착할 때도 있고. 알 수가 없다니까."

"그러면 우연이 문제구나." 나는 소파에서 스웨터를 집어 들며 말했다.

"우연도 일부겠지."

"그러면 나머지는?" 나는 문 쪽으로 다가갔다.

"나머지는," 하고 그는 특유의 느리고 의도적인 말투로 말했다. "기획이지."

손을 뻗어 문손잡이를 잡으려 했지만 조지가 못 나가게 앞을 막아섰다.

"아이-리스." 그는 내 이름의 음절 하나하나를 씹어 말하면서 부름으로 바꿨다.

"뭔데?" 나도 노래하듯 답했다.

조지는 문간에 기대어 시선으로 내 몸을 훑고 내려갔다.

"너는 투명해." 그가 말했다.

나는 움찔했다. "뭘 원하는 거야, 조지?"

"그게 바로 질문이야, 안 그래?" 그가 말했다.

"너도 아마 스스로에게 그 질문을 던져봐야 할 거야."

조지는 내게 바짝 다가와 뺨에 키스를 했지만, 그걸로 끝내고 물러서지 않았다. 입을 내 뺨에 대고 몇 초쯤 있더니 목에 키스했다.

"산통 깨지 말자." 그가 말했다.

나는 그의 어깨를 잡고 문에 닿도록 밀었다. 세지는 않았지만 단호하게. 조지가 놀라는 것이 신하게 보였다.

"조심해." 내가 말했다. "난 물어."

조지는 너털웃음을 터뜨리더니 옆으로 비켜서서 나를 위해 문을 열어주었고, 복도를 따라 걷는 동안 내 귀에는 계속 웃음소리가 들렸다.

"내가 졌다!" 그가 내 등에 대고 외쳤지만 나는 돌아보지 않았다.

스티븐과 나는 112번가와 브로드웨이 교차로에 있는 중국 음식점 문팰리스에서 만나 저녁식사를 했다. 늘 그렇듯 스티븐은 늦었고, 나는 기다리면서 책을 읽으려고 했지만 19세기 영국 소설의 여주인공들에 대해 건조하기 짝이 없는 접근을 한 책 내용이 영 눈에 들어오지 않았다. 다시 한 번 무슨 일이 벌어진 건지 자문해 보았다. 무산된 유혹이었던 걸까? 내 목에 닿은 그의 입술, 얼굴에 스치던 그의 긴 머리가 기억났다. "산통 깨지 말자." 그렇게 말했다. 과거에는 휘발성 쾌감에 몸을 맡기고 잘 알지도 못하는 사람과 침대로 뛰어들고도 후회 따위 하지 않았다. 하지만 그런 만남은 단순했다. 조지와는 길 잃은 듯 막막하기만 했다. 표지판을 읽을 수 없는 낯선 나라에 떨어진 사람처럼 막막했다. 그리고 조지는 그걸 이용했다. 내가 자기와는 달리 판독 가능하다고(펼쳐진 책처럼 빤하다고) 주장함으로써, 나를 위험에 노출시켰다. 그가 보았거나 보지 못했던 것, 그가 알았거나 몰랐던 것, 그건 차라리 덤이었다. 조지는 모호성에 환장하는 인간이었고, 나는 그가 자기만족을 위해 내 안에 의혹의 구름을 피어나게 만들었음을 감지했다. 조지는 자기가 내 욕망을 조작할 수 있다는 생각에 감질 나는 자극을 받았다. 그게 나는 두려웠다. 역겨운 건 이 음흉한 관계에 내가 연루되어 있다는 사실이었다. 내가 자초한 일이고 내 동기도 순수하지 않았다. 조지는 천리안이 아닐지도 모르지만 본능적으로 말하지 않은 내 안의 무언가를 찌르는 법을 알았고, 나 역시 그가 흥분에 상기된 얼굴로 내 쪽을 보던 바로 그 순간 그 무언가가 꿈틀거리기 시작했다는 걸 틀림없이 느꼈다. 목덜미에 닿는 손길에 나는 까무라치게 놀랐다. 홱 돌아보니 스티븐이었다.

나는 한숨 돌렸다.

"여기는 뉴욕이야, 스티븐. 등 뒤에서 그렇게 몰래 덮치면 큰일 나."

"미안해." 그는 말하면서 미소를 지었다. "모델님은 기분이 어떠셔?"

"왜?" 내가 말했다. "조지하고 얘기했어?"

"아니." 그의 눈이 휘둥그레졌다. "그냥 어떻게 됐느냐고 물어보는 건데."

"잘 됐어." 내가 말했다.

스티븐은 내 맞은편 자리에 앉았다.

"잘 됐어? 할 말이 그것밖에 없어?"

그는 의자에 기대앉아 손등으로 턱을 괴고 또 미소를 띠며 나를 살폈다.

"뭐가 어떻게 됐는데?"

"아무 일도. 내 사진을 찍었지 뭐."

스티븐은 테이블 건너편으로 손을 뻗어 내 손목을 쥐더니 자기 쪽으로 끌어당겼다. 봇물처럼 밀려드는 욕망에 짜증이 났다. 아냐, 나는 생각했다, 안 돼. 손목을 비틀어 그 손아귀에서 빠져나오려 했지만 스티븐이 단단히 붙잡고 숨죽여 말했다.

"조지하고 침대로 갔지, 안 그래?"

"스티븐!" 그가 나를 놓아주었다.

옆 테이블에 있던 남자가 내게 여릿한 미소를 보였다.

"상관없어." 스티븐이 말했다. "자기는 마음대로 할 자유가 있어."

나는 음식을 주문하는 스티븐을 바라보았다. 웨이터가 가고 나서, 스티븐은 쾌활한 목소리로 내게 말했다.

"너도 조지가 사람보다 사진을 좋아하는 거 알지."

스티븐이 그 말을 하는데 목구멍이 꽉 죄어드는 느낌이 들었다.

"무슨 뜻이야?"

"정확히 내가 한 말 그대로."

말을 멈추더니 방 건너편에 뭘 보는 시늉을 한다.

"내 사진도 찍고 싶다고 했지만 싫다고 했어."

창가의 젊은 남자 몸을 찍은 사진이 떠올랐다. 스티븐이 아니었구나, 나는 생각했다. 당연히 그렇겠지.

"왜 나한테 말 안 했어?"

"말 했어야 되는 거야?" 그가 말했다.

"자기는 자기 나름대로 결정을 내린 거지. 나는 나대로 결정한 거고. 전적으로 별개의 문제야."

"개새끼." 내가 말했다.

가짜로 놀란 시늉을 하면서 스티븐이 두 손을 치켜 올렸다.

"네가 무슨 말을 하는지 모르겠는데."

우리는 서로 노려보았다. 스티븐의 눈빛은 흐릿하고 음흉했다. 스티븐이 조지의 피사체가 되기를 거절했다는 말을 해주지 않은 게 과연 책임의 방기일까? 선명하게 가를 수 있는 문제가 아니었다. 우리의 연애에는 규칙이 없었다. 우리 사이에는 어떤 계약도 없었다. 답답해서 가슴과 턱에 쥐가 날 것 같았다. 정신을 차렸을 때는 이미 바보 같은 말을 내뱉은 후였다.

"나를 사랑한 적이 없구나."

스티븐의 얼굴에서는 긴장감이 사라졌고, 그때 나는 클리셰로 말하는 게 얼마나 쉬운지 모르겠다고, 싸구려 대중소설에서 대사 한 줄 훔쳐서 뚝 떨어뜨리는 게 참 쉽구나 생각했던 기억이 난다. 하긴 우리의 말들로는 어쨌든 형용할 수 없는 것의 언저리를 부유할 수밖에 없고, 예전에 어디선가 들어본 말을 하면 마음이 편안하기는 하니까. 스티븐 역시 이미 대답을 준비해놓고 있었다.

"나야 항상 자기를 사랑했지." 그가 말했다. "다만 자기가 원하는 방식으로 사랑하지 않을 뿐이야."

이틀 뒤 조지가 전화를 했다.

"진짜로 마음에 드는 사진은 딱 한 장인데, 그게 기가 막혀. 너하고 스티븐이 내일 저녁 먹으러 오면 보여줄게. 아주 예쁜 사진이 몇 장 더 있는데 나한테는 안 맞아. 별로…."

그는 망설였다.

"예술적이지 못하구나." 내가 말했다.

조지는 웃음을 터뜨렸다.

"그래. 예술이 아니야."

우리는 말이 없어졌다.

"그날 생각하면 기분이 안 좋아." 내가 말했다.

"그러지 마."

"하지만 그래."

"그건 걱정 마."

"스티븐한테는 말 안했지, 응?"

"내가 뭐라고 했을 것 같은데, 아이리스?"

"모르겠어."

"나한테 하고 싶은 말 있어?" 그가 물었다.

그 질문에 말문이 딱 막혔다. 몇 초간 나는 대꾸하지 않았다. 그러다 결국 말했다.

"있을지도 모르지만, 지금은 생각이 안 나."

조지는 또 웃었다.

"뭐, 생각나면 언제든지 연락해. 그럼 내일 만나는 거지? 우리 아파트에서 여덟 시?"

"좋아." 내가 말했다.

"널 만나는 게 기다려진다, 아이리스."

그 따뜻하고 애정 어린 목소리가 무슨 뜻일까 생각했다.

"안녕, 조지."

"내일 봐." 그가 말했다.

스티븐과 나는 조지의 집에 같이 가지 않았다. 내가 스티븐에게 오라고 전했지만 저녁 전에 시내에서 만날 사람이 있다고 했다. 그 사람 이름은 말하지 않기에 물어보고 싶은 마음을 꾹 눌러 참아야 했지만, 나는 그날 오후 도서관에 앉아서 "허구 안의 허구들: 조지 엘리어트의 도로테아 브루크의 운명"이라고 허세 섞인 제목을 붙인 논문을 시작하려다 말고 스티븐과 같이 있는 사람이 아름다운 여자라는 상상에 빠졌다. 여자의 형태와 색깔은 흘러가는 생각 따라 달라졌지만 그런 여자가 존재한다는 생각은 남아 계속 신경을 건드렸고, 내 질투가 창조한 유령이라는 걸 알면서도 그 여자와 스티븐을 두고 공상의 봇물이 터지는 걸 막을 수가 없었다. 도서관을 나설 무렵에는 두 사람에 대한 정교한 플롯 몇 가지만 구상했을 뿐 논문은 한 줄도 쓰지 못했다. 집에 와서 세 번이나 옷을 갈아입고 조지의 집에 이십 분이나 늦게 도착했다.

조지가 문을 열어주었는데 그 뒤에 서 있는 스티븐이 보였다. 두 사람은 한목소리로 내게 인사를 했다. 스티븐의 얼굴은 상기되어 있었고 하얀 셔츠 소매는 단추가 풀린 채 팔꿈치까지 걷어 올려져 있었다. 방안이 더웠나 보지, 하고 생각했지만 들어가 보니 공기는 서늘했고 창문이 활짝 열려 있었다. 스티븐을 바라보는 나를 주시하는 조지의 시선이 느껴져 돌아보지 않으려고 애써야 했다. 조지는 와인 한 잔을 가져다주었고 나는 창가에 서서 밤의 소음에 귀를 기울였다. 누군가가 폴이라는 이름을 외치는 소리가 들렸다. 나는 대답을 기다렸다. 하지만 끝까지 답은 없었다.

"조용하네." 스티븐이 내 뒤에서 말했다.

대답을 하려고 돌아섰다. 스티븐은 보통 때의 파리한 안색을 되찾았다. 나를 지나쳐 먼 데를 보는 눈빛이었고, 그 정처 없는 시선에 나는 짜증이 났다.

"데이트 어땠어?" 내가 말했다.

스티븐은 무슨 소리인지 모르겠다는 표정을 지었다.

"오늘 오후에 누구 만났다며, 아니야?"

"아, 그거." 그가 말했다. "괜찮았어."

"내가 아는 사람이야?"

내 목소리에 밴 징징거림을 남 일처럼 초연하게 듣게 되었다. 거짓된 질문이었다. 어떤 답이 돌아와도 나를 달래줄 수는 없었을 테니까. 나는 그저 물어보고 싶다는 도착적인 욕망에 굴복했을 뿐이다. 그래서 나 자신을 드러내고 괴롭히려고. 입 밖으로 나온 그 말을 듣는 순간 안도감과 수치심을 동시에 느꼈다.

"아, 아이리스." 스티븐이 말했다. "또 질투가 도졌구나."

나는 돌아서서 안쪽으로 가버렸다. 내 욕망이 역겨워지기 시작했다. 내 욕망은 늙어서 제멋대로 패악을 부리며 잔인한 노예주처럼 나를 몰아가고 있었고, 그때 나는 그 욕망들이 죽어버리기를 원하는 내 마음을 깨달았다.

식사를 하는 동안 나는 대체로 조지와만 말을 했고 스티븐도 그랬다. 디저트를 먹고 나서 조지는 자리를 비웠다가 마닐라 봉투를 들고 돌아와서 내 앞 테이블에 놓았다.

"그거 한 번 봐." 조지가 말했다.

내 옆자리에 앉아 있던 스티븐이 보려고 몸을 앞으로 바짝 기울였다.

나는 봉투를 열고 커다란 사진을 꺼냈다. 조지와 함께 보낸 그날 오후가 어쩐지 불안하긴 했어도, 그때 내가 본 것에 대해서는 철저히 무방비였다. 처음에는 나 자신을 알아보지도 못했다. 사진에 찍힌 사람은 나와 전혀 닮은 데가 없어 보였고, 한 순간 나는 조지가 실수를 해서 다른 사진을 줬다고 생각했다. 그러나 그때 내 모습이 보였고, 그러자 기묘한 재발견의 감각이 느껴졌다. 어떤 잊힌 사건, 불쾌하고 심란한 뭔가를 기억해 낸 기분이었다. 잡아보려 했지만, 그건 마치 낮 시간에 문득 문득 표면으로 떠오르는 꿈의 한 자락 같았다. 소리나 풍경에 휙 떠올랐다가, 떠오를 때와 마찬가지로 순식간에 무의식으로 가라앉는 꿈. 사진을 테이블에 내려놓았지만 곧 다시 집어 들었다.

　그건 전신사진이 아니었다. 젖가슴 밑에서 잘려 있었고 쭉 뻗은 내 팔은 팔꿈치에서 절단되어 있었다. 사진들은 원래 별의별 방법으로 트리밍이 되는 법이고 그 결과가 불편해 보일 때도 많다. 대개는 보는 사람이 잘린 부분들을 채워 넣어야 하는 법이지만 이 사진은 달랐다. 예술적 관습이 적용되지 않는 것 같았다. 그래서 사진에 없는 내 부위들이 정말로 부재하는 것 같은 끔찍한 인상을 받았다. 당시에는 이해하지 못했지만 그 후 수시로 이 생각에 골몰했고 결국 사진 속에 존재하는 내 모습마저도 파편화되어 있어서 그런 효과를 만들어 낸 거라는 결론에 다다랐다. 긴 머리카락이 내 오른뺨과 입의 일부를 가로지르며 얼굴을 반으로 뚝 잘라놓았다. 치켜 올린 턱 아래 어두운 그림자가 져서 머리가 몸에서 떨어져 둥둥 떠다니고 있는 듯 보였다. 얼굴 전체의 선명도가 떨어져 보였는데, 어느 정도는 빛이 부족해서 그렇기도 했다. 하지만 또 다른 이유는 내가 말도 안 되는 표정을 짓고 있기 때문이었다. 은근히 비웃거나 쓴웃음을 짓고 있는 그 표정은 어떤 구체적인 감정도 심지어 감각도 지시하지 않았다. 그건 이성이 없는 얼굴이었고, 그래서 나는 끔찍하게 싫었다. 난 저런 게 아니야, 나는 그런 생각을 하며 손에 들고 있던 사진을 테이블에 툭 떨어뜨렸다.

스티븐이 즉시 주워 자기 앞에 들고 보았다. 이빨 사이로 이상한 소리를 냈다. 한숨 섞인 긴 휘파람, 예전에 그런 소리를 내는 걸 한 번도 본 적이 없다. 그리고 내 눈에 보이는 옆얼굴이 무너지더니 낯선 부드러움으로 바뀌었다. 사진을 응시하며 천천히 고개를 위아래로 끄덕였다.

"스티븐." 나는 기어들어가는 소리로 말했다. 그는 내 말을 못 들었다.

"스티븐!" 다시 말했다.

"뭔데?" 그는 나를 보지 않았다.

"그 사진, 그거⋯."

"정말 놀라워." 그가 말했다.

혹시나 하는 마음에 손가락으로 그의 맨 팔뚝을 잡았지만 그는 내 손길을 피하며 팔을 치웠다.

"아니야." 나는 속삭여 말했다. "그건 끔찍해. 자기한테도 틀림없이 보일 거야. 잔인하잖아."

큰소리로 낭랑하게 말하는 스티븐 때문에 수치스러웠다.

"무슨 소리 하는 거야, 아이리스? 큰 소리로 말해 봐."

돌아서서 조지를 찾았지만 방에서 나간 것 같았다. 그때 방 저편에 서서 벽에 기대 담배를 피우는 조지가 보였다. 눈길이 마주쳤다. 우리를 찬찬히 살피고 있었다. 나는 그렇다고 확신했다. 하지만 무슨 목적으로?

"어떻게 생각해?" 조지가 내게 말했다.

"나 같지가 않아." 내가 말했다. "솔직히 말해서 흉측한 데가 있는 사진이야."

조지가 내 말을 끊었다.

"그런데 스티븐 네 생각은 어때?"

스티븐은 고개를 들어 친구를 보았다.

"난 말이야, 자기가 뭘 해냈는지 너도 잘 모를 거라고 생각해. 전부 다 여기 있어, 조지, 네가 찾던 모든 게 말이야."

그리고 그 말과 함께, 스티븐은 다시 사진으로 돌아갔다. 깜박임도 없는 그 눈길을 보니 철저히 무기력해서 눈이 멀다시피 한 짐승들이 생각났고, 홀연 스티븐에게 나는 보이지 않는 존재가 되었다는 느낌이 들었다. 뜻밖의 사태를 기점으로, 나는 시야에서 튕겨져 나간 것이다.

그날 저녁 이후 스티븐은 멀어졌다. 전화는 자주 했지만 나를 자기 아파트에 데려가는 것도 꺼려했고, 나도 절대로 가지 않았다. 우리 사이에 다툼도 잦아졌고, 부담 없는 매력으로 다시 그이를 되찾겠다고 아무리 굳게 마음을 먹어도 가슴에 얹힌 돌덩이 때문에 도저히 그게 되지 않았다. 스티븐과 함께 있으면 나는 뚱하고 재치도 없는 따분한 여자가 되어버렸다. 다른 사람들과는 얼마든지 경쾌할 수 있었다. 털끝만큼도 관심이 없는 남자들이 내게 전화를 걸어왔고, 가끔씩은 나도 초대를 수락했다. 그네들에게 내 무관심은 최음제처럼 효과가 있었다. 아무것도 원하는 게 없었기에 나 역시 자유롭게 제멋대로 지껄여대며 별의별 멍청한 소리를 다 했지만 그래도 무조건 남자들의 욕망에 불을 댕기는 모양이었다. 그런 저녁시간을 보내고 나면 나는 희망에 찬 남자들의 면전에 문을 닫고 혼자 잠자리에 들었고, 침대에 누워 복도에 홀로 남은 남자가 불쌍하다고 생각하며 내 안에 있는 교태부리는 바람둥이를 부끄러워했다. 웃기는 여자 캐릭터는 내가 정말로 외롭고 슬플 때만 등장하곤 했다.

그 사진이 간혹 떠올라 후회되기도 했지만 최악은 지나갔다는 생각에 잊고 넘어가려 했다. 그런데 우연히 길에서 만난 뒤로 스티븐이 어디론가 사라져 자취를 감춰버리는 사태가 발생했다. 그때 스티븐은 빨간 머리 여자와 함께 있었다. 기껏해야 열여덟 살 정도 되어 보였다. 예쁘고 가녀리고 값비싼 옷을 입고 있었다. 두 사람은 얘기를 하고 있었는데, 난 스티븐의 자세에서 속내를 읽었다. 그는 어깨를 구부정하게 구부리고 여자를 보고 있었다. 스티븐은 내가 잘 알았다. 농담으로 유혹하는 남자가 아니었다. 여자들을 진지함의 구름에 태워 붕 띄우는 남자였다. 그래서 내가 끼어들어 다 망쳐버렸다. 다가가서 스티븐을 포옹하고 여자를 소개시켜 달라고 부탁했다.

그 여자의 이름은 릴리였다.

"정말 예쁜 이름이네요."

딱딱하게 굴는 스티븐의 얼굴을 보며 말했다. 헤어지기 전 나는 스티븐의 군은 입에 단호하고도 열렬하게 키스를 했다. 돌아서는데 휘둥그레져 스티븐을 관찰하는 여자의 초록색 눈이 보였다. 끝장났다. 나는 돌아보지 않았다. 집으로 달려와 새로 산 유리잔 네 개를 벽에 던졌다. 12달러에 별도의 세금을 쓰레기통에 내버렸다.

8일이 지났다. 스티븐은 전화하지 않았고 어디서도 찾을 수 없었다. 도서관 그의 자리는 늘 비어 있었다. 우리가 같이 듣는 유일한 수업에도 나타나지 않았고 보통 다니는 곳들에서도 사라져버렸다. 전화를 걸어보고 싶은 충동을 억누르고 대신 조지에게 연락을 했다. 내가 유일하게 빨간 머리 여자 소동 얘기를 했던 사람이 조지였지만, 내가 별 것 아닌 코미디처럼 말해서 우리 둘 다 깔깔 웃고 지나쳤다. 조지는 스티븐을 봤을 테고 최소한 말이라도 했겠지만, 친구의 정보를 내놓으라고 그를 추궁하는 건 의리를 저버리라는 뜻임을 알고 있었기에 입 다물고 가만히 있었다.

9일째가 되자 더이상 참을 수가 없어졌다. 빌린 책을 돌려주겠다는 한심한 핑계를 내세워 스티븐을 찾아가기로 했다. 두 블록을 걸어 스티븐이 사는 건물에 가서 내 얼굴을 아는 노인과 함께 외부 출입문을 지나 엘리베이터를 타고 5층으로 갔더니, 금세 스티븐의 아파트 문 앞이었다. 심호흡을 하고 문을 두드렸다. 대답이 없었다. 더 크게 두드렸다. 여전히 반응이 없었다. 빨간 머리와 데이트하러 나갔나 봐, 그런 생각이 들었다. 마지막으로 한 번 더 노크하고 손잡이를 돌려보았다. 손잡이가 돌아가기에 문을 밀어 열었다. 문을 열어둔 채 들어가서 스티븐을 불렀다. 내가 서 있는 자리에서 활짝 열린 화장실 문이 보였다. 외풍이 불어 얼굴에 스치더니 등 뒤에서 문이 쾅 닫히는 바람에 나는 놀라서 펄쩍 뛰었다. 까치발로 침실로 가 아무도 없는 걸 보고 화장실 문을 똑똑 두드렸다. 스티븐의 침묵은 어딘가 불길한 데가 있었다. 죽었구나, 그런 생각이 들었다. 죽은 지 며칠 되어서 저 문 뒤 바닥에 누워 있을 거야. 손잡이를 돌려 문을 밀었지만 뭔가에 걸렸다. 그래서 온몸의 체중을 실어 밀었다가 하마터면 비좁은 화장실 바닥에 넘어질 뻔했다. 스티븐은 없었다. 다시 침실을 살폈더니 책상 위에 반쯤 마시다 둔 커피 컵이 있었다. 식었는지 보려고 허리를 굽혔는데, 사진이, 아니 사진 일부가, 잡지 밑으로 툭 튀어나와 있는 게 눈에 들어왔다.

거기 있는 사진을 본 나는 소스라치고 말았다. 멍청하게도, 사진이 조지의 소유를 벗어난다는 생각은 해 본 적도 없었다. 복사본이었을 것이다. 사진이 한 장 이상이라는 생각 자체만으로도 마음이 요동쳤고, 사진이 증식하는 환상에 빠지고 말았다. 내 이미지가 수천 장으로 증식되어 뉴욕의 쓰레기처럼 흩어지는 상상. 사진을 꺼내 두 번째로 살펴보았다. 내가 기억하는 것만큼 나쁠 리가 없어, 나는 생각했다. 부위 별로 찬찬히 새겨 보았다. 머리카락에 가려진 얼굴, 그늘지고 텅 빈 목, 팔꿈치에서 뚝 잘린 팔, 검은 드레스 속 작은 젖가슴. 무엇 때문에 내가 이걸 그토록 증오하게 된 걸까? 추하지는 않아, 나는 생각했다. 아무것도 아니야. 내가 똑똑히 보고 있는 걸까? 더 열심히 들여다봤지만 아무 감정도 느껴지지 않았다. 내 텅 빈 반응이 놀랍다는 생각을 하면서도 계속 들여다봤던 기억이 있다. 꼭 기절할 것처럼 머릿속이 가벼워지고 미약한 구토증이 올라왔다. 빈손으로 스티븐의 책상을 꼭 잡고 주저앉았지만, 여전히 다른 손으로는 사진을 쥐고 있었다. 심호흡을 하고 다시 한 번 사진에 주목했다. 이미지가 변하고 있었다. 경계심보다는 호기심으로, 얼굴에 검은 구멍이 생겼다는 걸 알아차렸다. 어떻게 그럴 수가 있지? 혼잣말처럼 생각했다. 전에는 없었는데. 하지만 단 한 순간도 그 구멍이 현실이 아니라고 생각해본 적이 없다. 구멍은 점점 커지더니 왼쪽 눈과 코를 잡아먹었고, 그제야 공포가 덮쳐왔다. 차갑고 절대적인 공포가 지독히도 깊고 깊어서 일종의 마비상태를 유발했다. 나는 박제되었다. 구멍은 사진의 이미지 전체를 집어삼키고 있었다. 얼굴과 머리카락·어깨·젖가슴 그리고 토르소. 그러더니 한 순간 내 눈에 혼자 남아 덜렁거리는 절단된 팔만 보였고 잠시 후엔 그마저 잡아먹혔지만, 나는 꿈속에 있는 사람처럼 비명조차 지를 수 없었다. 내 안에는 소리가 아예 없었고, 나는 구멍이 사진 액자까지 먹어버리는 걸 지켜보았다. 내 손가락이 걱정되었시만 차마 사진을 떨어뜨릴 생각조차 하지 못했다. 사진은 내 손에 풀로 붙인 듯 딱 달라붙어 있었다. 내 팔다리의 일부 같았다. 그리고 내 눈이 멀어버렸다. 언제 시력이 회복되었는지는 알지 못한다. 잠시 의식을 잃었던 게 틀림없지만, 눈을 뜨고 처음 본 건 스티븐 방안의 불빛이었고 난 그게 너무나 놀라웠다. 그리고 스티븐의 책상 위 물건들이 보였다. 서서히 초점이 잡혀서, 외계에서 온 흐릿하고 이름 없는 물체들 같아 보였다. 숨소리가 들려 방안에 다른 사람이 있나 생각했지만 곧 내 숨소리라는 걸 깨달았다. 병자처럼 시끄럽고 불규칙한 호흡이었다. 그리고 바닥에 뒤집혀진 채 놓여 있는 사진을 보았다. 무의미한 하얀 사각형.

이제 다 끝났다. 머릿속에서 통증이 느껴졌다. 나는 편두통을 앓고 있어 신경계의 교란에 수반되는 경미한 환각을 볼 때가 있었는데, 이런 경험들을 하는 동안에는 그 경험을 순전한 신경 착란으로 치부하는 게 불가능했다. 그것들이 막상 눈앞에서 벌어지고 있는 동안은 진실을 보고 있다고 확신하게 되고, 내가 느끼는 그 무시무시한 유약함과 부재가 바로 세계, 적나라하고 벌거벗은 세계이기 때문이다. 그 적나라함은 복구가 불가능하다. 중얼거리는 꿈같은 일상 너머 목소리가 없는 날것의 세계에 남겨두고 올 뿐이다. 자의로 가고 싶다고 갈 수 있는 곳이 아닌, 오로지 실려 가야만 하는 그 세계에. 나는 스티븐의 아파트에 앉아서 방금 본 것에서 회복되는 사이 환각에 의미를 부여했다. 사진의 내재적 어둠을 보여준 계시이며 우리 사이에서, 스티븐·조지 그리고 나 사이에 퍼져가는 전염병의 징표라고 스스로에게 말했다. 지금은 본질적으로 텅 빈 것에 의미를 부여하는 게 위험한 일일까 생각하게 되지만 어쩔 수가 없는 것 같다. 우리는 말로 숭숭 뚫린 구멍을 때우고 부재의 존재를 잊을 때까지 공허를 해명한다. 머리가 아프고 기운이 하나도 없었다. 신비스러운 우울의 안개가 낮게 깔리는 느낌이 들었다. 형태 없는 짐을 떨쳐버릴 수가 없었다. 그때 인기척이 들려와 나는 놀라다 못해 의자에 앉은 채로 펄쩍 뛰었다.

"여기서 대체 뭐하고 있어, 아이리스?"

스티븐이었다. 그를 올려다보았다.

"문이…" 더듬거리는 바람에 "열려 있었다"는 말이 나오지 않았다.

그가 나를 무섭게 노려보았다.

"난 네 아파트 뒤지고 돌아다닌 적 없잖아." 그가 말했다.

"너 지금 무슨 짓을 한다고 생각한 거야?"

"뒤지고 다니지 않았어." 내가 말했다.

"어디 있었어? 무슨 일이 났나 싶어 겁먹었잖아."

"스톤 부인이 잘 계신지 보고 왔어. 병이 드셨거든. 하지만 그건 중요한 문제가 아니지."

나는 답하지 않았다. 스톤 부인은 여든 살의 신지론자神智論者로 스티븐과 친한 사이였다.

"그걸로 뭐하고 있었어?"

스티븐이 내 쪽으로 걸어와 바닥에 떨어진 사진을 주워 흔들어 보였다.

"너 때문에 휘어졌잖아."

사진을 내려다보며 그가 말했다.

"가져가려고 했지, 안 그래?"

나는 통증이 느껴지는 관자놀이를 만지며 스티븐을 보았다.

"무슨, 그럴 리가."

"그간 조지하고 얘기하고 지냈어?"

"무슨 뜻이야?"

스티븐이 나를 똑바로 바라보았다. 핸섬한 얼굴이 얼어붙은 듯했고 몹시 희었지만 귀만은 빨갛게 불타고 있었다. 빨간 귀를 보니 어쩐지 마음이 차분해져서 흥미롭게 물끄러미 바라보았다.

스티븐은 장난감이 자기 거라고 주장하는 아이처럼 사진을 가슴에 꼭 품고 있었다.

"그럼 이걸 어떡하려고 했어?"

"보고 있었어." 내 목소리가 너무 낮아서 들리기나 할까 싶었다.

"무슨 권리로 내 아파트에 쳐들어와서 그걸 보고 있었…."

"그 사진은 끔찍해."

스티븐은 팔을 쭉 뻗어 사진을 보았다. 얼굴에 생기가 돌아왔고 귀도 다시 파리해졌다.

"나는 늘 그걸 봐." 그가 말했다. "처음 그녀를 봤을 때부터, 저 여자가 어떻게 하는지, 어떻게 사진이 효과를 내는지 알고 싶었어. 산산이 분해해서 암호를 풀고 싶었지만 그녀는 미스터리야. 조지도 해명을 못 해. 너는 이게 끔찍한 사진이라고 하지. 그게 무슨 뜻인지 나는 모르겠어. 너는 윤리적 판단을 내리는 거지만 이 얼굴, 이 여자는 그런 걸 다 초월한다고."

"스티븐. 그건 내 사진이야."

그는 어깨를 으쓱했다.

"아무리 봐도 넌 이해를 못 하는구나. 이걸 봐."

그는 사진을 내 면전에 내밀며 말했다.

나는 고개를 돌렸다.

"싫어."

"안 볼 거야?"

그는 놀라며 웃음을 터뜨렸다.

"싫어. 내려놔."

나는 스티븐의 책장을 보았다. 너무 피곤해서 눕고 싶었다. 스티븐은 작은 소리를 냈다. 일종의 코웃음이었다. 그러더니 그가 내 팔을 붙잡고 자기 쪽으로 당기는 느낌이 왔다.

"아이리스, 미친 거야? 이건 그냥 사진이야. 보라고!"

그는 내 얼굴 가까이에서 사진을 흔들었다.

나는 눈을 감고 팔을 홱 틀어 뽑았다.

"싫어!"

"진심이구나." 그가 말했다. "저게 두려운 거야."

나는 대꾸하지 않았다. 미처 생각도 않고 손으로 머리를 잡았다. 두피가 쓰라리게 아팠다. 스티븐이 내 발치에 무릎을 꿇고 앉아 내 손을 만지려고 팔을 뻗었다. 이제 사진을 들고 있지 않았다.

"무슨 일이야, 아이리스?"

그가 말하면서 내 눈에 붙은 머리카락 한 가닥을 쓸어 넘겼다.

"얼굴이 너무 창백해. 또 편두통이 도진 거야?"

그의 친절에 나는 흐느껴 울지 않을 수가 없었다. 훌쩍거리고 휴지에 요란하게 코를 풀어대며 못 되도 오 분쯤 거기 앉아 있었는데, 스티븐이 내 셔츠의 단추를 풀기 시작했다. 손가락으로 내 목덜미를 쓸고, 귓전에 입을 바짝 갖다 댔다.

다음 날 아침 나는 스티븐이 일어나기 전에 나왔다. 두통은 감쪽같이 사라졌다. 쪽지를 남길까 하다가 그러지 않기로 했다. 나가는 길에 책상에 뒤집힌 채 놓여 있는 사진을 보았다. 한 번만 보자, 나는 혼잣말을 했다. 한 번만 보고 확인을 하는 거야. 하지만 손을 거두었다. 거리로 나오는데 낮의 빛이, 서늘한 공기가 나를 소스라치게 했다. 그 작고 어두운 방을 나서는 건 마치 무덤에서 기어 나오는 것 같다고, 나는 생각했다.

스티븐은 그날 시외로 떠났다. 내게는 샌프란시스코에서 엿새 동안 부모님과 지내고 사촌의 결혼식에 간다고 했다. 나는 그 말을 믿었다. 그 사진은 이제 내게 스티븐의 아파트에서 그 사진을 보았던 경험 그 자체로 바뀌어 버렸다. 나는 사진과 구멍을 분리해 생각할 수 없었고, 어느 정도 정확하게 사진을 묘사하고 부위의 이름을 말할 수는 있어도 실제로 눈앞에 떠올릴 수는 없었다. 내 마음 속에서 사진의 존재는 사실 작지만 항시적인 위협으로 느껴지는 어떤 부재였다. 그것만으로도 충분히 나쁜데, 그 사진이 다른 데서 불쑥 불쑥 나타나기 시작했다니 기겁을 하고 허둥거리지 않을 수가 없었다. 그러자 사진이 독자적인 생명을 갖게 되었다는 비현실적인 느낌이 나를 사로잡았다. 말 그대로 사진이 살아났다는 의미는 아니다. 그게 아니라 사진이 유통되는 것처럼 보였다는 거다. 실제로 사진의 프린트가 돌지는 않더라도 그런 사진이 존재한다는 소식이 돌았다는 얘기다. 스티븐이 떠난 다음 날 도서관에서 책을 읽고 있는데 한 번도 본 적이 없는 젊은 남자가 내 옆에 앉더니 말했다.

"그 사진에 나오는 여자군요, 그렇죠?"

나는 놀라서 말을 잃었다. 그는 나를 보더니 웃음을 터뜨렸다.

"조나단 만이 보여줬어요."

"그런 이름을 가진 사람 모르는데요." 내가 그에게 말했다.

"정말이에요?" 그가 대답했다. "조나단은 그쪽을 만난 적이 있다고 하던데."

"아닐 거예요."

나는 청년의 얼굴을 빤히 쳐다보며 말했다. 그러자 청년은 시계를 보더니 의자에서 벌떡 일어나서 문으로 달려갔다.

"그런데 누구세요?"

내가 그 등짝에 대고 묻자 도서관의 다른 사람들이 짜증 섞인 눈초리로 쳐다보았다.

"휘프." 그가 말했다. "이안 휘프, 예술사 전공입니다."

홀에 있는 전화로 조지에게 전화를 걸었지만 집에 없었다. 대체 조나단 만이 누굴까? 조지는 틀림없이 알 거야, 그런 생각을 하면서 두 번째로 번호를 돌렸다. 역시 허탕이었다.

다음 날도 똑같은 일이 일어났다. 내 언어학 교수, 흰 수염에 붉은 얼굴을 한 덩치 크고 서글서글한 남자가 수업이 끝난 후 나를 붙잡아 세우고 말했다.

"학생이 모델로 부업을 한다고 들었네." 그는 나를 보고 미소를 지었다.

"누가 그런 말을 했어요?"

내 목소리에 묻어나는 긴장이 들렸다. 핍스 교수는 혼란스러운 표정을 했다.

"영문과 사무실에서 들었는데." 그가 말했다.

"비서 마지가 다 알고 있는 것 같았어."

"마지."

나는 그 이름을 큰 소리로 되뇌었다. 그녀가 어렴풋이 생각났다. 아담하고 오지랖이 넓은 여자로 사무실 한가운데 거대한 책상을 놓고 앉아 있었다. 그 여자가 사진 얘기를 하는 이미지를 떠올리려 해보았다. 스티븐이 보여줬을 가능성이 있나? 이런 생각 자체가 말도 안 되게 황당했다. 핍스 교수에게 인사를 하고 철학관으로 걸어가서 6층으로 올라가는 엘리베이터를 탔다.

과 사무실에 들어가자 입구에 혼자 앉아 있는 젊은 여자가 보였다. 학생이었을 것이다. 유별나게 숱이 많은 갈색 머리가 양쪽으로 똑바로 뻗쳐 있어서 난 말을 하면서 그걸 보고 있었다.

"마지 안에 있어요?"

이 말을 하는데 용건이 하도 황당해서 찔렸다.

"아뇨, 이삼일 자리 비웠는데요. 제가 도와드릴까요."

"아니에요." 나는 말했다.

"개인적인 문제라서요."

"이름을 남겨두고 가시겠어요?"

"아뇨, 됐어요." 내 말소리가 지나치게 또박또박했다.

"감사합니다." 어조를 좀 바꾸려고 다시 말했다.

"편하실 대로 하세요."

여자가 말하더니 책상 위에 산더미처럼 쌓인 종이를 가지고 바삐 뭔가 일을 했다.

저녁 시간 내내 조지에게 전화를 거느라 아무것도 못했다. 전화벨이 계속 울려대도록 수화기를 들고 있었지만 조지는 외출하고 없었다. 맨해튼 전화번호부에서 이안 휘프를 찾아보기도 했지만 그런 이름은 없었다. 창밖의 통풍공이 새벽빛에 환히 밝아왔을 때에도 여전히 깨어 있었다. 침대 위에는 읽을거리들이 어지럽게 흩어져 있었다. 책·복사한 논문·잡지들.

다 불면증에 시달리는 시간 동안 내가 읽은 것들이었다. 마침내 잠이 들었는데, 얕고 뒤채는 잠 속에는 시끄럽게 떠드는 목소리들과 이름 모를 군중이 가득했다.

세 시간 뒤 일어나 도서관으로 가서 도로테아 브루크에 대한 글을 세 장 썼다. 도로테아 브루크의 망상이 새삼스럽게 활기를 띠었다. 그러고 나서 진이 다 빠진 나는 대학원생 라운지에서 차를 마시러 철학관으로 걸어갔다. 전적으로 속삭임으로 진행되는 이 의례는 거의 매일 오후 치렀다. 음침한 여자 하나가 커다란 은색 기계 뒤에 앉아서 차와 작고 허연 쿠키들을 나누어 주고 있었다. 특혜의 대가로 우리는 25센트를 내게 되어 있었지만 자발적 헌납금을 넣게 되어 있는 그릇은 대개 텅 비어 있었다. 벳시 윈게이트가 방 저편 끝의 구석자리에 앉아 있었고 내가 들어가자 손을 흔들었다. 줄을 서서 홍차를 받은 후 벳시의 자리에 합류했다. 벳시는 친구는 아니고 아는 사람이었다. 영국 낭만주의 수업에서 알게 되었는데, 놀랄 만큼 똑똑하게 의견을 피력하고 크리버 교수에게 한 문단 길이의 질문을 해서 벳시가 손을 들면 교수가 한숨을 짓는 걸로 유명했다.

"아이리스." 벳시가 말했다. "안 그래도 우리가 너를 정말 보고 싶어 안달이 났었잖아."

벳시는 자기 옆의 의자를 손으로 툭툭 쳤다. 나는 자리에 앉았다.

"몇 분 전에 랄프가 여기 있었는데, 네 얘기를 하더라."

내 표정이 아주 멍했던 게 틀림없다.

"있잖아, 아이리스, 꽁지머리를 한 데리다 전공하는 친구. 낭만주의 할 때 네 뒤에 앉았어. 기억할 걸, 키 큰 사람."

나는 고개를 끄덕였다. 릴프는 기억했다.

"네가 허공을 떠다니는 모습을 다운타운의 예술가가 찍은 사진이 완전히 혼을 쏙 뺀다고 하더라. '에로티시즘 연구'라고 부르더라고."

나는 숨을 가다듬었다.

벳시가 말을 이었다.

"나도 페미니스트로서 또 다른 페미니스트에게 좀 물어봐 야겠어. 누드로 포즈를 취하면서 뭔가 타락한 느낌이 들지는 않았어?"

나는 벳시의 두꺼운 안경 렌즈를 통해 휘둥그렇게 커진 눈을 보았다. 그런 이미지의 왜곡을 보니 사람의 한 가지 신체적 특징이 다른 모든 것을 압도하는 꿈들이 떠올랐다. 그러니까 이제는 내가 나체가 되었단 말이지, 나는 생각했다. 양손으로 찻잔을 잡고 갈색 액체를 물끄러미 들여다보았다. 어디를 가나 그 멍청한 사진이 나보다 먼저 도착해 있었다. 꼭 내가 그 뒤를 쫓아다니는 기분이었다. 벳시는 심사숙고한 내 의견을 기다리고 있었다. 옷은 다 입고 있었거든, 하고 대답하는 나를 상상해 보았다. 그 사진은 네가 생각하는 그런 게 아니야, 그건… 그러다가 나 스스로도 설명을 할 수가 없다는 걸 알았다.

"전혀." 그 말만 하고 일어나 나왔다.

벳시는 실망한 눈치였다.

라운지는 따뜻했다. 너무 따뜻했다. 어서 나가야 해, 나는 생각했다. 재빨리 문으로 가서 로비를 지나 숨죽여 대화하던 사람들 둘을 지나쳤는데, 그들 역시 풍문으로 들은 사진 얘기를 하고 있다는 생각이 퍼뜩 떠올랐다. 그들이 내 쪽을 쳐다보았다. 건물 밖의 계단에서 발길을 멈추고 정신을 추슬렀다. 버틀러 도서관이 환한 햇빛을 받으며 우뚝 서 있었고, 나는 친구의 귀에 입을 대고 조지를 만지작거리던 스티븐이 생각났다. 거기서부터 시작된 일이고, 이제 모르는 사람들까지 입을 놀리고 있었다. 가십의 궤적은 보이지 않는다. 날씨처럼 시시각각 변한다. 조나단 만·이안 휘프·핍스 교수·마지·랄프·벳시 윈게이트—그 이름들이 바람처럼 내 몸을 스쳐 휘휘 불었다. 하루 전만 해도 추적에 나섰을 것이다. 사진이 지나간 길을 뒤쫓아 말을 퍼뜨린 사람들을 만나 따졌을 것이다. 하지만 이제는 불가능하다는 걸 깨달았다. 컬럼비아 대학의 어두운 복도를 헤치고 정신없이 쫓아다니며 내 노출증에 대한 온갖 말을 듣고 다닐 기운이 없었다. 계단에 주저앉아 눈을 감고 얼굴을 들어 해를 받았다. 벳시의 얘기도 딱히 틀린 말은 아니었다. 종국적으로 내게 일어난 일은 나체의 은유 따위보다 훨씬 독하니까. 그저 발가벗겨진 정도가 아니었다. 안팎이 홀라당 뒤집혀 버린 거다.

그 후로 이틀 동안 아파트에 숨어 도로테아의 욕망과 캐소본의 공허함에 대헤 내리 글을 썼고, 주기적으로 직업을 멈출 때는 조지에게 전화를 걸었지만 조지는 집에 있는 법이 없었다. 그래서 조지와 스티븐이 한 패라는 의심을 품기 시작했다. 둘이 같이 뉴욕을 떠난 게 틀림없었다. 어쩌면 사촌도, 결혼식도 없고 스티븐은 알리바이를 만들려고 거짓말을 헸을지 모른다. 그러나 내 의혹은 두 사람에게 국한되지 않았다. 공공장소에 나가면 불안했고 남들이 쳐다보고 이것저것 물어볼 거라고 미리 단정 지었기에, 은둔 생활을 끝내고 다시 도서관에 갔을 때는 아예 사람들을 쳐다보지도 않았다. 그날 아침과 오후 나절은 별 일 없이 흘러갔다. 한 시간 한 시간이 지나갈수록 긴장이 풀렸고 네 시 무렵에는 아주 행복하게 앉아 〈미들마치〉를 여기 저기 읽고 있었는데, 낯선 남자가 내게 다가왔다.

반납할 책들이 산더미처럼 쌓여 있는 트롤리 뒤에서 나타난 남자는 빨간 스웨터를 입고 선글라스를 끼고 있었으며 핸섬했다. 내가 공부하고 있는 테이블 위로 몸을 굽히더니 만면에 웃음을 띠고 싱글거리며 나를 내려다보았다. 그 동작에는 내가 싫어하는 뻔뻔한 당당함이 배어 있었다. 학생이라기에는 너무 나이가 든 남자였고, 사서라기에는 너무 화려했다. 세계 역사상 실내에서 선글라스를 끼는 사서는 유례가 없을 거라 확신했다.

"그쪽이 아이리스죠?" 남자가 말했다. "그렇죠?"

나는 남자의 눈을 덮은 검은 유리를 보았다.

"아니요. 아닌데요."

그는 놀란 눈치였다.

"전 틀림없이…."

"아니요, 찾으시는 분은 다른 사람이에요." 내가 말했다.

"완전히 다른 사람이죠."

내 목소리의 결연한 톤이 들렸다.

남자는 나를 더 잘 보려는 듯 고개를 모로 꼬았다.

"장담하는데…."

"미안해요."

나는 눈길을 한 문단에 고정시켰다. 남자는 잠시 우두커니 서 있다가 나갔다. 가버렸다는 걸 확인하고 나서야 눈을 들었다. 승리감은 오래 가지 못했다. 몇 분 만에 그런 자기부정이 더 최악으로 치닫는 길이라는 생각이 떠올랐던 것이다. 그토록 쉽게 내 정체성을 회피했다는 사실 자체가 섬뜩했다. 예전에도 그런 적이 있었다. 몇 달 후에도 또 그러겠지만 그건 아에 다른 얘기다.

　책가방을 어깨에 메고 집으로 가려고 나왔다. 웨스트 109번가에 막상 다 왔을 때는 그냥 지나쳐서 계속 걸었다. 마음이 너무 번잡해서 그 비좁은 아파트에 들어갈 수가 없었다. 바람이 강 쪽에서 불어왔고 계속 걷고 또 걷는데 두 발이 박자를 맞추면서 생각의 박농이 되었다. 목적지도 없고 그저 가고자 하는 의지뿐이었다. 그래서 나는 빨리 걸었다. 도시의 소음이 귓가에 들려왔고 도시의 매연이 코와 입으로 들어왔다. 책들이 무거워서 가방이 어깨를 파 들어가는 듯했다. 54번가의 델리에 들러 큼지막하고 비싼 샌드위치를 하나 사 먹고 또 계속 걸어 다운타운으로 갔다. 하늘이 짙은 파란색으로 물들 무렵 나는 마침내 워싱턴 스퀘어에 다다랐다. 어둠 속에서 광장을 가로질러 아치 밑을 걸어 보행로로 올라갔다. 한 남자가 두 팔을 쫙 펼치고 노래하는 듯한 목소리로 말하며 내게 가까이 다가오자 나는 고개를 흔들었다.

　"관절이 느슨해, 관절이 느슨합니다."

　노래하듯 읊조리는 남자를 보니 꼭두각시들처럼 팔꿈치와 무릎이 흐물흐물한 사람들이 연상되어 더 빨리 걸음을 재촉했다.

　남자는 나무 뒤로 사라졌다. 공원 반대편에 다다랐을 때에서야 나는 내가 웨스트 브로드웨이까지 걸어가서 조지를 찾아볼 것이고, 필요하다면 그 집 앞 계단에 죽치고 앉아 밤새 기다릴 작정이라는 걸 깨달았다.

손가락을 초인종에 대면서도 조지가 문을 열어줄 거라고는 기대하지 않았지만 조지는 대답했고, 2층으로 올라가 보니 조지는 혼자 있었다. 아파트에 온통 옷가지와 종이들이 널려 있었고 마룻바닥에는 열어 놓은 수트케이스가 하나 있었다. 이 난리통을 설명해주겠지 생각했지만 조지는 아무 말도 하지 않았다.

"너하고 얘기를 해야 해."

그렇게 말하고 소파에 앉아서 한참 동안 아무런 방해도 받지 않고 계속 이야기를 늘어놓았다. 지난 며칠 동안 있었던 기이한 일들을 털어놓고 루머의 근원이 궁금하다고 말했으며 최대한 제정신처럼 보이도록 노력하며 사진과 그 사진에 대해 보인 내 극단적 반응은 물론 스티븐의 반응까지 얘기했다. 일방적인 독백을 늘어놓는 사이 줄곧 조지를 보며 얼굴에서 단서를 찾으려 했지만, 조지는 주의 깊게 들으면서도 감정을 전혀 드러내지 않았다. 나는 말했다.

"이제 걷잡을 수가 없어. 너도 알겠지, 응? 완전히 미쳐 돌아가고 있단 말이야."

조지는 한숨을 쉬었다.

"십중팔구 존일 거야."

"조나단 만?" 내가 물었다.

"그 사람은 거래상이야, 아이리스. 전시회가 있을 예정이거든. 아주 빨리 진행됐어. 그 사람 쪽 화가 하나가 병원에 입원한 바람에 작품을 내놓을 수가 없다면서 나한테 부탁을 했어. 나한테는 그 사진들이 있잖아. 그런데 다른 작품들과 함께 네 사진도 한 상 쓰려고 해."

"그게 언제 그렇게 됐어?" 내가 말했다.

"일주일 전에."

"그럼 그때 나한테 말해줬어야지."

"시내에 없었어."

수트케이스 위에 놓여 있는 구겨진 파란 셔츠를 보았다.

"스티븐하고?" 내가 말했다.

대답이 없었다.

"스티븐하고 같이 있었어?"

"이삼일 가량. 그리고 나는 로스앤젤리스로 갔어."

"스티븐이 나한테 거짓말을 했어." 내가 말했다. "결혼식이라면서."

"아니야, 아이리스. 결혼식은 했어."

"네가 누군지 모르겠어, 조지. 네가 대체 누군지 모르겠다고."

"몰라?" 그는 슬퍼 보였다. 검은 눈에 핏발이 서 있었다.

"전시회는 언제야?"

"다음 주 금요일."

"그렇게 빨리? 그런 게 되는 줄 몰랐네."

"이렇게 되잖아."

"그 사진은 빼달라고 내가 요구할 수도 있는 거 알지."

"그럴 거야?" 그는 나를 똑바로 바라보았다.

그의 표정을 가늠해 보았지만 조지는 그저 피로하고 아주 창백할 뿐이었다. 그는 무너지듯 의자에 앉았다. 몸에서 생기라고는 한 톨도 없이 날아가 버리고 움직이지 않는 밀랍인형만 남은 모습이었다. 당시 나는 이런 정체상태를 무관심으로 읽고 짜증이 복받쳤다.

"그럴 수도 있지." 내가 말했다.

"좀 들어 봐, 조지. 나는 사기당하고 현혹된 기분이야. 이젠 내가 어디 있는 건지도 모르겠고 그 사진도 거기 일조하고 있어. 너는 내가 상처받을 줄 알고 있었지만 그래도 강행했어…."

조지는 고개를 저었다.

"나한테 강도짓을 한 거야."

그 말이 무슨 뜻인지 잘 몰랐지만 무정형의 진실을 지시하는 것처럼 보였다.

그는 나를 똑바로 바라보았다.

"네가 여기 왔어. 내가 사진을 찍은 거고. 너는 오고 싶어서
온 거야."

숨이 탁 멎었다. 그가 옳았다. 나는 코로 숨을 내쉬고 내
입으로 작은 바람이 빠져나가는 소리를 들었다. 다시 숨을 쉬
었다.

"전시해."

나는 말하고 일어섰다. 책가방을 쓰린 어깨에 조심스레 메
었다.

"하지만 나는 오프닝에 가지 않을 거야. 보지도 않을 거야.
스티븐한테서 격려 많이 받아."

조지는 내게 양손을 내밀었다. 하얀 얼굴이 이상하게 부어
보였다. 하지만 나는 화해의 제스처를 묵살하고 문을 나섰다.

택시를 타고 집으로 오면서 미터기가 탁탁거릴 때마다 사
라지는 내 돈을 지켜보다가 스티븐에게 빌린 돈 30달러가 내
수중에 없다는 생각을 했다. 운전사가 10번가를 달리며 초록
신호등을 하나씩 하나씩 지나치는 사이 차창을 내리고 온몸
으로 바람을 맞았다. 길거리 어둠 속에 걸려 있는 네온 글자들
을 읽었다. 숨겨진 건물과 벽의 허공에 둥둥 떠 있는 글자들,
이름 모를 물건과 장소를 광고하는 표지판들. 그 중에는 이
제 존재하지 않는 것들의 이름도 있다는 걸 알고 있었다. 죽은
회사·텅 빈 호텔. 이런 생각을 하자 슬픔이 차올라서 택시가

109번가에 정차할 때까지 뒷좌석에서 소리 없이 울었다. 열쇠를 문에 꽂기 전 고개를 들어 하늘의 별을 보았다. 그날 밤에는 별이 많았고, 별들의 존재는 어렸을 때 꾸던 천국의 꿈처럼 위로가 되어주었다.

다음 날 아침 버저 소리에 잠을 깼다. 스티븐이었다. 목욕가운을 입고 문을 열어놓고 그가 들어오기를 기다렸다. 그는 계단으로 올라왔다. 순백의 정장 차림이었고, 복도 창문으로 비춰 들어오는 햇살을 받아 머리카락이 빛나고 있었다. 내 뺨에 키스하고 내 손을 잡고 안으로 들어왔다. 의자 대신 쓰는 오렌지색 상자에 앉아 팔꿈치를 무릎에 괴었다.

"조지가 어젯밤에 전화를 했어." 그가 말했다.

"네가 만나러 갔었다면서."

"그래." 내가 말했다.

스티븐은 고개를 숙였다. 턱이 빳빳하게 풀 먹인 셔츠 컬러에 닿았다.

"비밀이 너무 많아, 스티븐." 내가 말했다.

"나는 그렇게 살 수 없어. 숨 막혀 죽을 것 같아."

"비밀이 없는 사람은 없어, 아이리스." 그가 말했다.

"알아." 내가 말했다.

"그렇지만 해가 되는 비밀이 있고 지킬 수 없는 비밀도 있어. 결국 터져 나오게 되어 있어." 나는 잠시 말을 멈췄다.

"너하고 조지처럼. 나만 병신 된 기분이야. 너희 둘이 그 동안 내내 날 비웃고 있었겠지. 네 입으로 말해주면 좋겠어, 스티븐. 이제 나한테 말해. 둘이 애인이야?"

스티븐의 초록색 눈은 내가 도서관에 반납하려고 쌓아놓은 책들에 못 박혀 있었다. 그러더니 미소를 지으며 고개를 흔들었다.

"조지는 누구 애인이 될 사람이 아니야. 너도 알잖아. 그게 아니라 다른 거야…."

나는 그의 목을 보았다. 셔츠 맨 위의 단추 두 개가 풀려 있었는데, 나는 그의 가슴에 돋아 있는 작은 뼈들을 손가락으로 쓸고 싶어졌다. 하지만 꾹 참고 허벅지에 양손을 포개 얹었다.

"하지만 조지가 네 사진도 찍었지?" 내가 말했다.

"그거 너잖아. 창문 앞에 있는 몸, 안 그래?"

그는 대답하지 않았다. 고개를 숙이고 앉아 있는데, 떨리는 몸이 눈에 들어왔다.

"넌 그것도 나한테 거짓말을 했어. 서로 터놓고 솔직하게 말할 수도 있었는데. 그날 조지네 집에서 나오면서 기분이 정말 나빴어. 지독하게 학대받고 상처받은 느낌이었단 말이야. 그런데 너 때문에 기분이 더 더러워졌어. 이해가 안 돼."

"너는 잔인한 구석이 없어."

그는 손가락을 내 얼굴에 대더니 다음에는 머리카락을 어루만졌다. 그 손에서 향 비누 냄새가 났다.

"그건 네가 잘못 생각한 거야." 내가 말했다.

"넌 착해." 그가 말했다. "나는 아니야. 나는 사기꾼이야."

"그런 소리 하지 마."

스티븐이 미소를 지었다. "그게 진실인 걸."

"그건 지금 네 기분일 뿐이야."

"난 언제나 그런 기분이야." 그가 말했다.

"늘 사기꾼이라는 기분이라고? 그 말 못 믿어."

"아이리스, 나는 나 자신이 살아가는 모습을 구경해, 영화처럼. 그리고 그런 나 자신의 이미지가 전부야. 그걸 배신하고 싶지가 않아. 내가 무슨 얘기를 하고 있는지 알아? 내가 참을 수 없는 건 평범함이라는 얘기를 하는 거야. 나 자신을 따분하게 만들고, 다른 사람들처럼 진부한 삶으로 전락하고 싶지 않다는 얘기야. 허심탄회한 대화, 치졸한 고백들, 열정이 아니라 버릇 같은 관계들. 사방에 그런 사람들이 보이는데 정말이지 끔찍하게 싫어서, 그런 역겨운 삶으로 끌려들어가지 않기 위해서 나 자신과 결별해야 하는 거라고. 물론 겉보기의 문제지만 외양은 저평가되고 있어. 표면이 사물의 본질이 되는 거거든. 이제는 영화 속 남자와 관객을 거의 구분하지도 않고 살아."

불쌍하다는 생각이 들었지만 그런 감정 자체가 싫었다. 그가 자기해명이랍시고 내놓은 게 격렬한 자조였기에 내 마음에 시커멓게 멍이 들었다.

"난 이해해, 스티븐. 하지만 모든 사람이 가장 본질적인 면에서는 결국 똑같다고 생각지 않아? 어떤 삶은 다른 삶보다 훨씬 따분하겠지. 하지만 사람들이 자기 내면에서 어떻게 사는지 안다는 건 불가능하잖아, 안 그래? 내 말은, 삶이 외적으로는 지루해 보여도 안을 들여다보면 격동하고 있을 수도 있어. 잔인함이 정상성보다 더 경멸받아 마땅한 거 아니야?"

스티븐은 내 방 창밖을 내다보았다. 입술을 깨물더니 돌아서서 나를 보지 않고 느릿하게 말했다.

"윤리를 말하는 게 아니야, 아이리스. 너한테 정직하려고 애쓰는 거야. 가끔은 잔인함으로 인해 더욱 살아있다는 느낌을 받는다는 얘기를 하는 거야."

"나를 봐, 스티븐."

그는 고개를 돌렸다. 연민으로 심경이 달라진 나는 미소를 지었다.

"너를 너무 크게 실망시키고 싶지는 않아." 내가 말했다.

"하지만 넌 그렇게 비열하지 않아. 사실, 보통은 친절하고 너그러운 충동으로 가득하단 말이야."

스티븐이 한숨을 쉬었다. 내게는 너무나 아름답고 너무나 세련되어 보이는 남자였다. 그이 말이 맞아, 나는 생각했다. 천박한 데라고는 흔적도 찾아볼 수 없는 사람이야. 교외의 교육받지 못한 부모 밑에서 자라면서 온통 속물들에게 둘러싸여 있었을 텐데. 그는 스스로 자기를 창조한 거야.

"그런데 내 사진은?" 내가 물었다.

"그날 자기 아파트에서 나를 봤을 때 조지의 전시회에 대해서 알고 있었지. 하지만 나한테 말하지 않았고, 그 사진을 온 컬럼비아 대학에 돌렸다는 사실도 말하지 않았⋯."

"아무한테도 보여주지 않았어."

"누군가 보여줬어."

"뭐, 나는 아니야."

"그럼 전시회는?"

"그건 조지 일이고."

나는 창밖의 벽돌담을 바라보았다. 모르타르가 바스라져 떨어지고 있었다.

"우리는 이걸 끝내 잊고 넘어가지 못할 거야, 그렇지?"

"그래. 안될 거야."

내 목욕가운 앞섶이 벌어져 다리가 드러나 보였고 나는 나 자신의 무릎뼈를 물끄러미 바라보았다.

"자기 절대 돌아오지 않을 거지, 그렇지?"

허파가 턱 막혀 버린 느낌이 들었다.

"그렇게 신파조로 굴지 않아도 되잖아." 그가 말했다.

"우리 만날 거야. 얘기도 나눌 수 있어."

"아니야." 내가 말했다.

"옛 친구하고 커피도 한잔 같이 하지 않을 거야?"

고개를 흔들었다.

"유감이네."

그가 말했다. 그리고 아주 조용히 문을 닫고 나가서 다시는 돌아오지 않았다. 물론 가끔씩 나는 그를 보았다. 도서관에서, 길거리에서. 하지만 내가 엄청난 노력을 들여 피해 다녔기에 우리의 조우는 몹시 드물었다. 스티븐은 내 인생에서 나갔고 그 후로 몇 달 동안 나는 그의 유령을 짊어지고 다녔다. 그 아름답고 사람 미치게 만드는 괴물은 나를 산 채로 잡아먹었다.

스티븐은 일요일에 떠났고 다음 주 내내 나는 집 근처만 맴돌았다. 리버사이드 파크로 산책을 나가고 계속 논문을 썼다. 논문은 턱없이 길어지고 있었다. 길에서 아는 사람을 만나면 숨었다. 모퉁이를 돌아 다른 길로 한 블록 더 걷거나 재빨리 가게로 뛰어 들어가거나. 하지만 그런 일도 한두 번 뿐이었다. 내 외로움은 강제된 사치였다. 수화기는 내려놓았다. 사진·가십·조지의 전시회, 모두 어쩐지 비현실적으로 느껴졌다. 아예 일어나지도 않은 일들처럼. 하지만 밤이면 이상한 총천연색

꿈속에서 모든 게 돌아왔고, 그러면 나는 식은땀에 젖어 숨을 헐떡이다, 하지만 또 거의 다 잊은 채 잠에서 깨어나곤 했다. 은둔은 일종의 매장이었고, 나는 이를 통해 결국은 모두 치유되리라고 생각했다. 최대한 남의 눈에 띄지 않는 게 절대적으로 필요한 일이었다. 타인의 시선이 거의 신체적 위협처럼 느껴지기 시작했기에 최대한 스스로를 격리했다. 살갗이 쓰라리고 뼈가 쑤셔 긴 목욕과 향기 나는 크림으로 몸을 보살폈다. 세계는 오그라들어 고치가 되었다. 격리는 일종의 구두점이고 스스로 종지부를 선언하는 방식이었으며 그 나름대로 쾌감이 없지 않았다.

목요일 밤 공책을 들고 '허구 속의 허구들' 마지막 몇 페이지를 구상하고 있는데 전화벨이 울렸다. 자정이 지난 시각이라 전화가 올 리 없다고 생각하고 다시 수화기를 제자리에 올려두었던 것이다. 조지였다. 낯익은 그 목소리를 들으며 전율 같은 기대감을 품었다.

"너한테 전화한지 벌써 몇 시간째야. 여기 길가 공중전화거든. 너하고 얘기 좀 해야겠어. 나 그리로 간다."

"제발 그러지 마." 내가 말했다.

"난 너 안 만나고 싶어. 아무도 보고 싶지 않아…."

"이건 급한 일이야. 우리 얘기를 해야 한다고. 몇 분 후에 그리 갈게."

뭐라고 더 말하기도 전에 전화가 끊어졌다.

세수를 하고 머리를 빗고 기다렸다. 버저가 울렸고 문을 열어 조지를 들였다. 안으로 들어온 그는 제정신이 아니었고 내게 다짜고짜 큰 소리를 쳤다.

"훔쳐갔어." 그가 말했다.

"무슨 소리 하는 거야?"

그의 말투가 부적절하다는 걸 알려주려고 차분하게 말했다.

"그 사진." 그가 말했다. "없어졌어."

"나를 찍은 사진?" 내가 말했다. "어디서 없어져?"

"전시회에서. 어제는 걸려 있었는데 지금은 거기 없어."

"농담이지."

"나 갖고 놀려고 하지 마, 아이리스. 너한테 있잖아."

나는 조지를 바라보았다. 머리카락이 바람에 헝클어지고 아름다운 상의는 구겨져 있었다. 나는 놀라서 입이 떡 벌어졌다.

"정말로 내가 갤러리에 숨어들어가서 그 사진을 훔쳤다고 생각하는 거니? 전시해도 좋다고 했잖아. 진심으로 한 말이야. 날 대체 뭘로 보는 거야, 미친년?"

조지는 미소를 띠었다.

"그거거나 아니면 연기력 대단하신 여배우겠지."

"넌 모르겠다는 말이야? 내 마음을 꿰뚫어보시는 줄 알았는데, 조지?"

그는 담배 한 개비를 꺼내 불을 붙이고 내 뺨 쪽으로 연기를 불었다.

"좋아, 네가 안 가져갔다고 치자. 누가 가져갔는데?"

"전혀 감도 못 잡겠어. 너와 달리 난 사람들 생각을 읽을 줄 모르거든."

조지는 오렌지색 상자에 걸터앉았다. 식탁 의자를 하나 빼서 나도 그와 마주보고 앉았다. 조지는 아무 말도 하지 않고 담배를 피우며 나를 살폈다.

널찍하고 하얀 갤러리에 걸린 조지의 사진을 머릿속에서 그리자 눈앞에 떠올랐다. 마름모 창살 사이로 보이는 포스터의 여자와 짝지어져 있던 스티븐의 사진이 기억났다. 사진은 두 장이라야 한다. 갑자기 뇌리를 스치는 깨달음에 한 대 얻어맞은 느낌이었다.

"내가 본 그 연작을 전시하는 거지, 안 그래?"

"그래."

"둘씩 짝지어진 사진들?"

그가 고개를 끄덕였다.

"그럼 또 다른 사진이 있겠네. 내 사진과 짝지은 사진."

조지를 바라보는데 문득 그때 그 여자가 떠올랐다. 인도에서 몸을 뒤채던 여자 말이다. 발작에 팔다리가 뒤틀리고 벌겋게 상기된 얼굴, 허옇게 까뒤집힌 눈, 게거품을 물던 도톰한 입. 나는 조지에게서 고개를 돌렸다. 옥상에서 도시가 내려다보였고, 그 모든 일이 끝나고 나서 난데없이 구름이 모여들었다. 스티븐은 그 여자의 몸이 해체되는 것 같다며 뭐라고 말했고 조지는 대체로 과묵했지만 사진들은 이미 다 찍은 후였다. 카메라 셔터 소리가 들렸다. 그 소리가 기억났다. 다음 순간 나는 울고 있었다. 눈물이 뺨을 타고 흘러서 손에 얼굴을 묻었다. 조지가 손을 내밀어 내 무릎을 잡았지만 내가 밀쳐냈다.

"어떻게 그럴 수가 있어?"

나는 그를 빤히 보며 셔츠 소매로 뺨을 훔쳤다.

"어때, 그 간질 사진? 오줌 얼룩이 잘 나왔기를 바라. 그런 걸 놓치고 싶진 않았을 거 아냐. 장담해도 좋아, 네 걸작이었겠지. 인간이 겪는 고통을 왕창 쏟아 넣어야 걸출한 사진이 나오는 법이니까."

마지막 말을 뱉어내며 내 입에서 튀어나오는 침을 보았다.

조지는 꿈쩍도 하지 않았다.

"그 사진도 없어졌어?"

"아니."

"오, 조지." 내 목소리에 통곡이 섞였다. "왜 나한테 말 안 했어?"

그는 앞으로 몸을 기울이고 담배를 테이블 위의 컵에 비벼

껐다.

"말하려고 했어. 오늘 말하려고 했지만 기회를 주지 않았잖아. 너한테 해명하고 싶었어. 그 사진들, 그 쌍쌍의 사진은 대극의 연구야. 등식으로 제시된 게 아니라고. 원래 아이디어는 서로 상쇄하는 거였어. 내 의도는 탐구⋯."

나는 그가 말을 끝맺도록 내버려 두지 않았다.

"쓰레기. 뭘 탐구해? 네 야만적인 관음주의?"

한 순간 조지는 충격 받은 표정이었지만 재빨리 회복했다.

"들어 봐, 아이리스. 그렇게까지 할 필요는 없잖아. 정말로 내가 강아지를 데리고 있는 아이들이나 공원의 연인들만 찍어야 한다고 믿어? 정말로 네 말대로 '인간의 고통'이 사진의 영역 밖에 있다고 믿어?"

"아니. 그런 믿음은 없어. 내가 믿는 건 네 동기가 고결하지 않다는 거야. 너라면 잘 찍힌 샷을 위해서 우정도 기꺼이 희생할 거라는 거, 네가 일종의 연극 연출가라는 걸 믿어. 사람들을 이리 저리 몰고 다니고, 그 사람들을 갖고 놀고 네가 창조한 존재인 양 취급하는 걸 좋아하지. 그날 오후 사진을 찍을 때 나한테도 그랬어. 이미 간질 발작 사진을 찍어 놓고서 나한테서 뭔가 병치가 될 만한 걸 원했던 거야. 그리고 바로 그걸 얻어냈지. 네 영악한 잔꾀는 절대 낮게 평가하지 않아. 네 도덕성을 회의할 뿐이야."

"달변이네, 달변이야." 조지가 팔짱을 꼈다.

"그렇지만 난 그날 오후 내 발치에 쓰러졌던 젊은 여자가 기억날 것 같은데. 너 말이야, 아이리스, 스티븐의 배신에 징징거리던 너는 기꺼이 펄쩍 펄쩍 뛸 태세가 되어 있었잖아. 자기 행동에 책임이 없다고 주장할 각오가 되어 있는 거야?"

"아니."

나는 그 말을 하고 침묵했다. 조지는 놀랄 만큼 움직임이 없었지만 숨을 쉴 때 가슴이 들썩거리는 건 보였다.

"내가 다 옳다고 우기려는 건 아니야. 하지만 넌 너무 많은 일들을 내게 숨겼어. 너도 그렇고 스티븐도."

조지는 얼굴 양옆을 손가락으로 문지르더니 말했다.

"스티븐이 가져갔을지도 모르겠다."

"스티븐이 왜 그걸 가져가?"

"내가 전시회에서 그 사진을 내리기를 원했어. 우리는 그 일로 싸웠지."

"나 때문에?"

조지는 창문 쪽으로 돌아섰다.

"그런 이유도 있었겠지만 스티븐은 그 사진에 관한 한 살짝 미쳐 있었어. 계속 나한테 말했지. '그녀는 그렇게 전시하면 안 돼'라고."

"다른 사진 옆에?"

"아니, 갤러리에. 그게 신성하다거나 뭐 그런 느낌이 들었나 봐. 갤러리에 걸면 그 신성한 힘을 잃게 된다든가 뭐."

"스티븐이 계속 '그녀'라고 하는 거 웃겨. 대체 누굴 말하는지 모르겠더라고."

조지는 홱 돌아서 나를 보았다. 눈을 가늘게 뜨고 교활한 표정을 하고 있었다.

"하지만 생각해 보면 네가 가져갔을 수도 있지." 내가 말했다.

그가 눈을 휘둥그레 떴다.

"아니 나야말로 왜 그런 짓을 하지?"

나는 몸을 앞으로 기울이고 무릎에 팔꿈치를 괴고 턱을 손으로 받쳤다.

"멈추지 않게." 내가 말했다.

"뭐가 멈추지 않아?"

그는 어린애의 황당한 질문을 참고 듣는 사람처럼 참을성 있게 말했다.

"이 모든 것, 조지, 이 멍청한 사진의 이야기 전체. 나라면 널 배제하지 않겠어. 짜릿하게 약간의 흥밋거리를 만드는 거지."

"으쓱한데, 아이리스, 정말이지 으쓱해지는 기분이야. 하지만 유감스럽게도 넌 틀렸어."

"그래?" 내가 말했다. "넌 소동을 일으켜야 직성이 풀리잖아? 네 사진들은 그런 에너지, 그런 충동의 기록이지. 하지만 사진은 기괴한 부류의 침습이야. 내 말은, 넌 거기 있지만 동시에 거기 없기도 하지. 너는 카메라맨의 유령이야, 조지. 몸이 없는 남자, 주제는 있지만 친구는 없는 남자."

조지를 본 나는 그 말을 하지 말았어야 했다고 후회했다. 그 순간 조지는 늙어 보였다. 얼굴은 초췌하고 이마는 고통이 떠올라 주름 잡혀 있었다. 겨우 스물여섯 살짜리가.

"아주 훌륭하게 요약하셨네." 그가 말했다. "짧은 문단 하나로 조지라는 놈을 한 방에 처리했네. 재고할 가치도 없는 놈이고. 너한테는 쉽지, 그렇지? 처음 본 순간부터 너를 사랑했던 불쌍한 새끼를 치워버리는 게 그렇게 쉬운 거지."

숨이 턱 막혔다.

"그렇게 충격 받은 얼굴 하지 마, 아이리스."

"대체 나한테 무슨 얘기 하는 거니?"

조지는 재킷 단추를 잠그고 있었다. 그리고 일어섰다.

"사는 데에는 여러 가지 방식이 있고 사랑에도 여러 방식이 있다는 얘기야. 내 방식은 다른 사람들보다 좀 에두르는 것 같다."

그는 손을 뻗어 내 뺨을 손등으로 아주 천천히 쓸었다.

"안녕, 아이리스."

문까지 그를 배웅했다. 조지는 문을 열더니 문지방에서 발길을 잠깐 멈췄다가 완전히 돌아서서 나를 마주보았다.

"네거티브 필름은 갖고 있지만 인화본은 이제 더 만들지 않을 생각이야. 텅 빈 벽도 괜찮을 거 같거든. 네 생각은 어때?"

"네 생각이 아마 맞을 거야." 내가 말했다.

조지는 뒷걸음질 쳐서 복도로 물러났다. 거기 잠시 서 있더니 무심하게 고개를 끄덕였다. 그러더니 손바닥을 위로 하고 양손을 앞으로 내밀었고 일순 나는 저 손을 잡으라는 뜻인가 생각했다. 하지만 그는 손을 툭 떨어뜨려 호주머니 깊이 쑤셔 넣었다. 조지는 발꿈치를 축으로 빙글 돌더니 복도를 걸어갔다. 검은 재킷과 긴 곱슬머리, 우아한 뒷모습이었다. 나는 문을 닫고 꼭 잠근 뒤 침대로 돌아갔다.

3

The Blindfold

결국 그들은 나를 병원에 입원시켰다. 다른 치료가 전부 실패하고 난 뒤의 얘기다. 인데랄*·카페고트**·멜라릴***·엘라빌****·작고 하얀 흡입기·유명한 피시 칵테일까지. 날마다 검사를 받고 때맞춰 파란색의 거대한 쏘라진 알약들을 삼켰다. 바로 거기서 O 부인을 만났다. O 부인은 3번 병상이었다. 나는 2번 병상에 누워 있었고 M 부인은 4번 병상에 있었다. 1번 병상은 비어 있었다.

* Inderal. 베타 차단제 계열의 약으로 교감신경의 항진을 다스리는 역할을 함.

** Cafergot. 편두통 치료제.

*** Mellaril. 조현증 등의 완화를 목적으로 하는 항정신병 치료제.

**** Elavil. 우울증 치료제.

편두통 환자인 나는 서열이 낮았다. 물론 지독하게 나쁜 케이스기는 했다. 7개월 동안 거의 휴지기도 없이 머리에 통증이 있었으니까. 편두통은 가끔은 순하고 가끔은 비인간적이었다. 위장이 다 뒤틀렸다. 소변도 너무 많이 봤다. 초현실적으로 피로했다. 눈앞에 검은 구멍들과 아주 작은 빛의 원들이 보였다. 딕이 저렸다. 손발은 얼음처럼 찼다. 언제나 욕지기가 났다. 내 몸은 말도 안 되는 증세들이 회합을 벌이는 장소가 되었지만 여전히 내 병명은 두통이었고 신경과 병동에서 두통은 거의 영향력이 없다. 입원하던 날, 뚱뚱한 간호사가 말했다.

"피시 박사님 환자야."

그러더니 그 후로 나는 대체로 혼자 방치되었다. 간호사들은 내 침대보를 갈아주고 물병에 물을 채워주지만 나한테 말을 거는 일은 드물었다. 수상쩍어 하는 눈치였다. 나 역시 그이상의 관심을 요구하지 않았는데, 그건 죄책감 탓이었다. 내가 보기에 두통은 나 스스로 만들어낸, 내 손으로 창조한 괴물이었다. 빌어먹을 두통을 없앨 수가 없다 해서 내 죄가 사라지는 건 아니다. 게다가 말하기가 힘들었다. 고치처럼 나를 감싼 쏘라진 약효를 뚫고 말해야 했기 때문이다. 말들이 생겨나는 장소(두통 속 어딘가 깊은 곳에서)와 그 말들이 가야 하는 장소(몸 밖의 방안으로)간의 거리가 도저히 넘을 수 없이 멀어보였다. 처음에 나는 조용한 환자였다. 어떤 간호사가 나를 골칫덩어리라고 불렀던 건, 한참이 지나 O 부인과의 사건들이 일어난 후의 일이다.

매일 아침 피시 박사는 병실에 머리를 빼꼼 들이밀고 손을 흔들었고 나도 답례로 손을 흔들며 미소를 지었다. 하지만 그가 나를 재수 없어 한다는 걸 알고 있었다. 피시 박사는 성공을 좋아하는 사람이었다. 성공을 너무 좋아한 나머지 내가 입원하기 전에는 전혀 그렇지 않은데도 나아지고 있다고 말했고, 이렇게 전혀 차도가 없다는 게 두드러지자 이제는 나를 꺼려했다. 나라는 존재가 실패의 표징이 된 것이다. 말을 듣지 않는 몸뚱어리, 자신의 숙련된 의술에 대한 조롱. 우리 관계는 처음부터 허위였다. 지금은 그렇게 부정직한 관계가 피시 박사가 환자를 탐문하는 방식에서 나온 거라고 믿게 되었다. 박사는 테이프 녹음기를 사용했다. 실제로 환자들의 말을 녹음했다면 이런 접근방식도 무해했을지 모르지만, 사실 그 테이프에 녹음된 유일한 목소리는 피시 박사 자신의 목소리뿐이었다. 첫 진료 약속에 맞춰 들어가자 박사는 나를 따뜻하게 맞아주면서 아름다운 가죽 의자에 앉으라고 하고 기분이 어떠냐고 묻고 증상을 설명해 보라고 했다. 늘 그렇듯 머리가 아프다고 말하고 내 두통의 사연을 막 풀어놓으려 하는데 그가 책상에서 마이크를 꺼내더니 큰 소리로 마이크에 대고 말하는 것이었다.

"아이리스 베건. 케이스 번호 63912. 1980년 9월 2일 화요일."

그리고 내 쪽으로 고갯짓을 하더니 얘기를 계속하라는 신호로 미소를 지었다. 나는 인덱스카드에 두통에 대한 메모를 미리 적어 와서 그걸 내려다보며 이야기의 가닥을 잡기 시작했다.

"지난 8월에 시작됐어요." 내가 말했다. "그때 나는 도서관에서 나와서 브로드웨이를 걷고 있었어요. 그때 거리가 달라 보였던 기억이 나요. 아주 선명하고 아름다웠죠. 그래서 믿기지 않을 만큼 행복했어요. 심지어 '지금만큼 행복했던 적은 없어'라고 혼잣말까지 했죠."

"그렇군요." 그러더니 박사는 대머리를 만지작거렸다.

피시 박사가 초조해하는 기색이 역력해서, 이 이야기에서는 완전하다는 감정, 완벽함의 감지가 본질적으로 중요하다는 설명을 하고 싶었지만 황급하게 넘어갔다.

"하지만 내 아파트에 들어서는 순간, 누가 세게 잡아당기는 것처럼 왼팔이 홱 뽑히는 느낌이 들었어요. 균형을 잃고 쓰러지고 말았죠. 어지럽고 메슥거려서 한참 동안 일어서지도 못했어요. 마룻바닥에 그렇게 앉아 있는데, 빛이 보였어요. 방안의 절반을 수백 개의 현란한 불꽃이 가득 메우고 있었어요. 그

게 사라지고 나자 벽에 커다랗고 깔쭉깔쭉한 구멍이 보이더
군요. 그 구멍을 보자 죽도록 겁이 났는데, 이상한 건 그게 시
각의 문제로 느껴지지 않았다는 사실이에요. 정말로 그 벽의
일부가 없어졌다고 생각했어요. 얼마나 오래 그 상태가 지속
되었는지는 모르겠는데, 구멍이 사라지고 나자 통증이 시작됐
어요."

피시 박사는 마이크를 집어 들었다.

"환자는 발광성 부정성 망막 암전을 앓음."

이런 혹독한 편집은 내게 특이한 영향을 미쳤다. 인터뷰가
진행될수록 중얼거리고 헛기침을 하고 말을 까먹고 내가 무
슨 말을 하는지 자꾸 잊어버리게 되었다. 뉴욕에서는 소위 '두
통계의 황제'로 유명한 피시 박사한테 보내지기 전에, 나는 덜
유명한 내과의사 여섯 명에게 내 얘기를 해보려고 노력했고
그때마다 결국 할 말을 잃고 말았다. 질병의 모든 측면을 똑똑
히 설명할 수만 있다면, 숙련된 귀에 대고 나를 낫게 해줄 단
서를 흘릴 수 있을 텐데. 하지만 내 말은 언제나 부적절했다.
그리고 내가 한 말 대부분은 피시 박사에게도 아무 소용이 없
었다. 횡설수설하는 소리를 듣듯 한 귀로 흘리면서 가끔 내 말
을 끊고 무뚝뚝하게 요약해 보라고 할 때도 있었다.

"환자는 구토가 간헐적으로 통증을 완화시켜 줬다고 말한
다."

매주 피시 박사를 찾아갔는데 그때마다 나는 박사의 눈에 훨씬 나아 보였다. 박사는 내가 훨씬 덜 해쓱하고 덜 초췌하고 덜 피곤해 보인다고 했다. 그러면서 내 말을 더 자주 끊고 하소연을 점점 더 긍정적인 관점으로 요약 정리했다. 막상 나는 이런 변화를 볼 수도 느낄 수도 없었지만 피시 박사가 워낙 자신만만했기에 반쯤은 그를 믿었다. 진실을 말하자면 나 역시 그의 기만에 동참했다. 구술시험을 준비하고 있던 때라서 치료가 효과가 있기를 절박하게 바랐기 때문이다. 치료가 효과가 없으면 낙제였다. 시험범위 647개 작품 중에서 233편의 소설·희곡·단편·시는 아직 제목밖에 모르는 상태였다. 5월 15일까지는 공부를 해야 했다. 날마다 도서관에서 도저히 읽을 수 없는 위대한 문학작품을 노려보고 앉아 있었다. 두통이 방해가 되었다. 몽롱한 구름처럼 흐릿하면 그나마 다행이었고, 최악의 경우에는 끔찍한 고통의 응어리였다. 통증의 강도를 재는 일이 강박이 되었다. 머리가 좀 가벼워지면 기쁨에 들떴다. 약이 도움이 되나 봐, 생각하곤 했다. 그러나 아픔이 심해지면 절망에 빠졌다. 내 책상 위에는 산더미처럼 책이 쌓여 있었는데, 나날이 흘러갈수록 책 더미를 보기만 해도 공황에 빠졌다. 그럼에도 나는 괜찮은 척했다. 자존심이 걸린 문제였다. 피시 박사를 만나면 언제나 쾌활하게 대했다. 내 신경에 대해 농담을 했다. 두통이 날뛰어도 미소를 지었고 덜덜 떨리는 손을 꼭 맞잡고 숨겼다. 의사에게 병을 숨기다니 황당한 얘기지만, 있는 그대로의 모습을 보이고 싶지 않았다. 걷잡을 수 없이 바스라지고 허물어지는 사람처럼 보이고 싶지 않았다.

그런데 1월에 증세가 급격히 악화되었다. 침대 밖으로 나갈 수가 없었다. 약을 다 토하고 극심한 피로에 시달렸지만 잠을 자면 잘수록 오히려 통증이 악화되는 것 같았다. 무자비한 불행 속에 일주일을 보내고 나서 나는 축 처진 몸을 질질 끌고 닥터 피시에게 진찰을 받으러 갔고 부끄러움도 잊은 채 가죽의자에 눈물 콧물을 다 묻히며 엉엉 울었다. 박사는 다음 날 아침 마운트 올림푸스 종합병원에 입원하라고 했다.

병실 밖으로 나가는 일은 거의 없었다. 병실 안 시시콜콜한 모든 것들이 익숙해졌다. 내 침상 옆 하얀 벽에 난 작은 흠집과 얼룩들, 포마이커 소재 나이트테이블의 표면에 난 길고 가는 칼자국, 내 파란 담요의 해진 솔기. 그리고 O 부인의 침대 커튼을 바라보며 몇 시간씩 보냈다. 링 하나가 부러져 있어서 천 주름의 대칭이 깨져 있었고 커튼을 치면 오른쪽 위 구석이 축 늘어졌다. 아직도 눈앞에 완벽하게 떠올릴 수 있다. 그 시기에 내 감각은 이상하리만큼 예민했다. 형광등으로 환하게 밝혀진 실내를 항상 눈뜨고 제대로 볼 수 있었던 건 아니지만, 그럴 수 있을 때면 실내의 사물들이 놀랍도록 선명하게 보였다. 병동에서 나는 모든 소리가 내 온몸을 훑고 진동했다. 내 신경이 소리굽쇠처럼 공명했다. 살균제와 소변·병원 음식 냄새가 독해서 베개에 코를 묻을 때도 잦았다. 그런 한편 몸은 턱없이 무겁기만 했다. 팔 하나 들어 올리는 데에도 어마어마한 노력이 들었다. 기이한 상태였다. 꼭 수백 살 먹은 거북이가 된 듯, 보드라운 속살의 몸뚱어리가 돌덩이 같은 껍데기에 싸여 있는 느낌이었다. 보고 듣고 냄새 맡고 느끼는 것들이 왜곡된 건지, 단순히 내 감각이 지나치게 예민한 건지도 확실치 않았다. 어쨌든 뭐 하나 예전 같지가 않았다. 기저의 원인이 무엇이었는지는 지금도 뭐라 말할 수 없다. 약이었는지 두통이었는지 내 심리상태였는지. 이 모든 게 뒤섞였을 가능성이 높지만 거기 입원해서 침대에 누워 있는 동안 세상이 바뀌었다. O 부인의 역할이 컸다. 그녀가 바로 비밀이고 마비고 광기였지만 나는 마지막이 되어서야 그 사실을 이해했다.

M 부인은 대장 노릇을 하는 여자였다. 질병에 따라 병실의 위계질서를 정립했다. M 부인의 관점에서는 자기가 나나 O 부인보다는 서열이 높았다. 신경장애로 걷기가 어려웠지만 '정신'은 멀쩡하다면서 우리에게 틈만 나면 이 사실을 상기시켰다.

"천만다행이야, 이성을 잃지는 않아서. 그게 최악이지. 제정신만 붙들고 있으면 부끄러운 짓은 안 할 거 아니야."

나는 M 부인의 질병 서열에서 한참 뒤처진 2위에 올랐다. M 부인은 재빨리 요지를 정리했다. 내 병은 자기와 달리 심신증이라는 얘기였다. 아니 그녀가 딱 잘라 말한 대로 옮겨보면, "그쪽은 정말로 잘못된 데는 없는 거잖아, 그렇죠? 죄다 머릿속에 있는 거지." 그럼에도 나의 신경쇠약은 불쌍한 O 부인의 병보다는 훨씬 높은 점수를 받았다. M 부인은 왼쪽 병상의 이웃을 한 마디로 '또라이'라고만 칭했다. M 부인은 걷기 연습을 해야 했지만 워낙 싫어해서 간호사들이 고집을 피울 때만 걸었다. 그러면서 말을 듣지 않는 팔다리를 보며 고래고래 악을 썼다.

"움직여, 이 빌어먹을 것아! 움직이라고, 이 병신들!"

M 부인은 침대에 똑바로 앉아 수다를 떠는 걸 훨씬 좋아했다. 한 번 수다를 떨었다 하면 전력으로 쉬지도 않고 떠들어댔고, 힘주어 얘기하느라 고개를 흔들면 퍼머하고 탈색한 곱슬머리가 바르르 떨렸다. 제일 중요한 화두는 돈이었다.

"바퀴 돌아가는 데 기름칠할 쩐 하나 없이 내가 여기서 무슨 서비스를 받을 수가 있겠어, 진짜? 배춧잎이야. 그저 배춧잎이 필요하다니까."

M 부인은 관심을 받았다. 나는 그녀가 간호사들에게 뇌물을 주었다고 믿어 의심치 않는다. 간호사들은 O 부인이나 나를 돌볼 때보다 훨씬 더 부산을 떨었고, 실제로 나는 이른 아침

에 일어나 거래가 이루어지는 현장을 목격한 적도 있다. M 부인이 자기 매트리스 한쪽 귀퉁이를 들추더니 뚱뚱한 간호사의 손에 뭔가를 꾹 눌러 쥐어주었다. 산책을 시키지 말아달라고 돈을 줬을 거라 짐작했다. 내가 입원하고 있는 동안 M 부인은 거의 걷지 않았다. 말만 했다. 하루 종일 말했다. 의사들에게, 간호사들에게, 내게, 전화로 딸에게, 아무도 아닌 사람에게, 아무한테나, 돈 얘기를 하고 O 부인 얘기를 하고, 그 한 마디 한 마디가 쓰라린 내 머릿속에서 쩔그렁거리고 덜컹거렸다.

"저 또라이 좀 봐요, 응? 개처럼 먹는다니까. 어제 점심에는 손으로 젤로를 퍼먹었지 뭐야. 코에다 그레이비를 묻히고. 대체 왜 나를 여기다 입원시킨 거지? 저런 사람은 격리를 시켜서, 거슬리지 않게 해야 할 거 아니야. 더는 쳐다보고 있을 수가 없네. 돈이 들겠지. 항상 돈이 드니까. 다른 방을 얻어야겠어. 저런 싸구려 블라인드 말고 커튼이, 진짜 커튼이 쳐진 1인실로 가야겠어."

돈을 세고 싶을 때(적어도 하루에 한 번 이상 있는 일이었다) M 부인은 침대에 앉은 채로 머리까지 이불을 둘러쓰고 자기가 뭘 하는지 볼 수 없게 했지만 난 그녀가 혼자 중얼거리며 숫자 헤는 소리를 들었다.

"이십, 사십, 육십, 칠십, 칠십오, 칠십팔, 칠십팔 달러 육십

이 센트."

딸에게 전화할 때마다 '쩐'이 하나도 없다고 말했지만 사실 M 부인은 온갖 곳에(침대에, 몸에) 지폐와 동전들을 숨겨두고 있었고, 몸을 움직일 때마다 쩔렁거리고 바스락거리는 소리가 났다.

M 부인은 대장 노릇을 하면서 병실을 독차지할 작정이었지만, 그녀의 끝도 없는 수다와 엄청난 덩치(살집도 많고 젖가슴도 큰 뚱뚱한 여자였다)에도 불구하고 공간을 꽉 채운 이는 오히려 왜소하고 말 없는 O 부인이었다. 70대 후반의 가녀린 여인으로 무슨 신경 관련 큰 일이 생겼다고 했다. 그 사건, 아니 일련의 사건들로 인해 정신이 오락가락하게 되었다는 것이다. 이제 남은 거라곤 파편화된 존재, 수천 조각으로 박살난 사람이었지만 O 부인의 조각들은 보이지 않는 악마 떼처럼 그 방에 득시글거렸다.

처음 보았을 때 O 부인은 꼼짝 않고 침대에 누워 있었다. 유약하고 시체 같은 모습이었지만 내가 옆을 지나치자 부인은 놀랄 만한 에너지로 벌떡 일어나 나를 손가락으로 가리켰다. 나는 O 부인을 쳐다보았다. 팔과 손가락을 쭉 뻗고서 내 반응을 기다리듯 긴장된 얼굴표정이었다. 내가 고개를 돌리고 나서야 부인이 팔을 내렸다. 왜 그랬는지 이해가 되지 않았다. 오로지 예측이 불가능하다는 점에서 부인다운 행동이었다. O 부인이 다음에 무슨 행동을 할지 아무도 몰랐고 바로 이런 자질 덕분에 이 병실에서의 삶은 아슬아슬했다.

O 부인은 모두에게 수수께끼였기에 온갖 풍문·가십·추정의 대상이 되었다. 시설에 갇힌 사람들이 대개 그렇듯 그녀 역시 과거의 삶을 박탈당했다. 태어날 때부터 환자복을 입은 노인이있다. 나는 부인에 대해 물었다. 어디에 있었는지 어디 살았는지 알고 싶었다. 아무도 몰랐다. 하지만 병동은 부인의 못된 짓거리에 대한 얘기들로 들끓었다. 입원한 첫 날 오후 나는 문밖에서 간호사 두 명이 나누는 얘기를 엿들었다. 한 사람이 다른 사람에게 O 부인이 의사를 물었다고 말하는 걸 똑똑히 들었다. "화장실에서 더러운 일 어쩌고" 하는 얘기도 들었다. M 부인은 O 부인에게 폭력 성향이 있다고 주장했고, 심지어 음모를 꾸미고 있다고도 했다.

"조심해야 해. 뭔가 꿍꿍이가 있는데 영 깔끔하지가 않아."

같은 날 늦게, M 부인이 진짜 대화를 나누는 몇 안 되는 상대 중 하나인 워싱턴이라는 간호조무사가 O 부인이 처음 온 날 밤에 복도를 배회하면서 대형 사고를 쳤다는 얘기를 들려주었다. 자기는 그날 야간 당직을 서지 않았지만 친구가 새벽 네 시에 산과 병동에서 O 부인을 찾았다는 것이다. 부인은 코를 유리에 처박고 신생아실 밖에 서 있었다.

"그냥 아기들을 보고 있었어요. 다 조용하고 생각에 잠겨 있는 것 같네."

부인은 그렇게 말했지만 나중에 다양한 사보타지 행위들이 적발되었다. 쓰레기통 내용물이 계단에 쏟아져 있었고, 복도 수납장 선반에 놓여 있던 침대보와 타월들이 바닥에 마구잡이로 던져져 있었고, 없어진 배식 카트가 화장실 샤워 칸에서 발견되었다. 전부 O 부인의 소행으로 간주되었다. 하지만 어떻게 사람들의 눈을 피해 복도를 돌아다닐 수가 있었을까? 워싱턴은 그게 이해가 안 간다고 했다. M 부인은 O 부인이 직원 유니폼으로 위장하고 보는 눈을 피해 복도를 돌아다닐 수 있다고 호언장담했다.

"그 또라이는 음흉하기가 말도 못 해."

M 부인은 그렇게 말했지만 워싱턴의 의견은 달랐다.

"그렇게 쪼끄만 할머니가 그렇게 큰 휴지통을 어떻게 들어 올릴 수가 있냐고요?"

다음 날 아침, 신경과 의사가 O 부인을 진찰하러 왔다. 활기차고 핸섬한 젊은 의사였다. 얼굴과 팔뚝을 짙게 태운 것이 눈에 띄었다. 의사는 성큼성큼 부인에게 걸어가서 침대에 걸터앉아 두 사람 주위로 커튼을 쳤다. 그리고 친절한 인사를 건넸다.

"오늘 좀 어떠세요?" 뭐 그런 말이었다.

대답은 없었다. 이불 속에서 뒤척이는 소리, 숨죽인 앓는 소리 몇 번, 그리고 아무 소리도 나지 않았다. 몇 초 후 의사가 커튼을 홱 젖히고 황급히 문밖으로 나가버렸다. 의사는 혼이 쑥 빠진 얼굴이었다. 허리를 굽혀 O 부인을 보았더니 부인은 만면에 웃음을 띠고 있었고, 바로 그때 그 얼굴은 내가 아는, 아니면 전에 알았던 어떤 사람을 연상시켰다. 의식의 밑바닥에서 잃어버린 그 얼굴과 이름을 긁어 올려 보려 안간힘을 썼지만 기억은 끈질기게 버티며 절대 건져지지 않았다. 이 기이하게 낯익은 느낌은 아주 금세 잦아들었지만, 찌끼 같은 의혹은 머물러 사라지지 않았다. 인식의 순간을 촉발한 건 무엇이었을까? 정말로 부인의 표정에 뭔가 있었던 걸까, 아니면 내 안에 있던 어떤 것 때문이었을까? 아무튼, 나는 O 부인을 더 세밀하게 관찰하기 시작했다.

레지던트들은 매일 회진을 하며 우리를 검사했다. 불필요한 의례였지만 수련의들도 연습이 필요할 거라는 생각은 들었다. 정해진 의례는 일련의 질문을 하고 나서 살짝 쿡쿡 찌르는 순서로 구성되어 있었다. 솔직히 M 부인과 나는 둘 다 회진을 즐겼다. 검진은 우리의 하루에 방점을 찍어 주었고 하얀 가운을 입은 발그레한 청년들한테 질문을 받는 건 기분 좋은 일이었으니까. M 부인은 심지어 몸단장을 하기까지 했다. 레지던트로 보이는 사람이 문을 열고 들어오면 서둘러 뺨을 꼬집고 곱슬머리를 톡톡 두드려 말다가 여자 수련의가 들어오면 눈에 띄게 실망감을 드러내곤 했다. 하지만 O 부인은 대개 지독하게 성질머리를 부렸다. 하루 이틀 정도는 순순히 침대에 누워 온순하게 웃고 고개를 끄덕이며 질문을 하나씩 하나씩 다 들어주기도 했지만, 대체로는 반항을 했고 검사원이 다가오면 맹렬하게 팔로 때리고 발로 차서 연달아 새된 비명 소리를 내게 만들었다. 그러나 더 끔찍한 건 오히려 O 부인이 의욕에 차서 검사를 받으려 들 때였다. 어김없이 첫 질문은 "성함이 어떻게 되세요?"였다. O 부인의 얼굴은 그때마다 무슨 소리인지 전혀 모르겠다는 듯 어리둥절해졌다. 실눈을 뜨고 이를 악물고는 말을 듣지 않는 두뇌에서 정확한 단어들을 꺼내려고 필사적으로 검색을 시작했다. 하도 용을 써서 작은 얼굴이 시뻘겋게 상기되었다. 세게 힘주기만 하면 이름을 쥐어짜낼 수 있을 거라 생각하는 것 같았다. 후속 질문이 이어지면서 고역도 더 심해졌다.

"지금 어디 계세요? 지금 무슨 계절이죠? 오늘 며칠이에요? 이 물건이 뭐예요?"

의사는 부인 앞에 연필을 흔들며 말했다. 부인의 허벅지를 핀으로 쿡 찌르며 "이거 느껴지세요?"하고 물어볼 무렵이면 O 부인은 기운이 다 빠진 채 비참한 기분이 되어 있었다. 사전 질문들에는 하나도 대답을 못 했어도, 핀으로 찌르는 것은 느꼈다. 어느 날 부인은 레지던트를 올려다보고 지치고 애처로운 목소리로 물었다.

"대체 나한테 왜 이러는 거예요?"

사실 O 부인은 한 사람이 아니라 여러 인격들이었고, 순간 순간 누가 튀어나올지 아무도 몰랐다. 이 다중성이 병실 내에 기대감을 고조시켰고, 나 역시 사명을 부여받은 사람처럼 O 부인의 광기를 일거수일투족 좇게 되는 것이었다. 매일 아침 O 부인의 남편이 문병을 왔다. 그 아침 문병의 기후가 그날 하루 O 부인의 페르소나를 알려주었기 때문에, 나도 되도록 그때는 꼭 깨어 있으려고 노력했다. 남편은 키가 크고 구부정했으며, 깔끔하게 다린 정장에 넥타이를 다양하게 바꿔 매고 다녔다. M 부인의 표현대로 '전체적으로 아주 단정한' 분이었다. O 부인이 예전에 어떤 사람이었을지 남편과 남편이 가져다주는 물건들에서 가늠해 볼 수 있었다. 목과 허리에 실크 리본이 달린 연한 하늘색 가운, 분홍색 꽃이 달린 작고 흠 없는 화장품 가방, 반짝거리는 황동 여행시계. 남편은 들어와서 천천히 부인의 침대에 가서 그날의 봉헌 물품을 창턱에 놓고 부인 옆에 앉아 손을 잡아 주었다. 부인이 반겨주건 아니건 상관없이 하루도 빠짐없었다. 어떤 날은 침대에서 아내가 아니라 돌덩이를 보게 될 때도 있었다. 그런 날은 죽은 사람처럼 파리하고 뻣뻣한 몸뚱어리가 그를 기다리고 있었다. 또 다른 날은 양 팔을 파닥거리며 하도 심하게 폭소를 터뜨리다가 제침에 목이 메어 켁켁거리는 주책바가지였다. 아니면 깊은 생각에 잠겨 있기도 했다. 늙은 얼굴이 집중하느라 심각해져 있었다. 남편은 항상 잘 받아들였고 아내의 변신에 놀랍도록 차분하게 대처했다. 그가 흥분하는 건 딱 한 번 보았다. 입원 초기에 일어난 일이었다. 남편이 손을 잡자 부인이 고개를 돌려 그를 보았다. 얼굴이 딴판으로 달라져 있었다. 그 변화는 너무나 뚜렷해서 도저히 놓칠 수 없었다. 부인이 남편을 알아보았던 것이다. 그는 아내의 손목을 잡고 그 얼굴을 뚫어져라 응시했다. "엘리너! 엘리너!" 아내를 보고 소리를 질렀지만, 그녀는 이미 망각으로 다시 빠져든 후였다. 의자에 앉은 채 푹 엎드린 그의 등이 파르르 떨렸다.

피시 박사가 "병원에 입원을 시켜야겠어요."라고 말했을 때, 나는 어마어마한 안도감을 느꼈다. 이제 저 사람들이 나를 돌봐줄 거야, 그런 생각이 들었다. 드디어 나아질 거야. 퇴원하면 책을 읽고 또 읽어야지. 그러나 나는 병원에서 휴식을 취하지 못했다. 약 때문에 동작은 느려졌어도 두뇌 회전은 엄청나게 빨랐고, 담이 든 듯 가슴이 답답해 숨을 잘 쉴 수 없었다. 외워야 할 책들의 파편들이 형편없이 망가진 내 머릿속을 드나들었다. 《리어왕》의 첫 장을 외우고 있던 나는 기억을 떠올려 보려 했지만 이미 어디론가 다 휘발되고 없었다. 그때는 그저 허무 밖에 없었고, 그저 허무에 또 허무밖에 없었다. 공부하지 못한 책들과 갖지 못한 돈을, 대학 보험으로 처리되지 않는 20퍼센트의 치료비를 걱정했다. 내 두통이 우리 부모님을 빚쟁이 신세로 몰고 있었는데 아무것도 할 수 있는 게 없었다. 병원 침대에 꼼짝도 못하고 누워 있었다. 언젠가 20년 이상 두통에 시달린 18세기 영국의 귀족 여인 얘기를 책에서 읽은 적이 있었다. 나는 다시는 나을 수 없을 거라는 상상을 하기 시작했다. 나는 죽어서 신경학 책의 주해로 등장하리라.

"52년간 편두통에 시달린 여성의 사례가 한 건 보고된 바 있다. 글로우어 저, 《혈관성 편두통 증후군》, JAMA 1498, 43쪽 참조."

부모님은 자주 찾아오셨다. 그분들께는 이제 좀 나아졌다고 거짓말을 했다. 친구들이 전화를 걸면, 오지 말라고 했다. 몇 사람은 끝끝내 고집을 피우며 꽃과 초콜릿을 들고 왔다. 병문안을 왔을 때는 통증이 좀 누그러지다가 사람들이 가고 나면 상태가 나빠졌다. 이런 변화는 신경증을 잘 보여주는 징후라고 생각하니 우울해졌다.

스티븐이 전화를 했다. 우리가 헤어지고 8개월이 지났을 때였다. 우리 둘을 다 아는 친구가 내가 입원했다고 말해줬다고 한다. 만나러 오겠다고 하기에 그러지 말라고 했다.

"화요일." 스티븐이 말했다. "화요일 두 시에 갈게."

낮에는 커져가는 불안감을 어떻게든 억누를 수 있었지만 밤이 되면 공포 상태로 접어들었다. 밤에는 O 부인을 묶어 놓기 때문에 이런 감정이 더욱 증폭되었다. 우리가 투약을 받고 천장 불을 끄고 나면 O 부인을 구속했다. 이 일에는 세 사람이 필요했다. 두 사람은 환자를 붙잡고 한 사람은 스트랩을 침대에 단단히 묶었다. 간호사들은 그 장치를 '포지'라고 불렀다. 작동하고 있을 때 캔버스 천으로 된 이 족쇄는 정교한 고문용 속옷처럼 보였는데, 마치 그 나름의 생명을 얻게 되어 부속품의 싹을 틔워 착장하고 있는 이를 압박하는 것처럼 보였다. O 부인한테 이 흉측한 구속복을 입히는 건 절대 쉬운 일이 아니었다. 부인은 비명을 지르고 깨물고 할퀴었고, 싸우면서 "이게 뭐야? 이 물건 대체 뭐야?"하는 말을 하고 또 하고 또 했다. 직원들이 방을 나가면 부인은 풀려나려고 몸부림을 치기 시작했다. 침대 양편의 철창살을 흔들었다. 그러면서 박자에 맞춰 쉬지 않고 으르렁거렸다. 지칠 줄 모르는, 결연하게 달리는 엔진 같았다. 몸부림이 얼마나 오래 지속됐는지 모르지만, 내게는 끝도 없이 이어지는 것 같았다. 그게 내게는 밤의 소리였고, 부인이 확실히 포기했다는 생각이 들기 전에는 도저히 잠들 수가 없었다. 지켜보면서 기다렸다. 처음 며칠 동안 부인은 내게 아무 짓도 하지 않았지만 어쩐지 예감이 있었다.

무슨 요일이었는지는 기억이 나지 않지만, 첫 사건이 발발

하던 날 아침, 처음 본 그날 이후 스무 단어도 채 말하지 않았던 O 부인이 말하기 시작했다. 횡설수설하는, 백치 같은 독백이었지만 결말이 나지 않은 이야기 특유의 감질 나는 구석이 있었다.

"우리 피터는 어디 있어? 내가 어디 치웠는데 찾을 수가 없어. 아, 내가 외운 노래늘 말이야, 루시, 가사를 낱낱이 다 외웠고, 음표 하나하나가 다 백주대낮처럼 또렷한데, 그이는 내가 천사처럼 노래한다고 입버릇처럼 말했지. 열렸다 닫혔다 하는 경우야. 그 사람들이 자기 손으로 그의 머리를 물속에 처박고 있었던 거나 마찬가지야. 그 사람들이 물에 빠뜨려 죽였는데 아무도 감옥에 가지 않았어. 마지막 비열한 속임수지. 그의 머리가 정상이 아니라 그걸 이용한 거야. 그 두 사람이 잊히지가 않아. 다 얼굴이 파리했고 좋은 양복을 입고 무덤가에 서 있는데 뭐랄까 뻣뻣했지. 땡전 한 푼도 없으면서 멀쩡하게 하고 왔어. 가진 거라곤 그 죽은 애뿐이었는데."

O 부인은 혀를 찼다.

"슬프고 슬픈 얘기지."

그러더니 고개를 흔들었다.

"에디, 언덕 위에 살던 숙녀 얘기를 해줘요. 알잖아, 사흘 내리 그 여자가 그의 뒷목에 차가운 손을 얹었다는 얘기."

혼자 콧노래를 부르는 소리가 들렸다. 소박하고 아름다운

가락이었다.

감정을 터뜨리고 반시간 뒤에 O 부인이 나를 보고 큰 소리로 말했다.

"멍청이, 거기 그렇게 누워 있지 마! 뭐라도 해!"

"저한테 말씀하시는 거예요?" 내가 물었다.

"당연히 너한테 하는 말이지. 그럼 내가 또 누굴 보고 말을 하겠니?"

O 부인의 맑은 정신에 나는 할 말을 잃었다. 부인의 얼굴을 보니 어쩐지 잔혹한 구석이 보였다. 다른 아이를 괴롭히는 아이의 죄책감 섞인 미소 같았다.

대답을 하지 않았더니 금세 나를 잊는 것 같았다. 양손으로 시트를 쥐어짜며 멍하니 물어뜯었다. 몇 분도 되지 않아 똑바로 누워 잠에 빠져들었지만, 눈꺼풀은 아직 조금 뜬 채였다. 그래서 내 침대에서도 파란 홍채 한 쪽이 보였다. 나도 졸음에 빠져들었지만 등에 날카로운 통증을 느끼고 벌떡 일어났다. O 부인이 내 침대 옆에 서 있었다. 엄지와 검지를 화난 게처럼 움직이고 있었다. 부인은 팔을 뻗어 내 뺨을 세게 꼬집었다. 화들짝 뒤로 물러나면서 뺨을 갈겨버리고 싶은 충동이 들었지만 내 팔은 무거워서 말을 듣지 않고 멈칫거렸다.

"일어나! 일어나, 잠꾸러기야!"

나를 놀려대며 씩 웃자 작고 변색된 치아가 드러났다. 부인은 다시 내 위로 허리를 굽히더니 면전에 대고 아까 그 손가락들을 흔들었다.

"저리 가! 저리 가요!"

양손으로 얼굴을 보호하려 감싸 쥐는데, 히스테리로 갈라지는 내 목소리가 들렸다.

간호사가 나타났다.

"긴장 풀어요." 간호사가 타일렀다.

"부인이 죽이려는 것도 아니잖아요. 또 옛날 장난이 나왔네, 그죠, 엘리? 어서 추슬러서 침대로 가요."

O 부인은 유순하게 웃더니 간호사의 손을 잡고 방구석 자기 자리로 갔다.

그 후로는 잠드는 게 꺼림칙했다. 꼬집는 게 왜 그렇게 무서웠는지 그 후로도 생각해 보았다. 어쨌든 부인의 잘못 자체는 그리 큰 게 아니었다. 꼬집는 게 실제로 크게 아팠던 것도 아니다. 어쩌면 부인이 너무 가까이 다가와서 내 병상이 경계를 잃었고, 보이지 않는 문지방이 침범당하는 순간 더이상 안전하지 않다는 느낌이 들었을지 모르겠다. 다시 돌아올 거라는 걸, 나는 알았다. "일어나! 일어나, 잠꾸러기야!"하고 놀리는 소리가 내 뇌 속에서 시끄러운 종소리처럼 쩔렁거렸다. 어째서 나를 그렇게 못 살게 구는 걸까? M 부인을 귀찮게 한 적은 한 번도 없었다. 내가 그녀의 희생자였다. 어째서일까? 예전에 어딘가에서 실제로 알던 사람이라, 뒤죽박죽의 기억 속에서도 나를 알아본 걸까? 그럴 리가 없다. 신경쇠약을 넘어 내가 미쳐가는 게 아닐까, 이제 정신병원 문 앞에 다 온 게 아닐까 걱정이 되기 시작했다. M 부인에게서 다른 병실로 가겠다는 소리가 뚝 그쳤다. O 부인이 내게 주목하기 시작하자 흥미진진하기 이를 데 없어졌으니까.

"애, 너 완전히 찍혔더라." M 부인은 말했다. "저 음흉한 노인네가 다음에 무슨 짓을 할지 알 수가 있어야지."

이틀 후 또 다른 사건이 벌어졌다. 이번에도 내가 잠들어 있는 동안에 일어났다. 그때는 도저히 쏟아지는 잠을 물리칠 수가 없어서 아무리 안간힘을 써도 하루 종일 안 자고 버틸 수가 없었다. 처음에는 내가 잠든 침대를 배경으로 한 꿈으로 시작했다. 꿈속에서 잠을 깨보니 내 옆에 시체가 하나 누워 있었다. 뜨끈하고 이상하게 축축한 여자의 몸이었다. 여자의 팔을 들어봤지만 힘없이 이불 위로 툭 떨어졌다. 이 사람 죽었어, 나는 생각했다. 침대 밖으로 옮겨야 해. 그러나 그때 내 목을 누가 팔뚝으로 죄었고 뭔가 묵직한 게 얼굴을 눌렀다. 공기가 필요해, 하고 생각하는데 에로틱한 감각이 온몸을 촤르륵 훑었다. 눈을 떴다. O 부인이 내 침대에 같이 있었다. 깡마른 두 팔로 숨 막히게 나를 포옹한 채 내게 키스를 하고 있었다. 난 세차게 그녀를 밀어냈다.

M 부인의 커튼 뒤에서 목소리가 들려왔다.

"아, 못살겠네, 진짜. 이번엔 또 무슨 일이야?"

"저 여자가 내 침대에 들어왔어요."

나는 흐느껴 울지 않으려고 손등을 깨물고 참았다.

O 부인은 침대 끝에 쭈그리고 앉아 있었다. 환자복 섶이 풀려 앙상한 어깨를 타고 흘러내리고 있었나. 그녀가 나를 보았다. 작고 쭈글쭈글한 얼굴이 눈물로 젖어 있었다. 의사가 문간에 나타났다.

"여기 무슨 일입니까?" 그가 물었다.

"내가 잠든 사이 저 사람이 침대로 기어들어왔어요. 참을 수가 없어요, 도저히 참을 수가 없어요. 제발 부탁이에요, 저 여자를 다른 병실로 옮겨 주세요. 여기 저 여자와 함께 있을 수가 없단 말이에요."

의사는 내가 아주 멀리 있는 것처럼 실눈을 뜨고 나를 보았다.

"안 그래도 저 분 병실을 옮기려고 조치를 취하고 있는데 지금은 환자가 너무 많아요. 병상이 나면 다른 데로 옮길게요. 사실 남을 해치거나 하는 분은 아니에요."

아무에게도 키스 얘기는 하지 않았다.

그 키스 이후로 사흘 동안은 아무 일도 없었다. 병원 사람들이 O 부인을 더 세심하게 감시했고, 그런 사실을 부인도 알았지만 나는 확신이 서지 않았다. 아무튼 부인은 활동이 좀 뜸해졌고 움직이지 않고 멍하니 있는 시간이 더 많아졌다. 아침마다 남편이 와서 부인과 함께 있는 걸 볼 때마다, 자기 아내가 내 침대에 들어와서 추행을 했다는 걸 알면 저 사람은 무슨 생각을 할까 궁금했다. 언제나 꿈과 어지럽게 얽혀 있는 그 키스는 몸의 기억으로 남아 경고도 없이 내 온몸을 관통하곤 했다. 무겁고 축축한 시체와 내 몸을 덮친 쭈글쭈글한 노파, 내 입속에 들어왔던 혀가 소스라쳐 발작할 흔적을 남겼지만, 맞서 싸울 힘이 내게는 없었다. 편두통이 풍선처럼 부풀었다. 점점 자라나 머리 전체를 채우고 두개골을 확장하는 느낌이었다. 나한테 머리밖에 없는 것 같았다. 쓸모없는 팔다리 네 개가 달린 여자 험프티 덤프티였다. 게다가 걱정이 많았다. 하루 종일 걱정하고 밤에도 또 걱정을 했다. 내 머리가, 내 시험이, O 부인이, 곧 있을 스티븐의 병문안이 걱정스러웠고 또 걱정을 하는 내가 걱정스러웠다. 불안이 통증에 먹이를 주어 키웠지만 어떻게 멈춰야 할지 알 수가 없었다.

몰골이 말이 아니었고 말을 할 때마다 숨을 헐떡거리고 한숨을 쉬어 창피스럽기 짝이 없었다. 피시 박사마저 걱정하는 눈치였다. 얼굴에 핏기가 없다면서 자기가 처방하고 철저한 투약 관리를 한 환자가 증기기관차처럼 씩씩거리며 호흡하고 있다는 사실에 진심으로 놀란 눈치였다. 오한도 들었는데, 도저히 몸이 따뜻해지지가 않았다. 어느 날 오후 간호사가 혈액 순환을 돕는 양말을 한 켤레 가져다주었다. 하얀 거들 같은 재질로 된 긴 양말이었다. 양말은 발가락 부분이 없었다. 이 희한한 생략에 이유가 있는지가 항상 궁금했지만, 억류 기간 내내 충실하게 신고 다녔고 아직도 서랍에 보관하고 있다, 내 피가 느려도 너무 느리게 흐르던 시절의 기념품으로.

그리고 혼미한 의식의 세계로 빠져들었다. 언제나 잠의 경계에서 깨어 있으려 발버둥을 쳐야 했다. M 부인의 수다도 다른 방에서 나한테 말하는 것처럼 아득하게 들렸다. 아주 가끔씩 쩔렁거리는 동전 소리가 들렸다. 돈을 세고 있구나, 하고 생각했다. 하지만 내 귀가 장난을 치기 시작했을 때니까 아무것도 아니었을 지도 모른다. 두 번이나 어머니가 내 이름을 부르는 소리를 들었다. 이 환청들은 맑고 크게 울렸다. 어머니의 목소리는 바로 방안에 있었고 부름을 듣자마자 대답을 하고 싶었지만, 대신 내면의 목소리에 경이로워하면서 이것도 나를 잠식하는 광기의 또 다른 지표가 아닐까 생각했다. 외로움 역시 압도적으로 덮쳐왔다. 자기 멋대로 제 갈 길을 가는 몸뚱어리 속에 갇혀 있다는 생각 때문이었다. 내가 저지른 일이야, 나는 생각했다. 이 거대하고 나쁜 머리를 내가 창조해냈어. 어머니가 부르는 목소리를 듣고 시체의 꿈을 꾸고 나 자신을 다 허물어 버렸어. 그런데 어떻게 돌이킬 수 있을까? 나는 유령이야. O 부인의 얌전한 여자 귀신, 아니 어쩌면 그 여자가 나의 유령일지도 몰라. 내게 뭔가를 말해주러 저승에서 돌아온 망령인가 봐, 황야에서 울부짖는 내 반쯤 벌거벗은 영혼.

스티븐이 찾아오기 전날 밤 O 부인이 탈출했다. 이 사건에 대한 내 기억은 혼란스러워서 도무지 신뢰할 수가 없다. 보통 때와 마찬가지로 O 부인을 스트랩으로 묶고 직원들이 나가자마자 부인이 매일 밤 그러듯 뒤채고 흔들기 시작했다는 건 안다. 편두통은 절정에 달했다. 쓰라린 아픔이 쏘라진 약효를 뚫고 타올라서 숨쉬기조차 마음대로 되지 않았다. 껙껙대고 씩씩거렸다. O 부인이 커튼 뒤에서 침대 살을 흔드는 소리를 들었지만 그 소음마저 내 머릿속에서 나오는 것 같았다. 부인은 신음소리를 냈다. 난 낑낑 앓는 소리만 냈지만 마음 같아서는 상처 입은 개처럼 어둠속에서 울부짖고 싶었고, 방종한 절규 속에 자아를 놓고 싶었다. 그러나 그저 시트에 입을 대고 껙껙 게우고 있을 뿐이었다. M 부인이 내게 뭐라고 말했지만 무슨 소리를 하는지 들리지가 않았다. '라켓'이 어쩌고 하는 것 같았다. 손가락으로 관자놀이를 눌렀다. 신경이 화산처럼 분출하고 있어, 나는 생각했다. 그때 큰 소리가 났다. 뭔가 찢어지는 소리였다. 손가락을 귀에 댔던 기억이 난다. 그런 제스처로 소음의 근원을 알 수 있다는 듯이. 병실 저 건너편의 커튼이 파도치더니 O 부인이 바닥에 내려와 있었다. 양팔을 앞으로 쭉 뻗고 입을 커다랗게 벌리고 있었다. 그 구멍은 불가사의하리만큼 컸다. 얼굴에 괴물처럼 쩍 벌어진 구멍이 있었다. 희미한 방 불빛에 비친 부인을 보았다. 환자복이 누더기처럼 어깨에 흘러내려 있었다. 그러자 가슴에 엄청난 타격이 느껴졌다. 내 안의 바람이 순식간에 쑥 빠져나가는 느낌이 들었다. 큰 소리로 외쳐 부르려 했지만 내 목소리는 기어들어갔다. 잘 들리지도 않는 깩깩 소리였다. M 부인이 우렁차게 외쳤다.

"저 여자 탈출한다! 탈출해!"

O 부인은 내게서 등을 돌리고 문 쪽으로 달려갔다. 나는 뻣뻣한 무릎으로 방에서 달려 나가는 부인의 납작하고 쭈글쭈글한 엉덩이에 눈이 갔다.

다음 날 아침 M 부인은 O 부인에게 '후디니'라는 별명을 지어 붙였다. 그 이름은 또한 M 부인의 평가가 달라졌음을 시사했다. 경멸은 이제 존경과 뒤섞였다.

"후디니가 대단한 한 방이 있네!" M 부인은 내게 말했다.

"손발을 묶고, 사슬을 채우고, 트렁크에 넣어서 이스트리버 바닥에 가라앉혀도 살아나올 길을 찾을 위인이야. 세상에, 한 방이 있다니까!"

'한 방'은 잘못된 표현이다. O 부인에게는 의지가 있었다. 심오하고 말로 형용할 수 없는 의지가. 그날 밤 내가 본 게 이해되지도 않고 어째서 숨을 쉴 수 없을 정도로 한 대 맞은 느낌이 들었는지도 모르겠다. 그러나 이제는 병실 바닥에 서 있는 그 왜소한 몸뚱어리의 이미지와 그 입, 그 끔찍스러운 입이 내 안에 뿌리를 내려 도저히 외면할 수 없게 되어버렸다. 여전히 소름끼치게 무섭지만 불가항력적이다. 나는 그래서 그 이미지를 다시, 또 다시 떠올려 들여다보고 또 들여다봐야만 직성이 풀린다.

　그러나 그날 아침, 그러니까 사건이 일어난 다음 날 아침에는 잊으려 애썼다. 너무 최근의 일이었고 내 꼴이 워낙 말이 아니었다. 두통은 약간 누그러졌다. 햇빛을 받으면 늘 그렇다. 하지만 두피가 몹시 예민해서 베개에 눌리기만 해도 짜증스러웠고 팔다리는 감전된 것처럼 이상한 에너지가 윙윙거렸다. 더 있어, 나는 생각했다. 더 있을 거야. O 부인은 진정제를 투약 받고 남편의 문병 시간 내내 잠을 자고도 몇 시간 더 잤다. 커튼에 난 틈으로 부인이 보였다. 시트 속 쪼그라든 몸뚱어리. M 부인도 잤다. 나는 스티븐을 기다렸다. 한 시 반에는 침대에서 아주 천천히 일어나 앉아서 서랍 속 거울을 찾아 얼굴에 뭐라도 해보려 했다. 손이 덜덜 떨렸다. 안색은 하얬고 눈 밑에 시커먼 구덩이가 패어있었다. 이제 외모도 잃었네, 나는 생각했다. 간신히 머리를 빗고 뺨에 블러셔를 하고 가운을 챙겨 입었다. 그때 막 잠에서 깬 M 부인이 나를 보더니 "남자가 오나 보네." 라고 말했다.

스티븐은 40분 늦게 왔다. 그는 언제나 지각을 한다. 어깨에 긴 코트를 걸치고 우아한 모습으로 문간에 나타났다. 그리고 내게 작은 종이백을 주었다. 그 안에는 책이 두 권 들어 있었다. 새로 번역된 레오파르디의 시선집과 들어보지도 못한 이름의 미국 시인이 쓴 '발굴'이라는 제목의 시집이었다. 고맙다고 했다. 스티븐은 수다스러웠고 아득하게 멀었다. 내 몰골에 꽤 놀란 눈치였지만 아무 말도 하지 않았다. 그러길 바랐다. 나는 헐떡거리지도 않고 얘기를 나누었고 내 자제력에 내심 뿌듯했지만 눈이 빛에 예민해져서 실눈을 뜨고 대화를 해야 했다. 하지만 내 생각보다 나쁜 인상을 준 모양인지 그는 중간에 나를 보고 "어떻게 이런 일이 생긴 거야?"하고 물었다. 믿지 못하겠다는 말투였다.

"아이리스, 제발 몸을 추슬러야 해."

스티븐의 얼굴과 완벽한 순백의 셔츠를 바라보았다. 딴 나라 사람이야, 나는 생각했다. 나와는 아무 상관도 없어. 어쩌면 그래서, 타인에게서 약점을 감지하면 놀랄 만큼 싸늘해지는, 그런 그를 사랑했는지도 모르겠다. 내가 혐오감을 주는구나, 그런 생각이 들었다. 병원에 입원해 있던 기간 동안 O 부인을 정말 까맣게 잊은 건 아마 그때가 처음이었을 거다. 하지만 스티븐을 보는데, 그 뒤에, 아직 침대에 있지만 잠에서 깨어 똑바로 앉아 있는 부인이 보였다. 파란 눈이 형형히 빛났고 내 쪽으로 몸을 기울이고 있었다. 스티븐의 말에 대답하지 않았다. 대신 O 부인을 보았다. 그 눈을 보자 부인이 똑바로 눈길을 받았다. 나를 보았다. 스티븐이 의자에 앉은 채 돌아보았다.

"저 사람 누구야?" 그가 물었다.

"O 부인이야." 내가 말했다.

"뭐하고 있는 거야?"

"나도 몰라."

"왜 그렇게 저 사람을 보는 거니?"

"조용히 해." 내가 말했다. "부인이 말을 하려고 해."

그러자 스티븐이 미소를 지었다. 그가 왜 그랬는지는 모르겠는데, 곁눈질로 그 표정을 보자 불현듯 그의 다정함이 한꺼번에 기억났다. 하지만 나의 관심을 붙들고 있던 건 스티븐이 아니라 O 부인이었다.

부인은 기어서 침대 끝까지 나와 손으로 침대 프레임을 잡고 있었다.

"저 여자는 어디가 아파?" 그가 물었다.

"입 다물고 있어." 내가 말했다.

M 부인이 대답했다. "완전히 돌았는데 그쪽 여자 친구한테 좀 꽂힌 거 같아요."

스티븐은 아무 말도 하지 않았다.

O 부인이 입을 열었다. 처음에는 아무 소리도 나지 않다가 목구멍 깊은 데서 뜻 모를 소리가 나더니 내 눈을 똑바로 보며 큰 소리로 외쳐 부르기 시작했다.

"엘리너!" 부인이 말했다. 짧고 다급한 외침이었다. "엘리너!"

"세상에, 자기 이름을 기억해 냈어." M 부인이 말했다. "이게 완전 최곤데. 인턴들 불러요! 검사를 합시다! 첫 번째 질문이요, 빨리!"

"그러지 말아요." M 부인은 놀랍게도 내 말에 입을 다물었다.

O 부인은 나를 부르고 있었다. 난 알았다. 그때쯤 우리는 둘 다 무릎을 꿇고 서로를 마주보고 있었다.

"왜 나를 불러요?" 내가 물었다.

"엘리너! 엘리너!" 부인이 거듭 거듭 외쳤다. 필사적인 표정이었다.

스티븐이 내 어깨에 손을 얹었다. 나를 뒤로 끌어당기고 있었다.

"아이리스, 지금 뭐 하는 거야?"

스티븐의 불쾌감이 손에 잡힐 듯 선연했다. 변태와 금제를 포용해야 한다는 생각을 교육으로는 품게 되었는지 몰라도 스티븐은 결벽증이 있었고 모험을 한다 해도 철저히 패셔너

블하고 문학적인 부류에 국한했다. 움츠러드는 게 눈에 보였다. 못 믿겠다는 눈으로 그가 나를 보았다.

"가고 싶으면 가도 좋아." 내가 말했다.

"엘리너!" O 부인이 외쳤다. 남편이 외쳐 부를 때 쓰던, 바로 그 말투였다.

스티븐은 벌써 일어서 있었다. 그리고 내 팔을 만졌다.

"내가 갔으면 좋겠어?" 그가 말했다.

나는 그를 쳐다보지도 않았다.

"그래."

아주 나지막하게 말했다.

밝은 빛에 눈이 타들어가듯 아렸다. O 부인의 옹색한 작은 얼굴을 보았다. 나를 부르고 있는 거야, 라고 생각했다. 나를 부르고 있어. 침대 끝에서 몸을 숙이고 큰 소리로 답을 했다.

"나 여기 있어요!"

아주 멀리 있는 사람한테 말하듯 부인을 불렀고, 목소리가 내게서 나오자 한 줄기 바람이 내 몸을 뚫고 지나치며 허파와 목구멍을 활짝 열어주는 느낌이 들었다. 그래서 다시 한 번 외쳐 말했다.

"나 여기 있어요!"

간호사 두 명이 이 난리통에 반응했다. 스티븐이 "실례합니다"라고 말하고 문밖으로 나가는 걸 보았다. M 부인이 분주하게 해명을 늘어놓았지만 나는 듣지도 않았다. 사실 그 사람들 모두에게 관심이 없었다. 꼴불견으로 난리를 피웠대도 아무렇지 않았다. 나는 대화에 완전히 몰입해 있었다. 다시 소리 질러 답하면서 O 부인에게서 눈을 떼지 않았다. 빤히 나를 바라보는 부인의 작은 몸이 떨렸다. 간호사가 부인의 팔을 잡았지만 풀려나오려고 용을 썼다. 그녀는 듣고 있었다. 보면 알 수 있었다. 고개를 모로 꼬고 생각에 잠긴 표정을 하고 있었다. 얇은 백발이 산발로 뻗쳐 있었다. 부인은 제 몸을 꼭 껴안고 흔들흔들 몸을 흔들었다. 이제 외침은 그쳤다.

간호사가 내 팔꿈치를 당겼다.

"그쪽 때문에 부인이 저렇게 흥분해서 난리잖아요."

그러나 O 부인은 고요했다. 미동도 없었다. 뜬 눈으로 누웠지만 눈에는 움직임이 없었고 반응 없는 눈코입이 처음으로 낯설어 보였다. 내가 아는 그 어떤 사람과도 닮지 않았어, 생각했다. 나는 누워서 눈을 감았다.

간호사가 내게 야단을 쳤다.

"두 사람 정말 건수만 생기면 사고를 치네요. 그쪽에서 괜히 부인을 자극해서 부추기는 거 아니에요. 골칫거리, 진짜 골칫거리네. 생각이 있으면 홱 돌지 않게 조심해야지. 반편이를 갖고 놀다니, 참 나. 하다하다 너무 하는 거 아닙니까!"

병실 밖으로 씩씩거리며 나가는 소리가 들렸다. 나는 눈을 뜨지 않았다. 아주 깊이, 느릿느릿하게 숨을 쉬기 시작했고, 들숨과 날숨을 낱낱이 다 헤아렸다. 한참을 그렇게 헤아렸다.

그날 오후 피시 박사는 내 침대에 정신과의사를 보냈다. 의사는 낮은 목소리로 친절하게 말했고, 흰 수염을 기르고 있는 모습이 어쩐지 안심이 되었다. 마지막이 다 될 때까지 O 부인에 대한 질문은 꺼내지 않았다. 대신 내 공부·부모님·친구들에 대해 물었다. 언제 두통이 시작되었는지 다른 증상은 무엇인지 알고 싶어 했다. 아주 조심스럽게 내 연애사를 화두에 올렸고, 그런 건 없다는 내 대답을 고개를 살짝 숙이며 들어주었다. 깔끔한 문장으로 말하고 똑바로 발음하려고 애를 썼다. 머리가 아팠지만 호흡은 훨씬 나았고, 내 생각엔 내가 미치지 않았다는 걸 설득시켰던 것 같다. 왜 O 부인에게 악을 썼느냐고 마지막으로 그가 물었을 때, 나는 정말로 솔직히 말해서 모르겠다고, 하지만 그때는, 그렇게 하는 게 중요하게 느껴졌다고, 그리고 악을 쓴 게 아니라 큰 소리로 화답한 거라고 말했다. 의사는 이 대답에 충격을 받은 기색이 전혀 아니었고 나가기 전에 내 손을 토닥거려 주었다. 이 대화로 비용이 얼마나 청구될까 내내 걱정하지 않았더라면 좀 더 이야기를 즐길 수도 있었을 거라는 생각이 든다. 진료비가 비싼 의사처럼 보였고, 난 계속 의사의 공감도 보험 처리가 될까 그 생각만 들었다.

그날 저녁 어떤 고요함이 내 몸을 장악했다. 두통은 내 두 개골 깊이 자리를 잡았지만 메스꺼움도 덜했고 사지 떨림도 사라졌다. 형편없는 식사를 한 입도 남기지 않고 다 먹고 아주 일찍 잠이 들었다. 약을 먹으라고 깨워서 일어나긴 했는데 O 부인을 묶는 소리는 못 들었다. 혼수상태에 빠진 사람처럼 잠을 자고 다음 날 힘겹게 일어났다. 억지로 깨어나야 했고, 팔다리를 물속에서 퍼덕거리며 의식의 표면으로 헤엄쳐 올라오는 기분이 들었던 기억이 난다. 너무 졸린 나머지 제대로 집중을 할 수 없어서 처음에는 부인이 없다는 걸 알아차리지 못했다. 하지만 마침내 잠을 떨치고 일어나 보니 O 부인이 자기 침대에 없었다. 침대는 깨끗하게 정돈되었고 부인의 소지품들도 사라졌고 커튼이 깔끔하게 한쪽으로 걷혀 있었다.

"어디 간 거예요?" M 부인에게 물었다.

"누가 알아. 여기 없어. 난 그거밖에 모르는데, 간호사가 한 마디도 안 해주네. 물어볼 때마다 똑같은 소리만 해. '그쪽이 상관할 일 아니잖아요.'라고."

M 부인은 거들먹거리며 콧소리를 섞어 말했다.

"융통성이라곤 없는 그것들한테 내가 그렇게 참고 잘해 줬는데. 늙은 후디니가 결국 최후의 승리자가 됐군. 사라지는 묘기를 부린 거야. 휙!"

M 부인은 손가락을 딱 퉁겼다.

"허공으로 사라지셨네."

텅 빈 침대를 바라보았다. 그 후로 나는 O 부인의 의문의 실종을 종종 생각해 보곤 했다. 어쩌면 M 부인이 내게 거짓말을 했을 수도 있다. 내가 잠든 사이 노부인을 옮기는 걸 봤을지도 모른다. 부인은 죽어서 영안실로 옮겨졌을지도 모른다. 그러나 당시에는 그런 가능성을 생각조차 못했다. 그저 부인의 부재가 경이로웠을 뿐이다. 내 기억이 진짜라고 그렇게 확신하지 않았다면 부인은 내가 창조한 가상의 존재라고, 나 나름의 목적을 갖고 삶을 불어넣은 캐릭터라고 생각했을지도 모르겠다. 생각에 잠긴 사이 팔에 작은 경련이 느껴졌다. 발작이 닥친다는 첫 신호였다. 빠르게 진행되었다. 짧지만 격렬한 신경의 폭풍, 내 몸의 지진이 어찌나 격한지 발작이 진행되는 사이에도 나의 일부는 경탄에 잠겨 구경을 했다. 팔이 또 움직였다. 실제로 시트 위에서 펄쩍 뛰었다. 메스꺼움과 어지럼증이 밀물처럼 밀려왔다. 침대에서 내려와 몸을 질질 끌고 M 부인을 지나쳐 화장실로 갔다. 다 게워냈다. 내장이 무시무시하게 꼬이고 창자가 다 밖으로 쏟아져 나오는 기분이었다. 발작이 뱃속의 위장들을 죄다 화장실로 꺼내놓는 기분이었다. 세면대에 기대어 간신히 몸을 가누고 거울 속 내 흉측한 얼굴을 들여다보았다.

"너는 웃기는 인간이야, 아이리스." 내가 말했다.

"진짜 웃기는 인간."

유리 안에서 내 머리가 움직이는 게 보였다. 더 작고, 가볍게 느껴졌다.

"그 안에 학생 괜찮아?" M 부인이었다. "간호사 불러줄까?"

"아니요." 내가 말했다. "괜찮아요."

어깨로 묵직한 화장실 문을 밀어 열고 천천히 방을 가로질러 걸어가며, 환자복 앞섶이 홱 벌어지지 않도록 손으로 꼭 움켜쥐었다. 침대에 걸터앉아 한참 동안 그대로 있었다. 불빛이 이상하리만큼 침침해 보여서 창밖으로 눈을 돌려 다른 건물의 회색 돌벽을 바라보았다. 밖은 어두웠고 큼지막한 눈송이들이 꾸준히 내리고 있었다.

"눈이 오네." 내가 말했다.

"그렇다니까." M 부인이 말했다. "벌써 며칠째 내리고 있잖아."

4

The Blindfold

모든 게 악수로부터 시작되었다. 그날 나는 그를 만나기 위해 면접을 원하는 다른 학생들과 함께 연구실 문 밖에 서서 사십오 분을 기다렸다. 마침내 내 차례가 되어 문을 열고 들어갔다.

"로즈 교수님." 내가 말했다.

"제 이름은 아이리스 베건입니다."

책상 건너편으로 손을 내밀어 악수를 청했다. 그가 나를 보았는데, 그 얼굴에서는 아무것도 보이지 않았다. 돌덩어리라고 해도 좋았다. 그러더니 눈을 깔았다. 꿈쩍도 하지 않았다. 무릎에 놓인 팔은 가려져 있었다. 내 손은 허공에 걸려 있었고, 손가락이 떨리는 게 보였지만 난 손을 거두지 않았다. 안 그럴 거야, 난 생각했다. 영원히 그렇게 걸려 있어도 좋아. 난 교수를 빤히 쳐다보았고 그 역시 나를 계속 응시했다. 이게 아마 삼십 초 가량 지속되었던 것 같다. 그때 그의 한쪽 입가가 씰룩였다. 미소가 아니라 아주 작은 불안한 경련이었다. 그는 아주 힘없이 자기 손을 내 손에 대었다. 나는 힘주어 잡고 자리에 앉았다. 뭘 물어봤는지 내가 뭐라고 답했는지 기억나지 않지만 회색 머리와 초록색 눈은 기억난다. 그리고 이 초기의 기억 속에서 그는 내가 나중에 기억하게 된 모습과 달라 보인다. 인터뷰는 뜬금없이 뚝 끝났다.

"고마워요, 베건 학생." 교수가 말했다. "화요일 수업에서 봅시다."

나는 그토록 탐내던 세미나에 들어오라는 허락을 받았다. 헤겔·마르크스 그리고 19세기 소설이었다. 로즈 교수는 쉰 살을 한참 넘은 나이로 보이지는 않았지만, 나이가 들어가는 학계의 스타 교수 특유의 태도가 몸에 배어 있었다. 그런 위치의 남자들이 흔히 걸리는 병, 즉 학생들에 대한 경멸이라는 고질병에 독하게 걸린 눈치였다. 나 또한 그를 별 것 아닌 인간으로 무시하기가 쉽지 않았는데, 놀라운 지성 운운하는 풍문 때문만은 아니라고 생각한다. 그 만남은 묘하게 육감적인 잔상을 남겼다. 틀림없이 목소리 때문이었다. 교수는 몸이 뻣뻣했지만 말할 때의 목소리는 어조가 굉장히 가변적이고 예민해서 쉽게 잊히지 않고 귓전에 낭랑한 여운을 남겼다.

우리 열두 명(남자 여덟과 여자 넷)은 세미나에서 거의 말을 하지 않았다. 로즈 교수가 줄곧 일방적인 독백으로 일관하다가 가끔씩 불시에 버럭 질문만 던졌던 것이다. 질문들은 답이 열려 있는 경우가 드물었다. 보통은 날짜와 이름이 연루된 사실관계를 짚는 문제들이지만 가끔 해석을 요할 때도 있었다. 그건 더 나빴다. 우리는 교수가 특정한 해답을 염두에 두고 있다는 걸 알고 있었던 것이다. 하지만 그렇게 윽박지른 덕분에 우리는 엄청나게 열심히 공부를 했다. 그리고 로즈 교수도 치열하게 연구했고 특히 헤겔의 독한 우울을 조명하는 데 몰두했다. 책의 주요 대목들을 큰 소리로 읽고 철저히 해부했는데, 항상 독일어 원문을 대조하면서 한 단어 한 단어를 짚고 넘어갔다. 부담스럽도록 치밀한 검토를 받다 보면 깜짝 놀랄 만큼 선명한 깨달음이 찾아오는 순간들이 있었다. 10월의 어느 날 오후, 우리는 도스토예프스키의 《악령》을 읽고 있었다. 밖에는 비가 내리고 있었고 닷지홀의 창에는 짙은 김이 서려 가득 퍼지는 것 같았다. 로즈 교수는 러시아 허무주의자들에 대해 말하고 있었고, 그의 목소리는 강조를 하느라 커졌다가 속삭임처럼 잦아들었다. 나는 잠시 정신이 딴 데 팔려 저 멀리 나무의 흐릿한 붉은 잎을 바라보다 피부가 형편없는 청년의 얼굴을 바라보았다. 그는 수염을 기르고 있었다. 여드름을 가리려고 그러나 보다, 나는 생각했다. 내 이름이 들려와서 나는 백일몽에서 화들짝 깨어났다.

"무는 거 말이네, 베건 학생."

로즈 교수가 말하고 있었다. 고개를 돌려 교수를 바라보았다.

"스타브로긴이 물지 않나."

캐릭터의 이름을 말하는 교수의 치아가 눈에 띄었다.

"네."

의자에서 몸을 똑바로 펴고 앉으며 그 사건에 집중하려 애썼다.

"텔리야트니코프를 뭅니다."

내 목소리는 작았다.

"그건 우리가 아는 사실이고."

교수가 큰 소리로 말했다. 얼굴이 화끈 달아올랐다.

"그게 무슨 뜻인가?"

"아무 의미도 없습니다."

내가 말했다. 로즈 교수가 얼굴을 찌푸리며 고개를 돌리고 좀 더 적절한 대답을 기대했지만, 나는 밀고 나갔다.

"아무 맥락 없이, 뜬금없이 벌어지는 일입니다. 그래서 그토록 무서운 거죠. 그건 그 자체로 도스토예프스키에게 허무주의를 상징하는 일입니다. 철저히 근거가 없고 무의미하니까요."

정신을 차려 보니 내가 목청껏 소리를 지르고 있었다. 교수는 예리하게 실눈을 뜨고 나를 마주보았다. 다른 학생들도 나를 보았다. 갑자기 현기증이 덮쳐 다가올 실신에 대비하기 위해 테이블을 꼭 움켜쥐었다. 자주 있는 일은 아니지만 나는 가끔씩 이해할 수 없는 이유로 뜬금없이 실신을 하곤 했다. 그러나 이번에는 기절하지 않고 빨리 정신을 차렸다. 교수가 말을 계속했다. 메모를 하고 말 한 마디 한 마디에 빨려드는 척했다. 수업이 끝났을 때는 다급히 나가려고 책과 자료를 가방에 마구 쑤셔 넣었다. 그런데 그때 로즈 교수가 옆에 서 있다는 걸 깨달았다.

"몸이 좋지 않은가, 베건 학생?"

그는 오른손으로 테이블을 짚었다.

"아, 아닙니다." 내가 말했다.

"괜찮습니다, 감사합니다."

교수를 바라보았다. 뭐라고 말하고 싶은 눈치였지만 교수는 그냥 창밖만 물끄러미 바라보고 있었다.

나는 레인코트를 걸쳤다. 옷깃이 끼어서 보니 책가방이 그 밑에 걸려 옆구리에 툭 튀어나와 있었다. 소매를 억지로 잡아당기는데 왜 이렇게 만사 서투를까 속이 상했다.

로즈 교수가 나를 보고 미소를 띠었다.

"그러면 나는 갈 테니 옷 잘 정리하고 가도록."

교수는 우산을 들고 교실을 나갔다.

나는 계단에서 발소리가 들리지 않을 때까지 기다렸다가 나왔다. 교수는 내게 친절하게 말을 걸었다. 확신과 함께 행복감이 밀려왔다. 교수는 나를 좋아했다. 이 소소한 만남은 내게 턱없이 큰 영향을 미쳤다. 교실의 다른 학생들과 구분되어 양각으로 도드라져 보이는 내 모습을 보았고, 교수가 한참 동안 내게 그런 식으로 말을 걸지 않았음에도 로즈 교수를 은밀한 내 편이라고 생각하기 시작했던 것이다. 이런 변화는 서서히 진행됐는데 온전히 내 마음속에서만 존재한 일인지 아니면 교수한테도 책임이 있는지는 말하기 힘들다. 화요일마다 교수를 만나는 게 기다려지기 시작했고 그 얼굴을 보면 기분이 좋았으며 교수가 모질게 굴어도 유머로 상쇄되었고 새로운 열정으로 부과된 책들을 읽었다는 건 알고 있다.

루스 슬루보프스키는 세미나에서 내 맞은편에 앉았다. 작은 얼굴에 긴 빨강머리였다. 루스는 소설을 사랑했고, 최근의 문학이론들을 쫙 꿰고 있으면서도 등장인물의 운명에 가십 비슷한 관심을 갖고 자기가 후대의 엠마 보바리라고 상상하길 좋아했다. 자신을 보바리 부인이라고 상상하는 게 무슨 매력이 있는 건지 도저히 이해가 되지 않아서 처음 친구가 되었을 때 루스에게 물어보았다. 대답으로 루스는 '소설 읽는 여자'라는 18세기의 회화 프린트를 자기 공책에서 꺼내 보여주었다. 풍만한 나체의 여인이 눈을 내리깔고 다리를 살짝 벌린 채 소파에 비스듬히 누워있는 모습이었다. 오른손에는 작고 두툼한 책 한 권이 들려 있었다.

"이게 네 질문에 대한 대답이 될까?"

루스는 이렇게 말하며 웃음을 터뜨렸다. 나도 따라 웃었지만, 그 농담이 루스의 꿈뿐 아니라 내 꿈으로도 통하는 틈새였다는 게 나중에 뚜렷하게 드러났다. 그리고 자위하는 여자의 이미지는 물론 딸을 둔 부모에게 경고하기 위한 목적으로 그렸겠지만 지금의 내게 분명한 울림이 있다. 어쨌든 내게 패리스를 소개시켜준 장본인이 바로 루스였다. 램프의 요정처럼 홀연히 내 삶에 드나든 이상한 청년. 루스는 영원히 내게 같은 외설의 양면이었던 두 이미지(두툼한 책을 들고 있는 나체의 여인과 감시하는 눈빛과 화장한 입술로 몸을 숙이고 내게 다가오던 패리스)를 강제로 엮어주는 뜻밖의 고리가 되었다.

핼러윈 날 밤 루스는 캐널 스트리트 모처에서 열리는 파티에 나를 데려갔다. 그때는 뉴욕시에 온지 불과 두 달 밖에 되지 않아 주위 지리를 잘 몰랐다. 맨해튼은 랜드마크들이 뿔뿔이 흩어져 있는 퍼즐 같은 장소였고, 난 아직 그 조각들을 제대로 맞추지 못하고 있었다. 그러나 루스는 토박이였고 속속들이 동네를 꿰고 있었다. 루스가 앞서가면 나는 따라갔다. 의상을 살 돈이 우리 수중에 없었기에 루스는 자기 남동생 옷을 빌렸고 우리는 남장을 하고 파티에 갔다. 루스가 갖다 준 양복은 키가 크고 홀쭉한 내 몸에 잘 맞았다. 아파트에 놓인 길쭉한 거울을 돌려 본 나는 딴판으로 달라진 모습에 깜짝 놀라 버렸다. 그렇다고 아주 남자처럼 보이는 건 아니었지만 옷차림 때문에 모호한 분위기가 만들어지긴 했다. 화장을 하지 않고 머리카락을 페도라 밑에 감추고 나니, 남성적 여자로도 여성적 남자로도 보일 수 있었다. 루스와 함께 거리를 걸으며 남자의 걸음걸이를 흉내내 보폭을 넓히고 양손을 호주머니 깊이 찔러 넣었다. 우리 여행은 창고 건물 밖에서 끝났다. 우리는 다섯 계단을 올라 열려 있는 문을 지나 사람들이 복작거리는 널찍한 방으로 들어갔다. 조명은 침침했고 플라스틱 와인 잔을 들고 이리 저리 밀려다니는 게스트들의 얼굴은 연기에 흐릿했다. 처음부터 변장한 파티 참석자들의 광기에 가까운 환락에 충격을 받았다. 기괴하고 섬뜩하면서도 우스꽝스러웠다. 그때까지는 핼러윈이 어린애들 놀이라고만 생각했는데 괴물과 짐승과 남장여자와 여장남자와 영화스타와 헤아릴 수 없이 많은 사람들을 보며 유령과 좀비가 살아나는 밤은 열병에 달뜬 어른의 꿈에 더 가깝다는 걸 깨달았다. 화려하고 어지럽고 도발적이었다.

불과 몇 분 후, 루스가 패리스를 알아보았다.

"저기 하얀 양복 차림의 저 작은 남자 보여?"

루스가 말했다. 고갯짓이 가리키는 방향을 쳐다보니 나이를 가늠할 수 없는 왜소한 남자가 '이상한 나라의 앨리스' 옷을 입은 아주 예쁜 처녀와 대화를 하고 있었다.

"저 사람이 패리스야." 루스가 말했다.

"패리스가 누군데?"

"별 볼일 없는 사람." 루스가 말했다. "늘 저런 모습이야."

"화장을 하고 있는데."

"보통 때랑 똑같아."

나는 그를 빤히 쳐다보았다.

"미술비평가야." 루스가 말을 이었다. "활자로 못되게 굴기로 아주 유명해. 〈빌리지 보이스〉에 패리스가 기고한 비평을 읽고 어떤 화가가 자살했다는 얘기도 있더라고."

"애초에 좀 정신이 불안정한 사람이었겠지." 내가 말했다. "악평을 받는 사람들이 얼마나 많은데."

"그것보다는 사정이 좀 더 복잡한 거 같더라. 그러니까 패리스가 알던 사람이래. 친구였다는데, 어쩌면 그 이상의 사이였을 수도 있지. 그리고 패리스가 항상 그 사람 작품을 홍보하고 다녔다는 거야. 뭐 어떤 여자도 사이에 얽혀 있던 거 같고, 둘 다하고 관계가 있었다나. 남동생이 그러는데 패리스는 그 남자가 아슬아슬하다는 걸 알고 있었대. 약도 먹고…."

"정말 끔찍스럽다. 끔찍한 인간 같아."

"사실, 어떤 면에서는 매력도 있어. 그리고 귀에 들리는 소리마다 다 믿을 수는 없잖아. 사연에 다른 측면이 있을 수도 있고. 아무튼 패리스는 모두의 불청객이야, 뭔지 알겠지. 안 나타나는 데가 없다니까. 대역을 고용해서 파티에 보내서 두 장소에 동시에 나타난다는 얘기도 들은 적이 있어. 저것 봐, 이쪽으로 온다."

루스는 내 귀에 바짝 얼굴을 갖다 대고 말했다.

우리 대화의 화두가 내 앞에 서 있었다. 이런 사람의 대역을 찾기는 쉽지 않겠다는 생각을 하며 그를 내려다보았다. 작은 머리와 툭 튀어나온 귀와 이마에서 쫙 발라넘긴 앞머리에 바짝 선 머리카락을 찬찬히 뜯어보았다. 그리고 헤어크림이나 헤어젤 같은 걸로 머리카락을 억지로 그런 모양으로 고정시켰다는 걸 알아차렸다. 머리가 딱딱하고 반짝거렸다. 어쩐지 엘프를 연상시키는 모습이었다.

"안녕, 루시." 그가 이렇게 말한 후 미소를 지으며 나를 보았다.

"내 이름은 패리스예요." 그가 말했다.

"그냥 패리스예요?" 내가 말했다. "성은 없고요?"

"네, 그게 답니다." 그가 말했다. "뭐 다른 거였는데 내가 쫓아 보냈어요."

"그냥 그렇게요?" 내가 말했다.

그는 내 쪽으로 한 발 다가서서 턱을 치켜들고 목소리를 낮추었다.

"법원에 가서 판사한테 옛날 걸 버리고 새 걸 가져오라고 했죠. 법의 마술이랄까. 그 후로는 패리스가 됐습니다. 그냥 패리스요."

"옛날 이름은 뭐였어요?"

"그건 비밀이지요."

패리스는 잠시 루스에게 눈짓을 하며 말했다.

"유일한 내 비밀이죠. 그것만 빼고 전 사람들한테 다 말합니다. 누구나 미스터리 하나쯤은 필요하잖아요, 안 그래요?"

그는 나를 보고 씩 웃더니 플로어에서 살짝 차차 춤을 췄다. 루스와 나는 서로 시선을 교환했다.

패리스가 루스에게 말했다.

"잠깐 내가 친구를 훔쳐가도 되겠지, 응? 숙녀 분은 다시 데리고 올게, 아니 신사분이라고 해야 하나. 환상을 쫓아버리고 싶지는 않잖아, 안 그래?"

그는 루스의 대답을 기다리지도 않고 내 팔짱을 끼더니 플로어 건너편으로 데리고 갔다. 나는 친구에게 손을 흔들고 내 꼬마 에스코트를 내려다보았다. 별로 해롭지 않아 보였다. 우리는 방 한쪽 구석으로 가서 발길을 멈추었다. 패리스는 내 팔을 풀어주고 "나한테 그쪽 얘기를 좀 해 봐요."라고 말했다.

나는 짤막하고 단조로운 개요만 말해줬다. 언어학 교수와 노르웨이 출신 어머니의 딸이고 미네소타주 웹스터라는 소도시에서 태어나 자랐다고. 그리고 컬럼비아 대학 대학원에서 문학을 공부하러 방금 뉴욕에 왔다고 했다.

패리스가 고개를 흔들었다.

"그런 뜻으로 말한 게 아닌데요."

"아니에요?" 나는 그를 보고 싱글거리며 말했다.

"아니죠. 당신을 드러내 보일 수 있는 무언가를 말해달라는 뜻이에요. 특이한 자질, 선호하는 것, 당신 과거에서 건진 소소한 얘기. 뭐 그런 거 말입니다. 자기 얘기하기만 좋아하는 이런 쓰레기들과 달리," 하고 그는 사람들을 가리키며 말했다.

"저는 타인에게, 타인의 영혼에 진정어린 관심을 갖고 있거든요."

"그렇군요." 내가 말했다.

"그런데 그런 특질들이 사람의 영혼을 드러내 보여준다고 생각하고요?"

"그래요."

아마 160센티미터가 될까 말까 한 몸을 한껏 쭉 펴면서 그가 말했다.

"예를 들어서 저는 천식입니다."

지금은 괜찮다는 확인이라도 받고 싶은지 심호흡을 해 보였다.

"온갖 종류의 범죄소설들을 좋아하고요. 좋건 나쁘건 가리지 않고요. 조르조네·폰토르모·에곤 쉴레·뒤샹을 숭배하지요. 그리고…."

허공에 한 손가락을 치켜들더니 흔들었다.

"무릎 뒤에 예민한 부위가 있어요. 애인들한테 거기를 애무해 달라고 한답니다. 그러면 아주 미치죠."

"그쪽의 내밀한 자아를 제가 훔쳐본 거네요." 내가 말했다.

패리스가 미소를 짓더니 멀쩡한 표정을 지었다.

"그쪽이 마음에 들어요." 그가 말했다. "이제 그쪽 차례에요."

"좋아요. 어디 볼까요. 제가 아는 한 만성질병은 없고요. 문학적인 열정은 광범위하고. 디킨즈와 조지 엘리어트·헨리 제임스와 카프카를 좋아하고. 그리고 성적 취향으로 말하자면 보통은 혼자만의 비밀로 하죠."

패리스는 입을 벌리지도 않고 미소를 지었다. 갑자기 마임하는 배우처럼 아주 하얗게 보였다. "그렇군요." 그가 말했다.

"하지만 재미있죠, 안 그래요? 뭐가 공적이고 사적인지? 내말은, 문학 취향은 다 보라고 내놓지만 남자 취향은 숨겨진 영역이다."

"나한테는 말이 돼요."

"그렇지만 모든 매혹은 똑같은 거예요." 그가 말했다. "내면의 빈 곳에서 오거든요."

그는 검지로 가슴을 쿵쿵 쳤다.

"뭐가 없어지면 그 자리를 채워야 하거든요. 책·그림·사람, 다 똑같단 말입니다…."

"책이나 그림 없이 잘 사는 사람들도 많아요."

"사실이에요." 그가 말했다. "하지만 그래도 이 논증에는 아무런 영향도 없어요."

패리스는 고개를 한쪽으로 돌리고 입술을 깨물었다.

"물론, 속임수가 성공한 적은 없죠. 오랫동안 믿는 사람은 아무도 없으니까."

나는 미소를 지었다.

"그렇겠죠."

패리스는 턱을 치켜들고 똑바로 내 눈을 보았다. 남자아이처럼 똑바르고 천진난만한 눈길이었고, 나는 어쩐지 그에게 정이 갔다.

"남장하는 거 좋아해요?" 그가 내게 말했다.

양복을 내려다보았다.

"내 의상은요." 내가 말했다.

"별 거 아니라는 거 알아요. 루스와 내가 막판에 임기응변으로 마련했거든요."

"그건 질문이 아니었어요."

그는 내 눈에서 눈길을 떼지 않고 말했다.

"남장을 즐기느냐고 물었죠."

"그런 거 같네요." 말을 하고, 망설였다.

그의 표정은 변함이 없었다.

"그러면 좀 짜릿하게 쾌감이 듭니까?"

"뭐," 내가 왜 대답하고 있는지 잘 몰랐지만, 그래도 말했다. "이런 옷을 입으면 다른 느낌이 들어요, 특히 거리에서는. 그래요, 뭔가 흥분을 느꼈어요."

"드디어 고향에 온 느낌일지도 모르지요."

"무슨 말인지 모르겠네요."

"그래요?"

"네." 내 목소리가 너무 컸다.

패리스가 미소를 띠었다.

대화가 방향을 틀었다. 혼란을 감추고 싶었지만 표정이 내 맘대로 되지 않았다. 불편감이 뚜렷하게 드러났을 거라고 믿는다.

"이제 좀 초점이 잡히는군요." 그가 말했다. "이제 그쪽이 보이기 시작해요. 내가 아픈 데를 건드렸나 본데. 그게 바로 아까 얘기한 거예요. 작은 일들, 소소한 계시들….”

그가 뭐라고 횡설수설했다. 열심히 듣지 않고 있었는데, 그가 더 큰 소리로 말했다.

“그쪽 머리카락을 보고 싶어요. 모자 좀 벗어보지 그래요.”

고개를 돌려 그를 보았다. 사람들 속에서 루스를 찾았지만 보이지 않았다. 뺨이 화끈 달아올랐다.

“뭐라고요?”

“해롭지 않은 부탁이에요. 모자를 벗어 보라고요.”

나는 대답하지 않았다. 방안에 사람들이 너무 빽빽하게 들어차서 우리도 포위되어 있었다. 플래티넘 블론드 가발을 쓴 여자와 어깨가 닿은 채 서 있었다. 마릴린 먼로구나, 나는 짐작했다. 그리고 반대편에는 사람 잡는 귀신 가면을 쓴 훤칠한 남자가 서 있었다. 홀더에 끼운 담배 한 개비가 입에서 튀어나와 있었다. 패리스 뒤에 있는 여자는 폭 넓은 후프 스커트를 입고 있었다. 패리스가 앞으로 밀려나오는 바람에 그의 무릎이 내 다리를 스쳤다.

“뭐가 문제예요?” 그가 말했다. “난 그냥 그쪽 머리카락을 보고 싶었을 뿐인데.”

“이 안은 더워요.” 내가 말했다.

패리스가 내게 가까이 다가와서 팔에 손을 얹었다. 나는 뒤로 물러서다가 누군가한테 부딪혔다.

"조심해요!" 어떤 여자가 말했다.

"죄송합니다." 하고 중얼거리는데 패리스가 손에 힘을 주는 느낌이 왔다. 너무 밀착하는데, 하고 생각하며 시끄럽게 숨을 쉬었다. 나는 그의 얼굴과 내 소맷자락을 움켜쥔 그의 손가락들을 보았다.

"짜증을 내는 것 같은데요." 그가 말했다. "왜죠?"

그 눈이 맑은 파랑이었다.

"그쪽이 뭘 원하는지 이해가 안 돼요."

패리스는 몇 센티미터 거리에 있었다.

"아이리스." 그가 말했다. "뭐가 그렇게 대단한 일이에요? 그냥 그쪽 머리카락을 좀 보자고 부탁했을 뿐인데. 나한테 보여주고 싶지 않으면, 뭐 괜찮아요."

그러더니 내 팔을 놓아주었다.

손을 들어 모자를 잡고 벗었다. 모자에 갇혀 땀에 젖고 헝클어진 머리칼이 어깨와 등에 흘러내렸다. 나는 그의 눈길을 피하면서 고개를 돌리고 마른침을 삼켰다. 그 제스처가 뭔가 수수께끼 같은 감정에 불을 댕겼고 입술이 떨리는 느낌이 들었다.

"여기서 나가야겠어요."

나는 돌아서서 사람들을 헤치고 나가기 시작했다.

"머리카락이 아름다워요, 아이리스."

그가 내 등에 대고 외쳤다.

"어디 가요?"

"여기 있을 수가 없어요." 그보다는 오히려 내게 하는 말이었다.

문을 열고 나가 계단통에 닿자 벽에 기대섰다. 여전히 손에 모자를 들고 있었나. 나는 뭐가 문제지? 내가 생각했다. 바보짓을 했어. 왜 저런 사람이 내 기분을 거스르게 됐을까? 그런데 무엇 때문에 모자를 벗게 됐던 걸까?

다시 파티로 돌아가서 루스에게 먼저 간다고 말해야 했지만 그러지 않았다. 계단을 걸어 내려가서 인적 없는 거리로 나가 추운 밤바람에 몸을 꼭 감싸 안았다. 양복이 너무 얇았다. 주위를 둘러보니 겨우 2블록 떨어진 데서 지하철 입구가 보였다. 재빨리 그 쪽으로 걸어갔다. 몇 초 후에, 내 뒤에 누군가 있다는 걸 의식하고 발걸음을 재촉했다. 누군지 몰라도 내 보폭에 맞춰 따라왔다. 목구멍이 죄어드는 느낌이었다. 여전히 계속 걸었다. 입구는 겨우 몇 미터밖에 떨어져 있지 않았다. 그 사람 숨소리가 들렸다. 남자야, 나는 생각했다. 뛰기 시작했다. 온몸을 써서 앞으로 달려 나갔다. 그러자 갑자기 우리 사이에 간극이 벌어졌다. 지하로 내려가는 계단 난간을 붙잡고, 막 뛰어 내려가기 직전, 한 순간 고개를 돌렸는데 누군가 모퉁이를 돌아 사라지는 모습을 보았다. 키가 작고 길고 검은 코트를 입고 있었지만 나는 그 밑에서 뭔가 하얀 걸 보았다. 패리스야, 하고 혼잣말을 했다. 그래도 확신할 수는 없었다. 어두웠고 제대로 보지 못했는데 금세 사라져 버렸으니까.

그 후 몇 달 동안, 핼로윈 때 패리스를 만났던 일 자체가 유령처럼 느껴졌다. 그날 밤의 잔상은 도저히 정리가 안 되는, 야하고 혼돈스러운 난장판이었다. 나는 모두 마음에서 털어버렸다. 양복은 아직 옷장에 있었고, 양복 위 선반에 모자도 고이 놓여 있었다. 루스가 남동생에게 갖다 주겠다고 했지만 급한 일이 아니라면서 차일피일 미뤘다. 뭐 개야 입을 옷은 많으니까, 루스가 말했다, 내가 걱정할 필요도 없어. 아주 가끔씩 양복천을 만져보면 입고 싶다는 충동에 사로잡힐 때가 있었지만 내 옷이 아니었기에 그냥 걸어두기만 했다.

내게는 신경 써야 할 다른 일들이 있었다. 특히 로즈 교수와의 세미나는 내 한 주일의 초점이 되었다. 지식에 대한 불가해한 열광에 사로잡혀 밤낮을 가리지 않고 책을 읽으며 중요한 대목을 암기하고 비평과 역사를 천착했다. 머릿속에 너무 많은 정보를 쑤셔 넣어서 밤에 눈을 감으면 눈앞에 활자가 인쇄된 책장이 보였고 독서과제에서 나온 단어와 구절들이 뇌에서 뱅글뱅글 돌았다. 가끔 정신을 잃듯 잠에 빠져들기 직전에는, 암호 같은 문장을 말하고 단음절을 연발하는 작은 목소리들이 내게 말을 거는 소리가 들리기도 했다. 노력을 해도 완벽한 모범생이 되기에는 늘 약간 모자랐고, 수업 시간에는 감정적으로 흥분하거나 정신없이 다른 관련주제로 빠지기도 했다. 집에서 차분하게 말하는 법을 연습하고 목소리를 낮춰 권위적이고 냉정한 말투를 훈련하기도 했지만 막상 말하면 늘 까먹었다. 내 목소리는 떨렸고 심장은 쿵쿵 뛰었으며 손은 덜덜 떨렸다. 자제력을 잃고 봇물처럼 말을 쏟아내곤 했다. 그래, 하긴 진지하기는 했다. 내게 결여된 건 방법론과 학자적 성정이었다. 12월 초에는 수업시간에 플로베르의《감정교육》에 대한 논문을 낭독했는데 내가 쓴 말에 너무 감동을 받아 마지막 문단을 읽는데 흐르는 눈물이 느껴졌다. 그러나 로즈 교수와 다른 학생들은 친절했다. 아무도 웃음을 터뜨리지 않았다. 교수는 테이블 앞머리 자기 자리에서 나를 보며 큰 소리로 말했다.

"약간 주의가 분산되어 있기는 한데, 베건 학생, 그래도 아주 잘 쓴 논문입니다."

그러더니 자기가 쓴 메모를 다시 보았다. 나는 크나큰 행복에 사로잡혔고 교수가 강의 후에 나를 불러 세워 다음 학기 연구조교로 일해 달라고 했을 때 창피하게도 왈칵 흥분하고 말았다.

"그러면 정말 멋질 것 같아요."

그렇게 말하고 양손을 턱 밑에서 꼭 맞잡았다. 하지만 창피해서 금세 손을 내렸다.

교수가 미소를 지었다. 눈가의 주름이 깊어지는 걸 보았다.

"내가 연구과제 책임자네." 그가 말했다.

"조교들한테 일을 심하게 시키는 편인데. 후회를 할지도 몰라."

"아, 아닙니다." 나는 말했다.

"절대로요."

1월에 교수 밑에서 일을 시작했고 처음에 우리 만남은 특별할 게 하나도 없었다. 교수는 독일어 논문을 주고 읽고 요약하라고 했다. 막막한 언어로 쓰인 난해하고 복잡하기 짝이 없는 논문들이었다. 목요일마다 복사한 자료들을 한 다발 받아들면 심장이 덜컥 내려앉곤 했다. 그리고 집에 가서 이해할 수 없는 문장들을 내려다보며 지루한 해부를 시작했다. 빽빽하게 낯선 어휘가 잇달아 나오는 구절들, 동사들은 한참 뒤에 처져 따라오곤 했다. 의미는 벼락처럼 왔다. 갑자기 의미를 발견하고 논리의 전환을 찾아내고 결국은 길고 장황한 에세이를 명료한 언어로 쓰인 한 페이지로 변화시킨 스스로에게 자부심을 느낄 때도 있었다. 그러나 대체로는 논문에 감흥이 전혀 없어서 이따금 괄호 안에 논평을 남기고 싶은 충동을 참지 못하고 논리의 결함과 근거 없는 비약, 또는 논문 전체의 무의미함을 지적하기도 했다. 로즈 교수는 이런 나의 오만을 재미있어했고 한 번은 이런 말도 했다.

"베건 학생, 논평은 안 해줘도 될 것 같네. 나도 내 나름대로 결론을 내릴 능력이 있으니까."

하지만 말투가 워낙 친절해서 사실 별로 신경 쓰지 않는다는 생각이 들었다.

우리의 진짜 일은 2월에 시작되었다. 우리가 함께 번역했던 독일 중편소설이 우리 관계의 전환에 매개가 되어 주었다. 확신하지만 그 소설이 없었다면 아무 일도 일어나지 않았을 것이다. 그냥 그대로, 교수와 학생으로, 각자의 공식적 역할에 갇힌 채로 남았을 것이다. 《잔인한 아이》는 그 모든 걸 바꾸어 인습의 경계를 흐리고 우리의 금제를 소거했다. 효과가 완전히 작용하기까지는 오랜 시간이 걸렸지만 그 깊이는 심오했다고 생각한다. 내 행동을 소설 한 편 탓으로 돌리려는 의도는 없다. 그러면 진실을 과도하게 왜곡하게 될 것이다. 그 소설이 다른 장소로 통하는 문이었고, 결국 우리는 그 문을 열고 문지방을 넘기로 결정했다는 얘기를 하고 있는 거다.

어느 목요일 아침, 예정된 시간에 로즈 교수의 연구실에 들어가 보니 교수가 창 가까이에 앉아 밖을 내다보고 있었다. 몇 초인가 그대로 앉아서, 뒤돌아 내게 알은체하지 않았다. 대신 창에 대고 말했다.

"요한 크뤼거라는 이름을 알고 있나, 베건 학생?"

"아니요. 모릅니다."

로즈 교수는 회전의자를 빙글 돌려 앉았다.

"글쎄 뭐, 그런 사람이 자네밖에 없는 건 아니야. 다들 잊고 있지."

"누군데요?"

"독일 작가야. 단편선과 중편을 출간했지. 내 관심을 끄는 건 중편인데, 1936년에 쓰인 《Der Brutale Junge》라고. 그런데 작가 사후에나 출판이 됐어."

교수가 눈을 가늘게 뜨고 나를 보았다.

"네?" 내가 물었다.

"수용소에서 죽었거든."

"유태인이었나요?"

"아니, 동성애자였어."

로즈 교수 등 뒤 창밖을 보며 방금 한 말의 의미를 되새기면서, 수백만 명 중 그 한 사람의 죽음이 차지할 자리를 찾으려 애썼다. 나는 아무 말도 하지 않았다.

로즈 교수가 의자에 앉은 채 몸을 앞으로 숙였다.

"죽었을 때 나이가 서른 두 살이었지."

나는 교수를 보았다. 그가 손을 내 쪽으로 움직였다. 그러다 거두어 주먹을 쥐고 부드럽게 종이 다발을 쿵쿵 두드렸다.

"아무튼, 우리가 이 소설을 함께 번역하게 될 거야. 자네가 먼저 하면 같이 다듬기로 하지."

교수는 내게 작은 하드커버 책을 건네주었다. 나는 책등의 글자들을 손가락으로 만지작거렸다. 머물러 계속 이야기를 나누고 싶었지만 로즈 교수가 고갯짓으로 문 쪽을 가리켜서 인사도 못 하고 다급히 문밖으로 나왔다. 건물에서 나온 나는 눈이 내리기 시작했다는 걸 깨달았다.

그날 밤 소설을 침대에서 읽었다. 명징하고 단순한 독일어로 쓰여 있어서 사전이 거의 필요가 없었다. 창밖에서는 침대 옆 스탠드 불빛을 받은 눈이 계속 내렸다.

"클라우스는 착한 소년이었다."

소설은 이렇게 시작되었다.

"열 살이었고 학교에서 공부를 잘 했고 말도 잘 들었고 친절하고 의리도 있었다."

그때는 의미를 깊이 생각하지 않았다. 소설은 그저 그 자체였다. 별도의 존재, 그러나 따분하다는 느낌 없이 읽었다.

클라우스의 아버지는 발이 안으로 휘는 병이 있었지만 성공한 의사다. 화자가 쓴 바에 따르면, 어머니는 예쁘고 어리석고 아들에게 헌신적이다. 친구들에게 아들 얘기를 할 때면 언제나 "클라우스는 착한 애야. 말이 안 되는 구석이 하나도 없어." 불쌍한 클라우스, 말도 안 되는 무의미는 반드시 찾아올 텐데, 하고 나는 생각했다. 그리고 무의미는 찾아온다. 아이는 뜬금없이 불쑥 불쑥 머릿속에 나타나는 잔인한 환상에 괴로워하기 시작한다. 이 가학적인 백일몽들은 엄청나게 공들여 묘사되어 연달아 상세하게 열거되어 있다. 거리에서 힘없는 노파를 본 클라우스는 발을 걸어 넘어뜨리고 싶은 충동에 휩싸인다. 어머니의 반짇고리를 보면 바늘로 개의 귀를 찌르는 생각을 한다. 개를 사랑하는 클라우스는 어째서 그런 생각이 머리에 떠오르는지 짐작조차 할 수 없다. 소년은 가장 친한 친구인 디에터를 괴롭히는 기발한 방법들을 고안한다. 친구의 금발을 한 올 한 올 뽑고, 무릎관절이 흔들흔들해질 때까지 뒤틀어 뽑고, 자기 방 스탠드에 거꾸로 매달아 놓기도 하고. 환상은 강박이 되고 남모르는 쾌락이 되고 일상의 사물이 고문 기구가 되는 세계가 된다. 커튼봉·베개·꽃병·포크와 나이프. 이런 생각들이 가져다주는 즐거움이 나중에 찾아오는 끔찍한 자괴감에 상쇄되자, 소년은 환상을 쫓아버리려 한다. 기도를 하고 학교에서 외운 구구단과 시를 읊조리지만 아무 소용도 없다. 클라우스는 자기 자신을 두려워하기 시작한다. 어두워지고 밤이 오면 두려움은 더 심해진다. 허락 없이 무슨 짓이라도 저질러 버릴까봐 양손을 깔고 침대에 누워 있다. 이런 식으로 며칠 밤을 보내고 나서 불안감을 이기지 못한 소년은 배회하기 시작한다. 처음에는 집안에 남아 다들 자는 동안

방에서 방으로 복도에서 복도로 타박타박 걸어 다니면서 금지된 물건들에 손을 댄다. 아버지의 파이프, 어머니의 도자기 인형들. 소년의 위반은 정교하다. 손가락으로 물건을 구석구석 만져본 후 제자리에 갖다 놓는다. 그러나 이런 최초의 비행들로 얻는 쾌감이 둔해지고 더 대담해진 소년은, 새로운 쾌감을 찾아 나선다. 그때 글라우스는 십안에서 작은 사보타지를 저지르기 시작한다. 가위로 시트에 잘 보이지도 않는 구멍을 낸다. 숟가락 여러 벌을 숨긴다. 장난감 여러 개를 망가뜨리고, 목이 잘린 병사들과 망가진 기차와 훼손된 범선을 옷장 속에 숨긴다. 그러던 어느 날 밤, 소년은 집을 떠나고 S. 라는 글자로만 표시된 크뤼거의 도시에 발을 들여놓자 자유를 만끽한다. 걸어서는 안 될 곳을 걷고 보아서는 안 될 것을 보는 것만으로도 행복하다. 아무 길거리나 찾아서 문 닫은 가게와 불이 켜진 술집을 들여다본다. 밤은 볼 것과 냄새와 소리가 뒤얽힌 혼돈이고 아이는 도시의 비밀을 들여다보는 아주 작은 관음주의자, 길거리의 시비와 호객행위를 하는 창녀들을 남몰래 목도한 증인이 된다. 하얀 파자마 잠옷을 입고 아이는 은닉된 장소 이곳저곳으로 뛰어다니며 자기 동네에서 점점 더 먼 곳으로 모험을 떠난다. 소년은 야간의 일탈로 지쳐 수업 시간에 잠이 들고 공부에 집중을 하지 못하지만, 들키지는 않는다. 그렇게 밤에 도망쳐 나간 어느 날 소년은 고양이 한 마리를 만난다. 시끄러운 술집에서 모퉁이를 돌자마자 막다른 골목에 쌓인 쓰레기 더미에 다쳐서 기진맥진한 고양이 한 마리가 누워 있다. 클라우스가 허리를 굽혀 고양이를 살핀다. 고양이에게 손을 뻗어 어루만져주려 하지만 놀란 동물이 할퀴자 소년은 죽이고 싶다는 충동이 든다. 나직한 목소리로 소년이 말한다.

"널 다치게 할 거야."

그리고 고양이를 친다. 짐승이 울부짖지만 다친 다리 때문에 도망을 치지 못하고 클라우스는 고양이를 움켜쥐고 목을 졸라 죽이려 한다. 고양이가 목숨을 걸고 저항하며 클라우스의 손과 얼굴에 상처를 낸다. 소년은 고양이 뼈가 부러지는 소리를 들었다고 생각하고 자기도 목 놓아 울기 시작한다. 키스를 하려고 구석으로 남자친구를 데리고 온 젊은 여자가 고양이 앞에 쭈그리고 앉은 클라우스를 보고 달려와 비명을 지른다.

"무슨 짓을 하고 있니? 이 잔인한 아이야! 이제 그만해!"

남자친구가 클라우스의 셔츠를 잡고 희생물에게서 잡아떼고 여자는 짐승 앞에 쭈그려 앉아 팔로 안아든다.

"불쌍한 고양이, 아직 살아 있어."

여자가 속삭이고 남자가 돌아보는 틈을 타 클라우스는 남자의 손을 뿌리치고 도망친다. 집에 오기 전에 폭우를 만난 소년은 속살까지 흠뻑 젖는다. 가족을 깨우지 않고 자기 방에 들어간 소년은 젖은 잠옷을 침대 밑에 숨기고 잠이 든다. 다음 날 아침 그는 심한 열병에 걸린다. 하녀가 젖은 옷을 발견해 영문을 몰라 하는 소년의 어머니에게 보여주지만, 이때쯤 클라우스는 열에 달떠 정신이 혼미하고 의사가 왕진을 온다. 열에 달뜬 꿈속에서 소년은 자기 몸이 발가락부터 불타는 환상을 본다. 다리가 재로 변하고 침대에는 커다랗고 시커먼 얼룩 두 개만 남는다. 아이는 고백을 하기 시작한다. 내 입, 하고 생각한다. 내 입이 타들어가기 전에 말을 해야 해. 침대 옆에 앉아 있는 어머니는 아들이 벌떡 일어나 말하는 걸 본다. 현실과 상상, 모든 걸 다 털어놓는다. 거꾸로 매달린 디에터·시트의 구멍·눈이 먼 개·숨긴 숟가락·고양이. 어머니는 한 마디도 알아듣지 못한다. 생채기가 난 아들의 얼굴을 빤히 바라보며 눕히려 하지만 소년이 밀쳐낸다. 이마를 차가운 수건으로 닦아주고 어르고 달래는 소리를 낸다. 소년은 계속 문을 쳐다보고 있다. 아버지가 발을 질질 끌며 층계를 올라오는 소리를 듣는다. 발소리가 소년의 귓전에 쿵쿵 울리지만 아버지는 나타나지 않는다. 클라우스는 활활 타오르고 의사가 와서 진정시킬 때까지 "잔인한 아이"라는 말만 외치고 또 외친다. 클라우스는 잠이 들지만 깨어났을 때 목은 아파도 열은 떨어진 상태였다. 클라우스는 건강을 회복하고, 이제 사악한 생각들에서 해방되어 도시를 배회하고 싶다는 욕망이 전혀 없다는 걸 깨닫는다. 완치가 확정된 것으로 보인다. 그러나 소설의 마지막 장면에서 클라우스는 일요일에 부모와 친척 몇 사람과 함께 거실에 앉아 있는 모습이다. 빳빳한 옷깃과 기나긴 교회 예배를 힘들게 견뎠다. 소년은 종조부 프레데릭을 본다. 함몰된 가슴과 막대기 같은 팔다리를 지닌 앙상하고 왜소한 남자다. 노인은 입을 헤벌린 채 잠이 들고 클라우스는 백일몽을 꾸기 시작한다. 종조부의 허벅지에 기어올라 그 입에 바람을 불어넣어 팔십대 노인이 풍선처럼 부풀어 올라 거대한 몸뚱어리로 깃털처럼 가볍게 사람들 머리 위를 떠다니게 만든다. 그리고 펑 터진다. 뼈·피부·치아·손가락·발가락·낡은 담배 즙이 사람들 위로 비처럼 떨어져 내린다. 클라우스는 미소를 지으며 뚱뚱한 로테 숙모에게로 관심을 돌리고 흥미롭게 그녀의 두툼한 발목을 본다. 이야기는 클라우스가 혼잣말을 중얼거리는 걸로 끝난다.

"일 곱하기 이는 이. 이 곱하기 이는 사, 삼 곱하기 이는 육….".

나는 책을 덮고 창밖을 바라보았다. 눈은 이미 그친 뒤였다. 괴상한 소품이네, 나는 생각했다. 별 것 없고 이상하지만 번역할 가치가 있는, 정말이지 섬뜩한 희극이었다. 다음 날 아침 번역에 착수했다. 독일어를 투영할 수 있는 영어 단어를 찾아

헤맸는데 그런 노력을 하다 보니 내게 보이는 이야기가 달라졌다. 클라우스의 환상을 옮겨 적으면서 비현실적인 친밀감을 느끼게 된 것이다. 짧지만 막연한 기억들이 표면으로 떠올랐다 사라졌다. 나는 웹스터 시립 도서관에 있었는데, 모르는 여자애 옆에 서 있었다. 뜨거웠다. 소녀의 얼굴이 빨갛게 달아올라 있었다. 여름이었던 게 틀림없다. 그 애를 잡고 마구 혼들고 싶었다. 그게 다다. 다른 기억은 하나도 나지 않았지만 환각은 도발적이었고 약간 마음이 불편해졌다. 나의 텍스트가 늘어나는 만큼 독일어 텍스트는 사라졌고, 난 새로운 서사의 소유권을 주장했다. 내 거야, 마음속으로 말했다. 내가 다시 창조한 거야. 내가 창조하고 있는 거야. 그래서 문장들을 놓고 씨름했고 완벽해 보일 때까지 다듬었고, 한 번은 번역을 놓고 화장실에 갔다가 거울 속 내 모습을 보고 소스라쳐 물러섰던 기억도 난다. 내가 반편이처럼 웃고 있었던 것이다. 하느님 맙소사, 나는 생각했다. 이제 내가 나처럼 보이지도 않잖아.

다시 로즈 교수를 만났을 쯤에는 95페이지 중에서 20페이지를 번역했다. 원고를 건네주면서 나는 내심 드는 기대감을 숨겨야 했다. 교수는 초고를 받아 읽기 시작했다. 찬찬히 교수의 표정을 살피며 내가 바랐던 인정의 징후를 찾았지만, 그 얼굴은 꿈쩍도 하지 않았다. 교수는 페이지를 넘겼다. 방안의 난방이 과해서 나는 스웨터를 벗었다. 그는 페이지를 한 장 더 넘겼다. 교수의 입 꼬리가 툭 떨어졌다. 싫어하는구나, 그런 생각이 들었다. 교수는 코듀로이 양복을 입고 있었고 무릎이 해어져 있었다. 그 무릎을 보며 이를 악물었다. 마침내 교수가 눈을 들어 나를 보았다.

"의역을 많이 했군." 그가 말했다.

"내가요?" 실망감을 너무 훤히 내비쳤던 모양이다.

"잘 했어." 교수는 재빨리 말했다. "정말로 아주 좋네. 하지만 달라졌어."

"그래요?" 내가 물었다. "어디가요?"

로즈 교수가 내 말을 믿지 못하겠다는 듯, 속내를 모를 눈길로 나를 보았다.

"그 어조." 그가 말했다. "어조를 놓쳤어."

"어조라고요! 그게 제가 가장 신경 쓴 부분인데요."

나는 가방에서 작은 녹색 책을 꺼내서 《잔인한 아이》를 펼치고 첫 단락을 눈으로 훑었다. 눈을 들어 교수를 바라보았다. 그가 웃고 있었다.

"그 이야기가 마음에 들었나, 베건 학생?"

"그런 것 같아요." 내가 말했다. "좋아한다는 게 맞는 표현인지 모르겠어요. 읽으면서 웃음이 터졌는데 한편으로 좀 도착적이라는 느낌도 들었어요."

교수는 고개를 끄덕였지만 더이상 아무 말도 없었다. 눈빛이 의미심장하게 빛났다. 비밀을 간직한 남자처럼 보였다.

"솔직히 말해서…." 나는 방어적인 목소리로 계속 말했다.

"잘 쓴 건지 아닌지 확신이 서지 않아요. 그냥 숭고화한 사디즘의 연습인지 그 이상인지. 어조는 제가 잘 잡은 것 같은데요."

"클라우스가 좋은가?"

책상 앞으로 몸을 숙이며 그가 말했다.

이 두 번째의 대담한 질문에 허를 찔렸다. 교수는 내 눈을 지그시 바라보았고, 그 시선이 너무 반듯해서 화들짝 놀랐다. 위장이 턱 죄었다. 나는 다리를 꼬았다. 교수의 표정은 의뭉스러웠고 비웃음에 가까웠지만, 불편한 마음을 꾹 참고 나는 교수가 알면서도 말하려 하지 않는 게 뭘까 궁금해 그를 바라보았다. 그러다가 눈길을 떨구었다.

"왜 그런 말씀을 하세요?" 나는 그 말들을 입안에서 웅얼거렸다.

"무슨 뜻이세요?"

"그냥 내가 한 말 그대로지. 좋아?"

"그게 관련이 있나요?"

"뭐하고?"

"번역하고요. 내가 좋아하는지 아닌지가. 그게 무슨 차이가 있죠?"

"어마어마한 차이를 만들어낼 수 있지, 그렇게 생각지 않나? 아까 말했던 화자의 어조에, 우리가 영어로 이 이야기를 최종적으로 만들어내는 방식에."

"글쎄요." 내가 말했다. "좋아하는지는 모르겠는데요, 로즈 교수님. 그냥 모르겠어요." 나는 침을 뱉듯 그 말들을 내뱉었다.

교수가 눈썹을 치켜 올렸다. "그만하면 잘 했네."

내가 흥분하자 교수는 미소를 지으며 말했다.

"우리한테는 시간이 있으니까. 천천히 발굴하면서 작업해 보자고. 계속 번역해 보고, 우리는 다음 주에 얘기를 하도록 하지."

"어조는 어떻게 하고요?" 내가 말했다.

교수가 손사래를 쳤다.

"아, 알게 될 거야."

그 말로 면담은 끝났다.

몇 마디 말도 오가지 않은 이 대화는 침대에 누워 내가 머릿속으로 꾸며낸 수많은 대화들을 낳았다. 로즈 교수와 말다툼을 하고 변명을 했다. 어조에 대해서는 교수님이 틀렸어요. 내가 알아요. 나는 클라우스를 이해하거든요. 나는 철저하게 그 이야기 속으로 들어갔어요. 내가 선택한 새로운 단어들은 절대 아무렇게나 고른 게 아니에요. 내가 소년에게 주는 새로운 언어의 음악이 들리지 않으세요? 교수의 초록색 눈을 보았다. 뭘 알고 있어요? 나는 생각했다. 뭐가 보이는 거예요? 나이든 사람들은 진실이 자기네 전유물이라고 생각하죠. 혼자서 있으면 교수를 마주보고 있을 때와는 전혀 다르게 거침없이 또박또박 말했다. 교수가 있으면 움츠러들었고, 그런 내가 짜증스러우면서노 한편으로 난쟁이처럼 왜소해지는 그 느낌이 기다려지기도 했다. 다시 교수의 연구실에 가서 앉아 있을 날만 헤아리고 있었다. 혼자 있을 때면 이런 상충되는 충동들이 시끌벅적하기 이를 데 없었다. 마음이 오락가락해서 한 순간은 반항아였다가 다음 순간엔 유순해졌고, 십자군에 나서는 전사였다가 다리가 후들거렸다. 나는 지쳐서 너덜너덜해졌다. 이런 전쟁이 얼마나 오래 지속될지 알았더라면 휴전 협상이라도 했겠지만 미래는 수수께끼였다.

《잔인한 아이》는 영어로 자라났다. 나는 일주일 내내 열심히 일했다. 이제 클라우스는 집안을 돌아다니면서 물건에 손을 대고 있었다. 살금살금 손가락으로 금기의 형상들을 탐색하고 있었다. 그리고 그 애를 위해서 내가 찾아내는 단어들이 나를 흥분시켰다. 아이가 들어가는 방들은 하나같이 은밀한 앎의 현장이 되었고, 모든 물건이 그 아이가 다루었다는 이유로 보물이 되었다. 크뤼거가 말하지 않고 남겨둔 부분이 아주 많았지만, 그 집안도 구석구석 모든 디테일이 다 보였다. 이

집의 이미지는 어디서 훔쳐온 것이었는데, 그게 어디였을까? 클라우스가 인형 하나를 집어 든다―거위를 안은 소녀다. 내게는 친숙하다. 소년이 도자기 드레스·도자기 구두를 어루만진다. 인형을 거꾸로 뒤집어본다. 그 장면을 쓰면서 숨이 막히고 불안해져서 멈춰야만 했다. 그 주에는 번역을 더 하지 않았지만 이미 열다섯 페이지를 작업한 후였다. 로즈 교수와 만나기로 한 날 아침, 나는 몇 번이나 옷을 바꿔 입다가 결국 치마와 작은 스웨터로 결정했다. 도발을 할 거야, 하고 나는 혼자 말했다. 그 사람한테는 그래도 돼.

교수는 내가 방으로 들어가자 재빨리 강렬한 눈길을 던졌고, 앉으라는 손짓을 하고는 지난 번 원고를 교정해 건네주었다. 원고는 빗금과 여백에 쓴 메모들로 뒤덮여 있었다. 비참한 마음에 얼굴이 빨갛게 달아오르는 느낌이 들었다. 교수를 보지도 않고 새 원고를 건네주었다.

"다음 주에는 이 원고를 다시 살펴보겠나?"

나는 대답하지 않았다.

"걱정 말게, 베건 학생." 교수의 목소리가 격식을 차리느라 딱딱했다. "보기만큼 그렇게 많이 고치지 않았으니까."

그 말투가 새삼스러운 배신처럼 느껴져서 상처가 되었다. 그래서 얼굴에 드러난 아픔을 숨기느라 여념이 없어 마룻바닥을 내려다보았다.

교수는 타이핑한 원고에 회색의 머리를 박고 굳은 입매에 웃음기를 살짝 띤 채 글을 읽고 있었다. 엿이나 먹어, 나는 마음속으로 생각했다. 전지전능하신 척척박사 따위. 나는 교수의 펜 소리를 들었다. 그는 한 번 기침을 했다. 그러더니 뜬금없이 코웃음을 쳤다. 내가 그를 보았다. 교수는 내 발을 물끄러미 보고 있었다.

"이런 맙소사!" 교수는 내 발을 보고 외쳤다. "바깥이 춥잖아! 그렇게 말도 안 되는 신을 신고 다니면 발이 다 얼지 않나? 덧신은 다 어디 두고 다니는 거야?"

뭐라 말해야 할지 몰랐다. 교수가 다른 사람이었다면 폭소를 터뜨렸겠지만, 그는 화를 내고 있었다. 그래서 나는 그를 노려보았다.

감정의 폭발은 이미 끝나 있었다. 교수는 말을 한 적도 없었다는 듯 독서로 돌아갔다. 나는 교수를 보며 팔짱을 끼었다. 그때 교수의 책상 위에 올라가 노래를 하고 싶다는 강력한 충동이 덮쳤다. 노래는 못 부르지만 그건 문제가 아니었다. 교수의 책상 위에 서서 우렁찬 목소리로 노래를 부르고 스트립을 하듯 옷을 벗어 제치는 나 자신을 상상했다. 스웨터를 벗어 교수의 머리로 던지는 내 모습이 눈앞에 보였다. 나는 피식 웃음을 머금었다.

교수가 원고를 보던 눈길을 들었다.

"이게 나아 보이는군."교수가 말했다. "이제 좀 찾아가는 것 같아."

"뭘요?"내가 물었다.

무뚝뚝하고 무례한 반응이었다.

교수는 나를 응시하며 검지로 자기 얼굴 광대뼈 아래 푹 들어간 부분을 눌렀다. 그러더니 고개를 끄덕였다. 그 고갯짓에 나는 확 풀어지고 말았다. 꿰뚫어보는 암시, 거의 텔레파시에 가까운 고갯짓. 다시 그를 바라보는데 턱에 힘이 빠지고 입이 헤벌어졌다. 당신 누구야? 내가 생각했다. 그가 내 얼굴을 바라보는 여유로움은 경악스러웠다. 우리는 지나치게 오래 서로를 바라보았고, 그 시선의 부적절함에 내 몸이 떨렸다. 질문은 잊혔다. 교수는 눈을 껌벅거리고 숨을 크게 들이마시더니 정신을 차렸다. 예리한 시선이 흐릿해지고 표정도 달라졌다. 그때 나는 뭐라 말할 뻔했지만, 목구멍에 소리가 걸릴 뿐, 말이 나오지 않았다.

"아무래도 잘못 생각한 것 같아."교수가 말했다. "이 소설 말이야."

그 말은 방안의 제 3자한테 하는 말처럼 들렸다. "판도라의 상자 같은 거야, 안 그래?"

그의 목소리는 부드러웠다. 아무도 우리의 대화를 듣지 않기를 바라는 거야, 나는 생각했다. 그때 교수가 언성을 조금

높여서 말했다.

"몇 살이지, 베건 학생?"

"스물두 살입니다."

그는 고개를 끄덕이며 머리칼을 손으로 쓸었다.

"알겠네."

이 정보에 그는 왠지 서글퍼진 눈치였다.

"로즈 교수님?"

내가 무슨 말을 할지 나도 몰랐지만, 교수가 못 들은 척하지 않았다면 뭐라도 말했을 거다.

"오늘은 이걸로 충분한 것 같군."

교수는 내게 당혹스러운 표정을 지어보였다.

나는 내 책들을 챙겨서 문을 닫고 나왔다. 복도에서 혼자 중얼거리는 교수의 말소리를 들었다. 그 말들은 불분명했지만 외워서 읊는 것처럼 아주 빠르고 수월하게 흘러나왔다. 뭔가 인용하고 있구나, 나는 생각했다. 열쇠구멍에 귀를 꼭 대고 들어볼 수 있도록 복도에 나 혼자밖에 없기를 바랐다.

그날 저녁 나는 앉아서 다시 번역 작업을 했다. 소년은 집을 나가고 있다. 그 대목은 괴로웠다. 몇 번이나 고쳐 썼다. 소년은 큰 소리가 날까 봐 두려워하며 묵직한 문을 잡아당겨 열고 밤공기를 느끼며 거리로 몰래 빠져나간다. 나는 동사를, 형용사를 바꾸었다. 매번 변화를 줄 때마다 거리로 몰래 나가는 클라우스의 모습이 보였다. 책에서 눈을 들고 마음속으로 방황을 했다. 일곱 살 때 우리 어머니가 주신 하얀 잠옷을 기억했다. 그 동안 까맣게 잊고 살던 옷이었다. 그리고 나는 부모님 집의 문을 밀어 열고 밖으로 나가는 내 모습을 상상했다. 축축한 풀을 밟는 맨발을 느꼈다. 1마일 거리에 있는 웹스터의 불빛을 보았다. 〈위 윌리 윙키〉가 저 도시를 관통하지, 나는 생각했다. 위층으로 아래층으로. 공상 속에서 나는 창문을 들여다보다가 그만두었다. 보지 마. 집으로 가. 문 저편에서 들려오는 로즈 교수의 목소리를 기억했다. 나는 허리를 굽히고 그 말들을 들었지만, 소름끼치는 말들이라 백일몽을 억눌러야 했다. 그리고 나는 나 자신에게 엄하게 말했다. 너의 아이러니 감각을 지켜, 거리를 유지해야 해. 이것저것 헛갈리며 정신을 못 차리고 있잖아. 정신 똑바로 차리라고. 이 소소한 잔소리는 결과적으로 이미 엎질러진 물로부터 나 자신을 구하기 위한 시도였다.

그 후로 이어진 만남들에서 로즈 교수는 나를 거의 처다보지 않았다. 중편소설은 우리 교감의 유일무이한 장이었다. 꼬마 클라우스는 우리 사이의 전령이 되었다. 매주 목요일 나란히 앉으면, 나는 그의 펜이 내 원고를 쓱쓱 가로지르는 모습을 보며 그의 비평을 들었고, 어김없이 이름 모를 흥분과 불안에 휩싸이곤 했다. 내 번역을 교수가 과격하게 교정하고 나면 얻어터진 느낌이 들었지만 불행하지는 않았다. 교수가 대체로 옳다는 걸 알 수 있었고, 그를 우러러보는 마음 때문에 겸손해졌다. 내 눈에는 교수가 소설을 사랑하는 것이 뚜렷하게 보였다. 그가 클라우스를 말할 때면 각별한 마음에 가끔 목소리가 갈라지기도 했던 것이다. 교수의 독일어 실력은 완벽했고 영어 실력만큼이나 의미의 결이 많고 아름다웠다. 그래서 간혹 어째서 나한테 그 작품에 손을 대게 했을까 궁금해질 때도 있었다. 게다가 교수는 그 텍스트에 극도의 소유욕이 있었고 작가의 의도를 당연한 전제로 깔아 당혹스럽게 만들 때도 많았다. 아주 잠깐 실제로는 교수가 진짜 저자가 아닐까 하는 정신 나간 생각도 해 본 적이 있다. 하지만 내 앞에 엄연히 저작권 페이지를 갖춘 초록색 책이 놓여 있었기에 그런 의심을 하는 내가 부끄러워졌다. 아무튼 여전히 《잔인한 아이》와 교수의 관계는 기이하게 사적이었고 소설에 대한 교수의 견해는 절대적이었다. 한 번은 교정을 보다가 잘못 번역한 한 문단을 두고 내게 포효한 적도 있다.

"이건 엄청난 성적 긴장감이 있는 대목이란 말이야, 베건 학생. 에로틱한 힘―물론 잠재적이지만 분명히 있다고! 자네는 그걸 모조리 빠뜨려서 밋밋하게 만들어 버렸어! 맙소사, 이봐, 여기를 보라고. 팔다리가 아니라 아랫도리야. 팔다리는 어디서 나온 거야? Lende! 아랫도리를 보는 건 팔다리를 보는 것과 엄청나게 다른 거라고 생각지 않나? 작품 전체를 변성시킬 작정인가?"

나는 페이지를 빤히 내려다보며 죄송하다고 빌었다. 그리고 고개를 돌려 그를 보았다. 눈빛이 날카로웠다. 웃지도 않았지만, 그 눈빛에 어쩐지 희미한 유머가 느껴진다는 생각이 들었다.

"다음번에는 신체 부위를 정확히 하도록." 교수가 말했다.

"네, 알겠습니다."

나는 대답을 했고 우리는 다시 원고로 돌아갔다. 어째서 이 호통이 사랑받는다는 느낌을 주었는지 말하는 건 불가능하지만, 실제로 그랬다. 심장의 깊이는 가늠할 수가 없는 법이다.

그해에 겨울은 짧고 봄은 길었다. 내 삶은 로즈 교수와의 목요일을 기점으로 돌아갔고, 그 사이에는 아무 일도 일어나지 않고 모든 일이 일어났다. 그리고 나는 클라우스의 마지막 웅징의 백일몽을 향해 서서히 나아가고 있었다. 내 삶에는 다른 사람들도 있었으며 루스는 아주 자주 만났다. 루스에게 교수 얘기를 하지는 않았지만 우리는 다른 모든 속내를 공유했는데, 기본적으로는 책과 남자로 귀결되었다. 루스는 주위에 얼쩡거리는 남자들을 '구애자들'이라고 부르는 걸 좋아했다. 호메로스와 오스틴을 모조리 환기시키는 거창한 단어였고, 그 말을 쓰면 '데이트'의 무질서에 뭐랄까 인공의 격식이 부여되는 느낌이었다. 그런 청년들은 각양각색의 부류였지만 아무튼 많았고(루스보다는 내게 좀 더 많았다) 사실을 말하자면 다 기억나지도 않는다. 따뜻한 날씨에 남자애들의 열의도 달아올랐다. 다들 목표를 찾아 헤매고 있었고, 일부는 그게 나라고 믿었다. 남자들마다 스타일은 다양했지만 문 앞에서 망설이거나 실랑이를 벌이는 일은 종종 있었다. 대담한 부류는 몸으로 나를 공격해서, 우리 아파트 밖 복도에서 나를 부여잡고 입에 거하게 축축한 키스를 퍼부었다. 저녁식사 내내 키에르케고르에 대해서 진지하게 강의를 늘어놓은 한 학생은 우리 집 건물 밖 인도에서 내게 덤비면서 실제로 나를 번쩍 들어올리기도 했다. 그 행동에 나는 어찌나 놀랐는지 웃다가 사레가 들리고 말았다. 다른 남자들은 소심했다. 저녁이 끝나갈 무렵이 되면 헛기침을 하고 쿵쿵거리고 기대감에 찬 눈길로 나를 바라보며 집으로 들어오라는 초대를 기다렸다. 스탠리는 수줍은 부류에 속했다. 부모님과 함께 리버데일에 사는 정통파 유대교인으로 르네상스 문학 전공이었다. 우리는 로우 도서관 계단에서 햇빛을 받으며 기나긴 대화를 여러 번 나눈 끝에 딱 한 번 저녁식사 데이트를 했다. 스탠리는 삶과 책에 대한 대화들을 나누며 내게 빠졌던 모양이지만 십중팔구 그가 사랑한 건 다른 사람, 내가 아닌 다른 사람이었을 것이다. 스탠리 특유의 세밀한 몸가짐과 신중한 대화 덕분에 함께 있을 때면 내가 커다랗고 대담하고 심지어 조야한 인간처럼 보였다. 그 앞에 있으면 내 입에서 불경한 농담들, 성적인 암시, 금기된 것들에 대한 전반적인 열정이 마구 쏟아져 나왔다. 나도 나 자신을 어쩔 도리가 없었다. 스탠리는 이런 내 재잘거림을 좋아하는 것처럼 보였지만, 사실은, 내가 그를 좋아했다. 우리는 중국음식을 먹었고, 식사를 하는 동안 나는 그가 떨고 있다는 걸 알아차렸다. 하지만 우리는 이야기를 나누며 맥주를 마셨고 웃었고 그의 손 떨림도 멎었다. 나를 집에 데려다주고 그는 문 앞에서 내게 키스를 했다. 그의 얼굴이 상기되어 있었고, 그렇게 가까이서 보니 생김새가 섬세하고 사랑스러웠다. 들어오라고 했지만 마지막 순간에 그는 도망쳤고 다시는 전화를 걸지 않았다. 아마 그게 최선이었을 거다. 스탠리에 대한 끌림도 금세 사그라졌다. 내가 그를 좋아했던 건 아마 강요하는 기미가 전혀 없었기 때문이었다고 생각한다. 대다수 남자애들은 그게 문제였다. 그들의 열렬한 소망은 내게 폐소공포를 유발했다. 언제나 남자들은 내게 숨결을 뿜고, 잡아당기고, 밀고, 심지어 내가 자기네한테 줄 수 있다고 믿는, 무슨 수수께끼 같은 은총을 달라고 애걸하기까지 했다. 그러나 내게는 사실 그게, 그들이 원하는 게 없었다. 남자들이 성적인 승리를, 뭐랄까 자신들의 욕구를 싹 쓸어 없애 줄 에로틱한 대홍수를 꿈꾸었다는 걸 나는 안다. 그리고 남자들의 손을 피해다님으로써 내가 점점 더 그들 희망이 걸린 존재, 금발에 파란 눈을 지닌 잡을 수 없는 존재가 되었다는 것도 안다. 남자들 잘못은 아니었다. 왜곡은 욕망의 일환이다. 우리는 언제나 우리가 원하는 걸 바꾼다.

그해 늦은 봄 내 삶은 세 가지 면에서 결정적으로 바뀌었다. 수중에 돈이 떨어졌고, 루스가 사랑에 빠졌고, 패리스가 또 불쑥 튀어나왔다. 5월은 아름다운 계절이었다. 맑고 따뜻한 몇 주일 동안 나는 좀이 쑤셔 몸이 아프다시피 했다. 그래서 밤마다 외출을 하고 싶었지만 생활비가 급속히 바닥나고 있었다. 5월 월세도 내지 못해서 뉴저지에 사는 집주인 텐 씨가 찾아올까봐 두려움에 떨며 살고 있었다. 그게 그의 진짜 이름이었다. 루이스 텐 씨. 한 번도 본 적은 없지만 유령 같은 이름이 끔찍하게도 내 곤궁에 잘 맞아떨어졌고, 이미 사라진, 기한이 지난 과거를 연상시켰다. 나는 내가 돈을 내야 하는 상황이라면 아예 외식 약속을 거절했고 국수와 달걀로 연명했다. 체중이 급격히 줄었다. 새 구두가 필요했지만 돈이 없어 살 수가 없었다. 지금 생각하면 왜 부모님께 도와달라고 하지 않았는지 이해가 되지 않는다. 물론 부모님도 돈이 거의 없었지만 구두 살 돈은 기꺼이 내어주었을 텐데 말이다. 하지만 도저히 부모님께 손을 벌릴 수가 없었다. 부탁을 하면 부모님뿐 아니라 나 자신에게도 어렵다는 걸 자인하는 꼴이 될 테니까. 나는 고집이 보통이 아니었다. 구두 밑창에는 구멍이 났어도 옷차림은 후줄근하거나 추레하지 않았다. 사실, 나보다 훨씬 돈 많은 학생들이 가난한 척하면서 찢어진 청바지에 누더기 같은 티셔츠를 입고 다니는 것도 알고 있었다. 그들과 달리 나는 언제나 옷을 깔끔하게 다려서 조심스럽게 입었다. 진짜 힘든 사정을 심지어 루스에게까지 숨겼다. 하지만 루스는 짐작을 하고 일부러 끼니 값도 훨씬 더 많이 내고 자선이 아닌 척하면서 선물들도 갖다 주었다. 루스의 부모님은 달마다 생활비를 보내주셨는데 루스는 그걸 나와 나누어 썼다. 그래서 루스를 사랑했지만 부채의식 때문에 괴롭기도 했다. 그건 루스가 로버트 코헨을 만나 사랑의 구름을 타고 휙 사라지기 전의 얘기다. 로버트는 무엇보다도 광고계에서 일했고 루스의 말에 따르면(말투가 짐짓 변명조라는 생각이 들었다) 비트겐슈타인을 사랑했다. 내 친구는 집에 거의 들어오지 않았고 간신히 연락이 닿을 때에도 놀라우신 코엔 씨 소식으로 가득 차 있었다. 질투가 났던 것 같다. 그래서 그녀에게 똑바로 맞서기보다는 물러섰다. 그러나 나는 말도 못하게 루스가 보고 싶었고, 없어지고 나서야 친구의 존재가 내게 얼마나 색색의 생기를 불어넣었는지 깨달았다. 루스는 자기 인생이라는 이야기의 주인공이었고, 우리가 함께 있을 때면 나 또한 내 인생의 주인공으로 만들어주었다. 루스는 힘든 일상을 로맨스나 드라마의 위상으로 승격시켰다. 우리 둘을 다 아는 친구가 내 아파트에 대해 묻자 나는 비좁고 어둡다고 알려주었다. 그러자 루스가 웃음을 터뜨리며 말했다.

"데이비드, 쥐가 바글바글한 골방이야. 학생들 사는 다락방이니, 말해 뭐해 싶게 형편없지만 기가 막히게 멋져."

루스의 말은 진심이었다. 그달 중순, 어느 날 나는 밤에 집으로 돌아와 생쥐 한 마리가 마카로니 봉지에 침투해 깨알만한 똥들을 내 저녁식사에다 잔뜩 싸 놓고 간 모습을 보았다. 마카로니를 수도꼭지 밑에 놓고 씻으면서 나는 울기 시작했다. 식사를 하는 내내 울었고 씻고 마지막 접시를 치울 때까지 울음을 그치지 않았다.

바로 그 무렵 어쩌다가 패리스가 손님으로 참석한 파티에 가게 되었다. 언어학과 철학 수업에서 만난 핸섬하고 침착한 남학생인 팀이 나를 초대했다. 파티에 갔던 건, 무엇보다 배불리 먹을 수 있다는 생각에 혹했기 때문이었다. 디너파티는 화이트 스트리트의 거대한 폐허 같은 로프트에서 개최되었고 주최자는 샘이라는 화가였던 걸로 기억한다. 샘은 이 파티를 위해 모든 캔버스를 벽 쪽으로 돌려놓았고 샘의 여자 친구는 아름답고 말이 없었으며 조나단과 리타라는 다른 게스트 둘을 '퍼포먼스 팀'이라면서 소개해주었던 기억이 난다.

"오브제를 가지고 작업하는 친구들이에요."

샘이 설명해주었지만 끝까지 난 그게 무슨 뜻인지 이해하지 못했고, 파티가 열리는 동안 두 사람이 저글링을 하는 모습을 간간이 볼 수 있었다. 패리스는 짙은 핑크색 양복을 입고 마지막으로 도착했고, 문으로 들어오는 패리스를 보자마자 나는 경련 같은 불편감을 느꼈다. 그러나 패리스는 오래된 친구처럼 내게 인사를 했다.

"아이리스, 아이리스, 아이리스, 잘 지내요?" 패리스는 내 얼굴에 바짝 들이댔다.

"창백해 보이는데요. 괜찮아요? 이 도시하고 잘 안 맞는 건 아니고?"

"정말 괜찮아요." 내가 말했다.

"여기는 팀이라고 해요."

나는 친구의 팔을 잡았다. 예전에는 한 번도 팀의 몸에 손을 대본 적이 없다. 팀이 미소를 지었다.

디너 테이블에서 패리스는 바로 내 맞은편 자리를 떡 차지하고 앉았다. 우리는 실망스럽게도 파스타를 먹었다. 대화는 이리저리 정처 없이 흘러갔다. 대부분의 내용은 잊었다. 내가 모르는 화가들 얘기, 갤러리들과 정치 성향 얘기가 오갔다. 파스타 세 접시를 먹고 나서 게스트들의 얼굴을 번갈아 쳐다보았다. 아름다운 여자 친구 로라는 재빨리 식사를 끝내고 담배를 피웠다. 팀은 박식을 자랑하면서도 모든 논평을 똑같이 따분한 어조로 늘어놓았다. 그러나 조나단과 리타는 생기발랄했고 웃는 게 서로 똑같았다. 수년 동안 가까이 지내다 보면 웃음처럼 원초적인 소리마저 서로 닮아가는 걸까 신기했다. 패리스에게 눈길을 주지 않으려 애썼지만, 쉬운 일이 아니었다. 패리스는 나와 말하고 있지 않을 때에도 나의 주목을 요구했다. 심지어 내 시야에서 벗어나지 않으려고 한쪽으로 몸을 잔뜩 기울이고 있기까지 했다. 나밖에 아무도 알아채지 못하는 눈치여서 나도 무관심을 가장했다. 그때 패리스가 회화 이야기를 꺼냈다. 화두를 놓치고 대화를 듣는 둥 마는 둥 하고 있는데 그 이름이 나오는 바람에 정신을 번쩍 차렸다.

"〈폭풍〉 말이에요." 패리스가 말하고 있었다.

"조르조네의 그림. 그보다 좋은 건 없죠."

나는 패리스의 얼굴을 똑바로 바라보았다.

"맞아요. 베니스에 가본 적은 없지만 프린트를 봐서 알아요. 그걸 마지막으로 본 게 3년 전이었는데, 엄청난 인상을 받았거든요. 생생하게 기억해요."

리타가 말했다. "여자하고 폭풍을 그린 그림말인가요?"

패리스는 리타 쪽은 보지도 않고 고개를 끄덕거렸다. 나만 뚫어져라 보고 있었다.

"회화에 대한 기억력이 좋은 편이죠?"

"그래요, 특히 그 그림에 대해서는."

"지금 묘사를 할 수 있겠어요?"

"이거 무슨 시험인가요?"

테이블에 모여 앉은 모두가 조용해졌다.

"아니, 정말로 궁금해서, 호기심이 동해서요…."

"어서 해 봐요, 아이리스." 팀이 말했다. "나는 봤어도 기억을 못 할 거야."

"뭐." 내가 말했다.

여섯 명이 다 경청하고 있다는 사실을 의식하게 되었다. 나는 아무도 보지 않고, 샘의 캔버스 뒷면을 하나 골라 시선의 초점을 맞추었다.

"우측 전경에는 강둑에 앉아 있는 여자가 하나 있어요. 아이에게 젖을 먹이고 있지요. 아주 어린 유아가 아니라 혼자 앉아 있을 수 있는 아기예요. 한쪽 팔이 아이의 어깨를 감싸고, 다른 팔은 무릎 위에 두고 있어요. 어깨에 두른 천 말고는 나신이에요."

나는 그림을 더 잘 보려고, 정확히 기억하려고 눈을 감았다.

"오른쪽 젖가슴이 드러나 있어요. 아기가 빨고 있는 쪽이에요. 몸은 비스듬하게 기울어져 있지만 고개를 들고 앞을 보고 있어요. 그림 밖을 똑바로 보고 있지요. 그리고 그 얼굴, 그 표정은….”

나는 고개를 흔들었다.

“차분하고 아득하지만, 보는 사람으로 하여금 한 순간 여자가 그 눈을 들어 자기를 바라보았고, 그 순간이 영원인 것처럼 느껴지게 하지요.”

마지믹 구절을 밀하며 떠듬거렀는네, 내가 느끼는 감정이 부끄러워졌다. 아무도 아무 말도 하지 않았다. 나는 말을 이었다.

“한없이 섬세하게 그려진 무성한 녹음이 그녀 앞에 우거져 자라서 그늘이 창백한 맨다리 피부 위에 문양을 그리는데, 다리 형태가 가려지지는 않아요. 그녀 뒤편에 키 큰 나무가 있어요. 잎이 풍성하지만 좁다랗고, 좌측으로 다른 나무들이 있는데 역시나 어리고 가늘어요. 여자 뒤로 다리가 있고 도시의 건물들이 보이지만 어쩐 일인지 다 죽고 아무도 살지 않는 것처럼 보여요. 그리고 하늘에는 폭풍을 동반한 먹구름이 있고 정교한 번개가 떨어져 회화를 희한한 빛으로 밝히고 있어요. 현실의 빛이 아니라 내면의 빛이랄까, 강력한 기억의 빛이에요. 설명할 수는 없는데, 그 그림을 보고 있는 동안에도 이미 지난 일처럼, 이미 다 본 것 같은 느낌이 들어요. 아마 그래서 나중에 그렇게 강렬한 효과를 낳나 봐요. 내 말은 그 사물 자체가 기억이고 사후의 삶이고, 그래서 기억을 기억하고 있는 거라는…"

나는 헛기침을 하고 손을 입에 대고 아래를 내려다보았다. 얼굴을 붉혔을 거라고 확신한다.

팀이 먼저 말했다. "멋진데요."

"이제 끝났어요?" 패리스가 말했다.

나는 고개를 끄덕였다.

"뭐 잊어버린 거 없어요?"

"제가요?"

"뭐요?" 조나단이 말했다. "저렇게 구체적으로 말했는데요."

"그래요, 그랬죠, 안 그래요?" 패리스가 말했다. 그는 포크로 세 번이나 접시를 쿵쿵 쳤다.

나는 샘을 보았다.

"그 그림 아시죠? 제가 놓친 게 뭐죠?"

"그림에 남자가 있었어요." 패리스가 샘 대신 대답했다.

샘이 고개를 끄덕였다.

"믿을 수가 없어요." 내가 말했다.

"어디에요? 어디 저 뒤쪽에요?"

샘이 나를 보았다.

"아니요, 좌측 끝 전경에서 여자 쪽을 바라보고 있었어요. 정말 이상한 건, 저는 전혀 생각조차 하지 못한 세부사항들

을 다 기억했다는 거예요. 여자가 앉아 있는 모습·옷·나무
들…."

"정확히 기억했다고 생각했는데." 내가 말했다.

"그랬어요." 패리스가 말했다.

"사람 하나를 통째로 지워버렸는 걸요."

"무슨 뜻이에요, 패리스?"

리타가 목을 쭉 빼고 그를 보았다.

나는 로라가 테이블에 팔꿈치를 괴고 손으로 턱을 받치고
있는 모습을 보았다. 똑바로 나를 보고 있었다.

"당신이 남자가 된 거죠." 패리스가 말했다.

"그 남자의 입장이 되어 즉시 회화에서 지워버린 겁니다.
그 남자도 관객이지요. 그림을 보는 관객의 분신과도 같아요.
당신한테는 그 남자가 소모품이었던 겁니다. 보면서도 보지
않았죠."

나는 사라진 남자를 떠올려 보려고 애썼다.

"그건 잘 모르겠네요, 패리스." 조나단이 말했다.

"사람들은 원래 별의별 것을 다 잊어버리잖아요."

나는 그 남자를 전혀 기억할 수 없었다.

"예술작품을 그런 식으로 기억할 수 있는 사람은 안 그러
죠."

패리스가 미소를 지었다.

"그 남자를 잊는 게 자연스럽다는 뜻인가요?"

리타가 패리스에게 물었다.

"이런 경우에는 자연스럽죠. 아이리스한테는 자연스럽다는 말입니다."

패리스의 말이 가슴에 작은 수축을 일으켰다. 하지만 금세 스쳐갔다. 패리스를 바라보았다. 포크로 또 그 자리를 쿡쿡 치고 있었다.

"그건 미술비평인가요, 정신분석인가요?" 팀이 물었다.

"둘 다 약간씩 있죠."

패리스가 테이블 맞은편에서 활짝 미소를 지었다.

"아이리스하고는 친한 친구신가 봐요?"

로라가 이 말을 큰 소리로 했다.

패리스는 날카롭게 왼편을 보더니 이삼 초쯤 로라를 빤히 보았다.

"맙소사. 말을 하긴 하는군요."

로라는 당황스러운 얼굴로 접시를 내려다보았다. 로라의 오른 눈·뺨·윗입술이 틱 증세로 경련하는 걸 보았다. 그리고 곧 또 틱이 생겼다. 로라 옆에 앉아 있던 리타가 돌아보았다. 아무도 말이 없었다. 샘이 패리스에게 비난의 눈길을 던졌고 나도 어깨와 목이 분노로 뻣뻣하게 굳는 걸 느꼈다.

"우리는 서로 잘 알지 못하는 사이에요."

나는 로라를 똑바로 보며 큰 소리로 말했다.

"하지만 그렇다고 패리스가 조심할 사람인가요. 눈길 한 번만 마주치면 그걸로 됐다 할 걸요. 대화 시작하고 2분 만에 당신에 대해 모든 걸 단정하는 사람인데, 혹시 자기가 완전히 또라이가 아닐까 그런 생각을 해본 적이나 있을까 궁금하네요."

디 말하고 싶었지만 거기서 멈췄다.

패리스는 가상의 칼로 자기 복부를 찔렀다.

"로라."

샘이 로라의 팔을 잡으며 말했다. 그러더니 언성을 낮추었다.

패리스가 테이블 건너편으로 몸을 숙이며 나를 보고 미소를 지었다.

"당신은 피스톨이에요." 그가 말했다. "마음에 들어. 게다가 나도 당해 쌌으니까."

나는 그를 보고 얼굴을 찌푸렸다. 그러나 그의 말 때문에 확신이 흔들렸다. 항상 제 모습을 획획 바꾸는구나, 나는 생각했다. 내 손이 닿지 않는 곳으로 빠져나가.

그 후 파티는 곧 끝났고, 나는 마음속으로 계속 그 그림을 재구성하며 사라진 남자를 떠올려 보려고 애썼지만 허사였다. 샘에게 고맙다고 인사하고 다른 게스트에게도 인사를 했다. 패리스를 보고 손을 흔들었더니, 로라와 이야기를 나누고 있다가 내게로 다급히 뛰어왔다.

"내일 프린트를 한 장 보내줄게요." 그가 말했다.

"내가 알아서 찾아볼 수 있어요, 패리스."

"그럴 필요 없어요. 전령을 통해 보내줄 테니까. 하지만 나한테 주소를 줘야 해요."

나는 내 곁에 서 있는 팀을 느꼈다. 팀의 코트 소매가 내 소매를 스쳤다.

"정말로, 그런 수고 하실 필요 없어요."

패리스가 내 귀에 입을 갖다 댔다.

"꼭 봐야 해요, 알잖아요, 그 남자를 꼭 봐야 한단 말입니다."

패리스는 '그 남자'라는 단어에 방점을 찍어 말했고 나는 물러섰다.

나는 작은 종이쪽지에 주소와 전화번호를 적어 주었다. 아무렇지도 않은 행동은 아니었다. 글자와 숫자를 쓰면서 나 자신의 고의성을 의식하고 있었다. 패리스가 내 손에서 종이를 받아 조심스럽게 접어 지갑에 넣었다.

팀은 어퍼 웨스트 사이드로 돌아가는 택시 값을 냈다.

"저 패리스라는 사람 말이야." 팀이 말했다. "괴상한 땅꼬마야. 양복 좀 봐!"

"그럴 수도 있지. 하지만 바보는 아니야."

날카롭게 쏘아붙이는 내 말투에 스스로 놀랐다. 패리스를 옹호하고 있다니. 그래서 언성을 누그러뜨렸다.

"당연히 팀 네 말이 맞아. 별난 사람 같지."

전령은 귀머거리였다. 버저의 진동을 느꼈던 모양이다. 아무 문제없이 들어왔던 것이다. 나는 그가 건네준 종이에 서명을 하고 고맙다고 손짓을 하고 도톰하게 넛댄 봉투에서 책을 한 권 꺼냈다.《이탈리아의 회화: 1500~1600》. 패리스가 그 페이지를 메모로 표시해 두었다. "여기 있어요. 흑백이라 미안해요―내가 구할 수 있는 최선이에요. 진짜 질문은 이거예요. 이 남자는 누구일까?" 라고 적혀 있었다. 남자는 그림 왼쪽 구석에 서서 지팡이를 들고 있었다. 한참 동안 그 남자를 보았다. 익숙지 않았다. 그 남자만 처음 보는 것 같은 느낌이었고, 다른 건 다 내가 기억한 그대로였다. 그러나 어디로 사라졌던 걸까? 이런 것들이 얼마나 더 있을까? 나는 생각했다. 보이고 잊혀 아무 자취도, 심지어 사라졌다는 앎조차 남기지 않은 사람, 사물들. 그림을 빤히 내려다보며 여자의 순한 눈을, 그리고 치켜든 다리와 살결에 문양을 새기듯 보이는 잎사귀들을 쳐다보았다.

학기의 마지막 2주일, 거의 아무것도 먹지 않고 연명했다. 지갑에는 20달러 지폐 한 장이 남아 있었다. 일거리를 찾을 때까지는, 절대 그 지폐를 깨지 않겠다고 혼자 맹세했었다. 쌀한 상자, 달걀 여섯 알, 스파게티 두 팩으로 끼니를 때웠다. 웨이트리스 일을 구걸하며 어퍼브로드웨이의 레스토랑을 전전했다. 그러나 빈자리는 없었다. 나는 집요했고, 똑같이 무미건조한 목소리로 똑같은 요청을 반복하며 거절하는 말을 듣고 나서 다시 길거리로 나갔다. 사람들이 느끼지 못하고 굳이 생각하는 수고조차 하지 않는, 그런 부류의 절망이 있다. 내 경우가 그랬다. 지금은 인도를 쿵쾅거리고 돌아다니던 그 소녀를 안쓰럽게 생각하지만, 당시에 내 감정은 돌덩어리처럼 굳어 있었다. 가난이 나를 멍청하게 만들었다. 아름다운 구두 생각을 하며 오랜 시간을 보냈다. 진열장에서 내가 갖고 싶은 걸 골랐다가 마음을 바꾸곤 했다. 이 놀이를 하면 심심하지 않았고, 처음엔 후회도 없고 실제로 가게에 들어가는 젊은 처녀들에 대한 질투도 없었지만 하루하루 날이 갈수록 욕망이 커져만 갔다. 구두는 턱도 없는 꿈이었다. 노점에서 파는 쓸데없는 장신구들을 지독하게 탐냈고 그해 봄 로즈 교수를 마지막으로 만나러 가기 전날 욕망에 굴해 20달러 지폐를 깨어 머리빗을 하나 샀다. 금박 테두리의 모조 거북 껍데기였다. 가격은 3달러였다. 바보 같은 구매였기에 스스로를 호되게 질책했다. 원했던 건 빗이 아니라 그 거래, 즉 돈을 내는 체험 그 자체였다. 그래도 몇 분간은 해방감을 만끽할 수 있었다.

그날 밤 《잔인한 아이》를 끝마쳤다. 퉁퉁 불어터진 불쌍한 프레데릭 삼촌은 샹들리에 근처를 떠다니다가 산산조각이 나고 만다. 이번에는 결말이 슬프게 느껴졌지만 그런 감정이 좋았다. 내일은, 하고 혼잣말을 뇌까렸다. 로즈 교수한테 말할 거야. 그리고 일장연설을 연습했다. 그러나 결국에 나온 글은 미적지근하고 모호하다 못해 천리안이라도 그 속에서 숨겨신 열정을 찾기가 어려운 지경이었다. 그래도 그 말을 연습할 때마다 나는 숨이 막혀 헐떡거렸다. 다음날 아침에는 형편없는 몰골로 기대감에 덜덜 떨며 상처 입은 새처럼 아파트 안을 파닥거리며 돌아다니고 있었다. 머리빗을 꽂고 갔다. 희망 때문에 오히려 비참한 기분이 되었지만, 실패해도 나밖에 모를 거라는 사실로 나 자신을 위로했다.

로즈 교수의 연구실 밖에서 나는 심호흡을 하고 문을 두드렸고, 교수의 목소리를 듣고 들어갔다. 교수는 나를 보지 않았다. 책상 위에 놓인 무슨 종이다발 위로 고개를 숙이고 있었다. 나는 망설이다가 말머리를 꺼냈다.

"로즈 교수님, 오랫동안 말씀드리고 싶었는데 교수님과 작업한 일이 제게 얼마나 의미가…."

교수가 눈을 들었고, 그 얼굴은 친절했다.

"미안하네, 베건 학생." 그가 말했다.

"뭐라고 했지? 이 논문을 읽느라 몰두해서 말이야. 당최 무슨 소린지 알 수가 있어야지. 내가 보기엔 완전히 횡설수설인데…."

나는 외워왔던 대사를 까맣게 잊고 말았다.

"뭐라고 했지, 베건 학생?"

"저 아이리스라고 불러주세요."

내 목소리가 기어들어가고 있었다.

"교수님께서 아이리스라고 불러주시면 좋겠어요."

전부 다 틀어져 버렸다.

"그러지, 아이리스."

교수는 막연히 재미있어 하는 눈빛으로 나를 살폈다.

"탈고해서 가져왔습니다." 내가 말했다.

"전부 다시 타이핑을 했어요."

내 목소리에 히스테리가 배어나와 걱정이 되었다. 대체 내가 뭘 하고 있는 거야? 뱃속에서 시끄러운 소리가 났다. 빚을 사고 속죄의 의미로 전날 저녁과 그날 아침을 굶었다. 길게 꼬르륵, 뱃속에서 소리가 또 났다.

로즈 교수가 눈썹을 치켜 올리자 한쪽 입가도 꿈틀거렸다.

나는 훌쩍거렸다. 울음이 터질 것만 같았다. 그러지 마, 나 자신을 말렸다. 안 돼, 하지 마.

"아이리스." 나의 선생님이 말했다.

"날 좀 봐. 괜찮니?"

연민에 찬 그의 얼굴을 한 번 바라보고는 그만 제대로 통곡하기 시작했다.

교수는 손사래를 치며, 끝까지 마무리하지 못한 박수 같은 동작을 거듭했다.

"이런, 맙소사." 그가 말했다. "문제가 뭐냐?"

"모르겠어요."

나는 교수가 건네준 휴지에 코를 풀며 엉엉 울었다.

"아침은 먹었니?"

고개를 저었다.

"그럼 일단 배를 좀 채우자."

교수는 일어나서 의자 등에 걸쳐져 있는 상의를 집어 들었다.

로즈 교수는 브로드웨이와 113번가 사거리에 있는 톰스 레스토랑에서 베이컨과 달걀 요리를 사주었다. 그리고 게걸스럽게 음식을 먹어치우는 내 모습을 심각한 표정으로 쳐다보았다. 나는 토스트로 마지막 남은 달걀 얼룩까지 싹싹 닦아서 남김없이 다 먹어치웠다.

"배가 고팠구나." 교수가 내게 말했다.

"아침에는 식욕이 엄청 당겨요."

나는 교수의 눈길을 피하며 말했다.

이 말에 교수는 아무 대답도 하지 않았고, 우리는 침묵 속에 앉아 있었다. 이윽고 교수가 말했다.

"대학에서 비상 대출을 해준다. 그건 알고 있니?"

얼굴이 화끈거렸다. 나는 옆자리에 놓인 커다란 종이봉투에 대고 아주 나지막하게 말하고 있는 건너편 자리의 여자를 물끄러미 쳐다보았다. 여자는 커피만 샀다. 봉투에 대고 뭐라고 말하면서 여자는 작은 각설탕들을 호주머니에 쑤셔 넣고 있었다. 나는 식탁의 포마이카 상판을 내려다보았다. 로즈 교수가 상의에 손을 넣더니 지갑을 꺼냈다.

"아니에요." 내가 말했다.

"부탁이에요."

나는 날아오는 주먹을 막듯 양손을 치켜들었다.

"아이리스." 교수가 말했다.

"친구로서 하는 일이다."

"제발 부탁이에요, 교수님은 몰라요. 전 갚을 수가 없어요. 아직 일자리도 없단 말이에요."

"대출이 아니야." 목소리가 부드러웠다.

"전 못 받아요." 나는 머리를 세차게 흔들며 말했다.

교수는 20달러 지폐 넉 장을 식탁 위로 밀어주었다. 나는 돈을 물끄러미 바라보았다. 저 돈이면 덴 씨의 방문을 미룰 수 있다. 이렇게도 간절하게 원한다는 사실 자체가 역겨웠다.

"싫어요."

뱃속에서 날카롭게 찌르는 통증이 느껴져 앉은 자리에서 몸을 들썩거려야 했다.

"받아라." 교수가 말했다.

나는 돈에 손을 대지 않았다. 얼굴을 들고 교수를 똑바로 대면했다.

"교수님이 그리울 거예요." 내가 말했다.

"이번 여름도 그리울 거예요. 저한테 소리를 질러주실 분도 이제 없겠죠. 가을에 한 번 찾아뵐게요."

"가을에 난 여기 없을 거야. 노스캐롤라이나에 가기로 했거든. 너도 아는 줄 알았는데."

난 아무것도 몰랐다.

"아침식사 정말 감사합니다." 내가 말했다.

"이렇게 맛있는 아침식사는 정말 오랜만에 먹어 봐요."

자리에서 일어섰다. 위장이 끊어지게 아팠다.

로즈 교수는 일단 돈을 챙겨 넣었지만, 식당에서 나갈 채비를 하고 문 앞에 서 있을 때 다시 지폐들을 슬쩍 내 주머니에 넣어주었다. 도둑처럼 민첩한 솜씨에 감탄할 수밖에 없었다. 교수의 그런 행동은 내가 알지 못했던 뜻밖의 면모를 드러내었다. 나는 80달러를 받았다. 나를 구원해줄 돈이었다.

톰스 레스토랑 밖에 서서 교수를 보았다. 그 얼굴과 머리카락, 얇은 재킷 밑 어깨를 보며 손을 대어 만지고 싶다는 욕망을 억눌러야 했다. 가까이 다가가 얼굴을 그 목에 묻고 싶었다. 교수가 나를 돌아보더니 미소를 지으며 고개를 흔들었다.

"무슨 생각을 하시는데요?" 나는 말했다.

바깥 공기를 쐬니 기분이 나아졌다. 바람이 불어 얼굴을 때렸고 머리카락을 뒤로 나부끼게 했다.

교수는 대답하지 않았다.

"내 말 잘 들어라." 그가 말했다.

"로우 도서관으로 가서 비상 대출을 받아. 300달러는 받을 수 있을 거다. 지금 당장 그렇게 해."

나는 고개를 끄덕였다.

"잘 가라. 돌아와서 보자."

교수는 손도 잡아주지 않고 재빨리 돌아서서 걸어갔다. 나는 떠나는 그를 보다가 반대 방향으로 달리기 시작했다. 반 블록쯤 갔는데 번역이 생각났다. 교수님을 뒤쫓아 달려가서 외쳤다.

"잠깐만요! 잠깐만!"

교수는 내 소리를 듣지 못했다. 뒤따라가서 교수의 팔을 잡으려고 손을 뺐었다. 그가 획 돌아섰고, 나는 감정으로 일그러진 그의 사나운 얼굴을 보았다. 그의 표정이 충격적이라 나는 찔끔 물러섰고 이유도 모르면서 사과를 해야 했다.

"죄송합니다만 이걸 잊고 두고 가셨어요. 어디로 보내야 할지 몰라서요."

나는 원고를 드렸다. 교수는 왼손으로 원고를 받고, 아무것
도 들지 않은 다른 손으로는 내 손을 잡았다. 악수가 아니었
다. 뼈가 아플 정도로 내 손가락들을 움켜쥐고서 나를 바라보
고 있었다. 입은 진중하게 꼭 다물고 흔들림 없는 눈길로. 그
리고 잠시 후 손을 놓아주었다.

내가 입을 벌려 뭐라고 말하려 하자 교수는 고개를 젓고 손
가락을 내 입술 가까이에 댔다. 교수는 두 번째로 돌아서서 내
게서 멀어져갔지만 그 마지막 이별의 순간 교수의 발걸음에
는 전에 본 적이 없는 다급함이 배어 있었다.

일 년 반이 지난 후에 로즈 교수를 다시 만났다. 나는 우리
가 안전하게 이별했던 기억을 간직해 말하지 못한 감정의 증
표로 보관했다. 여름 내내 교수의 유령과 대화를 했고 그 남
자에게 하고 싶던 말을 그림자에게 다 털어놓았다. 그 후로 석
달 동안 세 군데서 파트타임으로 일하면서 앞가림을 하고 살
았다. YMCA에서 수영강사도 하고 블루밍데일 백화점에서 플
로어 모델도 하고 소호의 바에서 웨이트리스로도 일했다. 난
수영을 배우는 사람들이 좋았다. 웅웅 소리가 울리는 미드타
운의 오래된 수영장에서 그들과 함께 보내는 시간은 세상으
로부터 뚝 떨어진 휴식이었다. 한 번에 한 사람씩 붙잡아 얕은

물에서 인도해 주면 다들 파닥거리고 푸푸거리면서 열심이었다. 일주일에 두 번은 낙하산 천으로 만든 웃기지도 않는 옷을 차려입고 블루밍데일의 플로어들을 거닐었다. 눈에 번쩍 띄는 빨강 점프수트는 공기도 통하지 않을 정도로 몸에 딱 달라붙었고 지퍼가 여섯 개나 달려 있었다. 어떤 남자의 미래주의적 환상이 낳은 결과로 애초에 입는 사람의 품위를 생각해주는 게 목적이 아닌 의상이었지만 한 시간에 20달러를 준다기에 꾹 참고 입었다. 그리고 틈만 생기면 몰래 화장실로 도망쳐서 칸막이 안에서 소설을 읽었다. 그러나 돈은 거의 다 루디스에서 벌었다. 루디스는 웨스트 브로드웨이의 허세 충만한 작은 와인바였는데 부티 나는 고객층을 상대로 전통적인 샐러드와 연성 치즈를 팔았다. 하나같이 어여쁜 웨이트리스들이 코카인과 퀘일루드를 비롯해 여타 마약들의 섬세한 차이를 논하며 이거다 저거다 갑론을박하는 걸 보면 청년 철학자들의 열정이 무색했다. 동료 직원들은 이 주제에 대한 나의 침묵을 도덕적 질책으로 읽었지만 사실 나는 늘 마약을 무서워했다. 이런 물질에서 얻을 수 있는 자극과 충격에 마음이 끌리지 않았다. 내 관심은 언제나 균형을 흩트리는 게 아니라 유지하는 쪽에 있었던 것이다. 약이 없어도 이미 내 체질은 까다롭고 불안하고 위태로웠다. 약물의 간섭까지 갈망할 수는 없었다. 그래도 여전히 그 처녀들이 부럽기는 했다. 그네들은 즐겁게 누릴 수 있으면서 회복력도 강했다. 열심히 일하면서도 무심했고, 고객들이 진상을 부려도 어깨 한 번 으쓱하고 털어버렸다. 진상 고객들은 참을성도 없고 무례하고 독한 성적 농담들도 마구 뱉어댔지만, 가볍게 대하고 잊어버렸다. 하지만 나는 허우적거리며 헤쳐 나가야 했다. 야유나 성적인 품평 한 마디 한 마디에 몸이 뻣뻣하게 굳었고, 똑같이 독설로 맞대응하거나 반들반들하게 손질한 머리에 냅다 샤도네이 와인을 부어버리고 싶은 충동과 싸워야 했다. 밤에 일이 다 끝나면 온몸이 얻어맞은 것처럼 쑤시고 아팠다. 그래도 그만둔다는 생각은 해본 적이 없다. 월세를 내려면 그 일자리가 필요했고 그나마 있는 게 다행이었다.

어느 날 밤 고개를 들어보니 창가 테이블에 앉아 있는 패리스가 보였다. 늦은 시각이라 손님이 그 혼자뿐이었다. 나는 그를 보고 소스라쳤다. 내게는 저 사람이 미신 같은 존재인가봐, 하는 생각이 들었다. 극복해야 해. 나한테 이렇다 할 나쁜 짓을 한 적도 없잖아. 사실은 좀 마음에 들기도 했다. 내가 테이블로 가자 패리스가 나를 보고 미소를 지었지만 전처럼 쾌활하지는 않아 보였고, 그 편이 나는 더 좋았다.

"책 받았어요?" 그가 다 들리게 속삭였다.

"네." 나도 속삭여 답했다.

"하지만 그쪽 주소나 전화번호를 몰라서 고맙다는 인사를 할 수가 없었어요. 고마워요."

패리스는 손짓으로 더 가까이 오라고 했다.

"이번에는 '그 남자'가 보였어요?" 그가 말했다.

"네, 봤어요." 나는 큰소리로 말했다.

패리스는 우리 대화가 비밀인 척하면서 과장되게 눈을 이리 저리 굴렸다.

"쉬이이잇! 저 사람들이 알기를 바라는 건 아니죠."

나는 웃으며 고개를 흔들었다.

"그게 그렇게 심각한 문제군요?"

"물론입니다."

패리스는 내가 일을 끝낼 때까지 머물렀고, 우리는 라 가멜까지 걸어가서 와인 한 병을 나눠 마셨다. 그날 밤 정확히 자기 인생 얘기를 해준 건 아니다. 헤어질 때에도 처음 마주앉았을 때보다 그에 대해 더 알게 된 게 별로 많지 않았지만, 자기 어머니와 누이와 성장기를 보낸 뉴저지 얘기는 들었다. 패리스 입장에서는 의식적이었을 수도 있지만 이런 세부사항들 덕분에 그가 땅에 발을 딛고 선 사람으로 보이게 되었고, 야한 원색 양복을 걸친 어른의 모습으로 뜬금없이 툭 튀어나온 존재 같은 첫인상을 지워주었다. 대화를 나누는 사이 패리스는 테이블 너머 앞으로 자주 몸을 숙이며 의미심장한 손짓을 했고 내 눈에서 시선을 거두는 일이 아주 드물었다.

"당신은 다른 사람들 같지가 않아요." 잠시 말을 쉬었다가 그가 말했다.

"하지만 대체로는 다른 사람들과 비슷하다고 생각해요." 내가 말했다.

"아니에요." 패리스가 말했다. "당신은 날 수 있어."

나는 그를 물끄러미 바라보았다.

"그냥 날갯짓만 퍼덕퍼덕 하면 되겠네요, 그렇죠?"

패리스는 아주 천천히 고개를 끄덕였다.

"바로 그거에요."

그 얼굴에는 웃음기가 없었고 아이러니도 찾아볼 수 없었다.

"무슨 말을 하는지 전혀 모르겠어요." 내가 말했다.

"말이 시간을 두고 가라앉아야 할 때가 자주 있죠. 있잖아요, 한동안 땅 속에 묻어두는 거."

바에는 많은 사람들이 모여 있었고 어떤 여자가 하는 말이 귓전에 스쳐 들렸다.

"이제 더는 참을 수가 없어. 그 사람 완전히 미쳤어. 속옷 바람으로 부엌을 서성거리면서 내가 거기 없는 것처럼 혼잣말을 중얼거린단 말이야…"

그렇게 심각해 보이지는 않는데, 나는 생각했다. 패리스는 날아가는 것에 대해서는 더 말을 꺼내지 않았지만 우리는 계속 이야기를 나누었다. 그리고 헤어지려고 막 인사말을 하려는데 패리스가 내게 한 달 동안 같이 로스앤젤리스에 가자는 청을 했다. 나를 데려갈 돈은 있다고, 아무 조건도 없이 그냥 가면 된다고 했다. 뉴욕에서 내가 의무적으로 해야 할 일은 미미하기 짝이 없지 않느냐면서. 쉽게 그만둘 수 있는 '싸구려' 일자리 세 군데밖에 더 있느냐고. 처음에 나는 농담인 줄 알았지만 아니었다. 나는 싫다고 했고 그도 거절을 호쾌하게 받아들이는 것처럼 보였다. 헤어질 때 패리스는 유럽식 키스를 했지만 뺨에 닿지는 못했다. 그날 밤 침대에 누워 패리스를 생각했다. 호텔이 비벌리 힐스 어디쯤에 있는 상상을 하면서 사치의 클리셰라고 내심 생각했다. 파우더블루 빛깔의 벽지, 묵직한 커튼, 화장실 수전은 반짝거리는 황동이겠지. 밤새도록 푹 숙면을 취했지만 아침에 눈을 뜨기 바로 직전에 아주 짧은 꿈을 꾸었거나, 아니면 반쯤 깨어 환각을 보았던 모양이다. 한 마리 작은 갈색제비가 내 얼굴 정면으로 날아들었다.

6월 중순에 강도를 당했다. 하지만 실체 없는 강도로 판명이 났다. 우리 집에 훔쳐 갈 게 없었던 것이다. 텔레비전도 스테레오도 매트리스 밑에 숨겨둔 돈도 없었다. 심지어 그 시점에서는 타이프라이터도 없었다. 집에 와 보니 문이 열려 있고 창문도 열려 있고 집안이 엉망진창이 되어 있었다. 그게 다다. 옷과 책들을 추스르고 드레스를 사려고 저축해뒀던 돈을 방

범용 자물쇠에 다 썼다. 그로부터 일주일 후 루이즈 하트윅이라는 이름의 젊은 건축학도가 33도의 날씨에 스키 마스크를 쓴 괴한한테 엘리베이터에서 강간을 당했다. 경찰은 건물 사람들을 남김없이 취조했지만 내가 아는 한 끝내 범인을 찾지는 못했다. 루이즈 하트윅은 뉴욕시를 떠났다. 그녀의 아버지가 소지품을 챙기러 왔다. 건물 앞에 주차된 스테이션 왜건으로 책 상자들을 바리바리 옮기는 모습을 보았다. 친아버지가 틀림없었다. 닮은 얼굴이었다. 로비에서 스쳐 지나갈 때, 심한 마음고생의 흔적을 찾아 얼굴을 살펴보았지만 극도로 피로한 기색밖에 보이지 않았던 기억이 난다.

강간사건 후로 나는 양복을 입고 다니기 시작했다. 루스는 결국 옷을 다시 가져가지 않았던 것이다. 아주 얇은 울로 된 사계절용 양복이어서 약간 덥긴 했지만 참을 만했다. 일이 끝나면 이렇게 남장을 하고 집까지 지하철을 타고 왔다. 모자도 쓰고 머리카락을 올려 숨겼다. 루디스에서 어울리던 친구들은 새 옷을 놀림감으로 삼았지만 내게는 합리적인 변명이 있었다.

"이러면 귀찮게 하는 사람이 아무도 없어."

나는 입버릇처럼 말했다.

"어두워지면 다들 남자인 줄 알거든."

어느 날 밤 양복 차림으로 화장실에서 나오다가 웨이트리스 이지를 만난 적이 있다. 이지는 허리에 손을 척 얹고 나를 위아래로 훑어보았다.

"너 진짜 또라이야, 아이리스." 그녀가 말했다.

"제정신이 아니라니까, 정말이지."

나는 무시하고 지나쳤다. 그러자 등 뒤에 대고 외치는 소리가 들렸다.

"보다보다 별 이상한 년 다 보겠네!"

그래서 고개를 홱 돌렸다.

"이사벨," 하고 내가 불렀다. "넌 엿이나 먹고 꺼져."

그 자체로는 흥미로울 게 전혀 없는 이 말이 내게는 엄청나게 특별했다. 난 한 번도 그런 말을 해본 적이 없었다. 욕설은 수월하고도 자연스럽게 튀어나왔다. 루디스 밖에 서서 생각했다. 양복 때문이야. 이 옷차림은 갑옷보다 나아. 나 자신을 탈바꿈시켰잖아. 내가 아닌 다른 사람이 뛰쳐나와 말했어. 모자를 눈까지 푹 눌러쓰고 손을 깊이 호주머니에 찔러 넣고 휘파람을 불며 거리를 걷기 시작했다. 나는 절대 휘파람을 불지 않았었다. 나는 새롭게 태어난 남자야, 그런 생각을 하며 소리 내어 웃었다. 그날 밤 시작된 배회는 여름 내내 지속되었다. 이 동네에서 저 동네로, 모든 사람 모든 사물을 보며 걷고 또 걸었다. 고요한 모퉁이도 있고 몇 분씩 텅 비어 있는 거리들도 있었지만, 그런 평화는 머지않아 끝났다. 사람들은 시끌벅적하게 떠들고 노래하고 고함을 쳤다. 시궁쥐 한 마리가 달려가 숨었다. 한 번은 끼익 타이어 소리를 내며 급정거를 하더니 문밖으로 한 여자를 밀쳐내는 차도 보았다. 여자는 히스테리를 부리며 창문을 주먹으로 때렸다. 악을 쓰다 다 쉬어버린 목소리였다. 남자는 차를 몰고 사라졌고, 멀어져가는 남자를 보며 여자는 주먹으로 맞은 사람처럼 배를 움켜쥐더니 아이힐을 신고 비틀거리며 가 버렸다. 그렇게 배회하면서 사랑과 증오와 무관심의 소소한 장면들을 수없이 많이 보았다.

그저 보기만 하고 멀찌감치 거리를 두는 게 내 의도였지만 언제나 그게 가능한 건 아니었다. 목요일 밤 어떤 젊은 여자가 내게 다가왔다. 블리커 스트리트에는 사람이 많았는데 하필 내 쪽으로 다가왔다. 길을 물으려는 사람이라고 짐작했지만 여자는 내 손을 잡고 말했다.

"저 여자가 무슨 짓을 했는지 알아요?"

"아니요."

소녀는 키가 작고 두꺼운 안경을 쓰고 있었다. 목덜미에 회색 그늘처럼 꼬질꼬질하게 끼어 있는 때가 보였다.

"말들." 소녀가 투덜거렸다.

"나쁜 년이 말들을 훔쳐갔다고요."

나는 뒤로 물러섰지만 소녀는 내 팔뚝을 잡고 손톱으로 살을 파고들며 으르렁거렸다.

"대놓고 마구간에서요."

팔을 홱 뒤틀어 빼고 빠르게 걸음을 재촉하며 소녀가 쫓아오지 않는다는 사실에 안도했다. 이런 시비가 불가피하다는 건 알고 있었다. 한 발 한 발 내딛을 때마다 따라붙는 위험이었다. 굳이 말썽을 자초하고 싶지는 않았지만 시간이 갈수록 더욱 대담해져서 옛날 같으면 절대 혼자 가지 않았을 바에 들어가고 옛날 같으면 피했을 사람들과 서슴없이 말을 섞었다. 사람들은 대체로 친절했고 기꺼이 말상대가 되어 주었다. 그리고 자기 이야기들을 들려주었다. 사고와 이혼·질병·죽음·돈에 대한 장황한 횡설수설이 왔다 가곤 했다. 그러나 나에 대해서는 묻지 않았고 나 역시 나서서 정보를 주지는 않았다. 나는 방랑하는 청자 아이리스였다. 어느 날 밤 단순한 질문에 대답하기 전까지는.

캐널 스트리트 밑에서 마구스라는 쾌적한 바를 발견했다. 나는 일을 마치면 곧장 그곳에 들러 브랜디 한 잔을 마시며 사람들 이야기를 엿듣기 시작했다. 일주일 동안 하루도 빠짐없이 그곳에 갔더니 바텐더가 내 쪽으로 몸을 숙이고 물었다.

"그런데 성함이 어떻게 되세요?"

나는 그가 좋았다. 언제나 나 혼자 가만히 두고 존중하는 태도로 대해 주었다. 얼마든지 진실을 말해도 되는 상황이었다. 나는 거짓말을 했다.

"클라우스." 내가 말했다. "내 이름은 클라우스라고 해요."

"여자 이름 치고는 좀 이상한 이름이네요." 바텐더가 말했다. "독일계 이름이죠, 네?"

"그래요." 내가 말했다. "클라우시나를 줄여 부르는 거죠."

그는 어리둥절한 표정을 지었다.

"이름이 뭐예요?" 내가 물었다.

"모트."

"좋네요." 내가 말했다. "모트, 마음에 들어요."

클라우스는 바에서 태어났다. 아무튼 내 클라우스는 그렇다. 잔인한 아이는 내 안에서 두 번째 형태를 갖게 되었고, 그 아이의 이름을 취하는 순간 앞으로의 밤은 클라우스의 것이라고 깨달았다. 사실 클라우스가 내 곁에 얼쩡거린 지는 한참되었다. 거짓말은 일종의 진실, 일종의 출생신고였다. 모트에게 한 내 대답은 이 세계에 잠든 태아를 발사했고, 그 태아는 눈을 떴을 때 남자가 되어 있었다. 웹스터에서는 절대 일어날 수 없을 일이다. 나의 고향은 너무나 좁다. 사람들은 말이 많다. 그러나 대도시에서는 이름을 바꾸고 다른 사람이 되는 게 쉬웠다. 그냥 다른 캐릭터에 불과했다. 뭐 그렇게 엄청나게 황당한 캐릭터도 아니었다. 아무도 내 이름이나 외모를 두고 시비를 걸지 않았다. 그럼에도 몇 번 아슬아슬한 사건이 있기는 했다. 브룸 스트리트에서 한 무리의 컬럼비아 대학원생들과 곧바로 마주친 적도 있고, 또 한 번은 109번가의 이웃이 술집 문을 열고 들어오는 걸 보고 마구스에서 황급히 도망친 적도 있다. 나는 마구스의 단골로서 모트, 알고 보면 깡마른 팻 에디, 웨이트리스 엘리즈, 반백의 긴 머리를 산발로 풀어헤치고 보드카만 마시는 돌리 등과 친구가 되었다. 돌리는 유일하게 내가 정말로 좋아하는 사람이었다. 돌리는 내 등을 아주 많이 두드리면서 말했다.

"클라우스, 넌 완전 뒤죽박죽이지만 썩 괜찮은 녀석이야."

그 사람들에게 꾸며낸 이야기들을 찔끔찔끔 흘린 나로서는 정체가 발각된다는 생각만 해도 견딜 수가 없었다. 그래서 문간에서 프랭크의 얼굴을 보자마자 하마터면 바 스툴에서 굴러 떨어질 뻔했다. 즉시 변명을 늘어놓고는 모자를 푹 눌러쓰고 얼굴을 가리고 이웃에 사는 프랭크의 옆을 스쳐 문밖으로 간신히 빠져나왔다.

8월 초에는 머리를 깎았다. 5달러를 주자 이발사가 해주었다. 이발소 밖으로 나왔을 때 내 머리는 1인치 길이도 되지 않았다. 이발사는 머리를 깎는 내내 몹시 안타까워하면서 혀를 쯧쯧 찼지만 나는 뒤도 돌아보지 않았다. 새로 얻은 아담한 작은 머리는 뭐랄까 강철 같은 만족감을 주었다. 나는 아름답지 않았지만 아무 상관없었다. 머리를 자르던 날은 아주 늦게 집에 왔다. 퇴근하고 마구스에 들렀다가 베이비돌 라운지라는 스트립 쇼 라운지로 갔는데, 원래 자주 가서 쇼걸과 수다를 떨던 곳이다. 쇼걸 라모나는 낮에 경영대학에 다니고 밤에는 스트립쇼를 했다. 교대 시간이 되면 작은 파란 가운을 걸치고 커다란 안경을 끼고 나와서 바의 내 옆자리에 앉곤 했다. 장난감 가게를 여는 게 꿈이라고 해서 우리는 가게 이름을 생각하며 시간을 보내곤 했다. 나는 '퍼플독'이 좋았지만 라모나는 싫다고 했다. 아무튼 라모나와 인사를 하고 헤어져서 한두 시간 정처 없이 걸었으니, 아파트에 돌아온 시각이 아마 세 시쯤 되었을 거다. 전화가 울렸다. 난 아버지가 돌아가신 줄 알았다. 어머니의 목소리를 예상하며 수화기를 들었다. 패리스였다.

"왜 사람 겁을 주고 그래요." 내가 말했다. "너무 늦은 시각인데요."

"아직 안 자고 있을 거라는 느낌이 와서요."

"맞아요. 로스앤젤레스는 어때요? 돌아왔죠, 안 그래요?"

"돌아왔어요." 그는 잠시 말을 멈췄다. "당신이 좋아했을 텐데."

"그랬을 가능성이 높죠."

"요즘 어때요?"

목구멍이 나도 모르게 콱 막혔다.

"괜찮아요."

"그냥 괜찮아요?"

"오늘 밤에는 말수가 적네요, 그렇죠?"

"피곤하네요."

"할 얘기가 있어서 전화를 걸었어요. 어젯밤에 친구들하고 외출을 했었는데 누가 당신 얘기를 하더라고요."

"네?"

"무슨 바에서, 아니 무허가 술집에서 틀림없이 당신을 봤다는 거예요. 그럴 리가 없다고 했는데, 글쎄 당신이 양복을 입고 모자를 쓰고 있다지 뭐예요. 핼로윈 때 기억이 나서…."

나는 아무 말도 하지 않았다.

"아직 듣고 있어요, 아이리스?"

"그래요."

"나한테 그 얘기 해주지 않을 거예요?"

"싫어요." 내 목소리는 차분했다.

패리스는 더 나직하게 말했다.

"그럴 필요 없어요, 괜찮으니까. 나한테 한 가지 생각이 있어요. 있잖아요, 나와 여행을 가지 않겠다고 했을 때 실망했던 건, 당신에 대한 짐작이 틀렸는지도 모르겠다는 생각이 들었기 때문이거든요. 하지만 토니가 어젯밤 당신 모습을 설명하는데, 다시 다 떠오르더군요."

"토니라는 사람은 모르는데요."

나는 수화기를 귀에 딱 붙였다.

"한 번 만난 적 있고 한 번 봤대요. 그거면 충분하죠."

나는 대답하지 않았다.

"아직 듣고 있죠, 클라우스?"

나는 숨을 죽였다.

"걱정 말아요." 패리스가 말하고 있었다.

"당신의 비밀은 안전하게 지켜줄 테니까. 아무한테도 말하지 않을게요. 지금이에요, 바로 지금 당신이 하늘로 날아가고 있는 겁니…."

아주 느릿느릿하게 아주 조심스럽게 수화기를 내려놓고 회선을 벽에서 뽑았다. 옷을 벗으면서 혼자 뇌까렸다. 다 끝났어. 이제 그만둬야 해. 결정을 하고 나니 어쩐지 안심이 되었다. 다음 날 출근하기 전에 나는 옷장 문을 열어놓고 서서 다시는 입지 않기로 결심한 양복을 보고 있었다. 그리고 지난 몇 주일간 그랬듯 옷걸이에서 낚아채어 가방 속에 쑤셔 넣었다. 아직 준비가 덜 되었다. 패리스 따위 지옥에나 가라지.

8월은 여름철 중에서도 가장 긴 한 달이다. 열기에 도시에서 악취가 났고 사방에서 쓰레기 냄새가 풍기다 못해 아파트 안에서도 썩은 내가 났다. 블루밍데일 백화점 일은 끝났고 Y에서 했던 수영강사 일도 끝났다. 이제 루디스 밖에 남은 데가 없었다. 여름 내내 간신히 꾸려온 가난이 이제 걷잡을 수 없어질 위기였다. 나는 돈 생각만 하고 살았고, 혹시나 어디 떨어진 잔돈이 없나 싶어 온 아파트를 뒤졌다. 3달러 58센트를 찾아낸 기억이 난다. 일하러 가면 공짜로 끼니를 때울 수 있었다. 되도록 오래 배부른 상태로 있으려고 배가 터지도록 쑤셔넣었다. 밤에 돌아다닐 때는 브랜디 대신 콜라를 마셨고 차비를 아끼려고 지하철의 십자형 회전문을 뛰어넘었다. 찜통 같은 방으로 돌아오기 싫어서 점점 더 늦은 시각까지 바깥에 머물기 시작했다. 집에 있을 때는 패리스한테서, 아니 누구한테서든, 전화가 올까 봐 전화 플러그를 뽑아놓았다. 새벽 두세 시쯤 정처 없이 이리저리 흘러가는 생각에 북쪽의 109번가로 다시 발걸음을 옮겼던 적도 하루 이틀이 아니었다. 이런 산책을 하며 클라우스 크뤼거의 삶에 존재하는 빈 칸들을 채웠다. (나는 그에게 작가의 성을 붙여주었다.) 아주 공들여 서사를 세공하고 날짜들이 역사적 현실성에 부합하도록 신경을 썼다. 내게 클라우스는 끝까지 젊은 남자였다. 나를 클라우스로 아는 사람들은 한 번도 남자로 봐주지 않았지만 상관없었다. 어쩔 수 없이 세상에 인정해야만 하는 사실(즉, 내가 여자라는 사실)과 내 마음속으로 꿈꾸었던 이상의 괴리에 그렇게 마음이 쓰이지는 않았다. 밤에 클라우스가 됨으로써 나는 효과적으로 젠더의 경계를 흐렸다. 양복에 바짝 깎은 머리, 화장기 없는 얼굴이 나라는 인간에 대한 세상의 관점을 바꾸었고 나는 그 시선을 통해 다른 사람이 되었다. 심지어 클라우스일 때는 말도 다르게 했다. 비쭉거리지도 않고 비속어도 훨씬 많이 썼으며 원색적인 동사를 좋아했다. 그토록 떨쳐 버리려고 애썼던 중서부의 억양도 야간 잠행 때가 되면 다시 돌아왔는데, 이 사실은 지금도 신기하다. 그런 말투가 그냥 자연스럽게 튀어나왔다. 의식적인 노력을 전혀 하지 않았기 때문에, 연극도 망상도 아니며 보통 때 하던 말과 전혀 다를 게 없다는 느낌을 받았다. 나는 그런 청년이었다. 어디서 그런 사람이 나타났는지, 그건 몰랐지만. 클라우스는 내 손이 닿지 않는 지하의 어딘가에서 아주 오래 전 구축된 인물이었다.

그러다가 도착적 충동이라고 묘사할 수 있는 어떤 욕구에 시달리기 시작했다. 짧지만 강렬한 욕망들이 불쑥 불쑥 솟구쳐 뭐든 비합리적인 짓거리를 저지르고 싶어졌다. 밤에만, 내가 클라우스일 때에만 그런 욕망들이 찾아왔다. 처음에는 별로 걱정하지 않았다. 원래 시도 때도 없이 끔찍한 환상에 빠지곤 했으니까. 예를 들어 가파른 계단을 보면 금세 추락하는 장면이 눈앞에 생생하게 떠오르는 식이다. 옥상이나 발코니에 서면 몸을 휙 던져버리고 싶은 유혹을 느꼈다. 하지만 소망과 행위 사이에는 까마득한 거리가 있다. 클라우스에게는 그 간극이 줄어들었고, 밤에 거리를 걷다 위태로운 충동에 빠져 말도 안 되는 소망을 행동에 옮기기 직전까지 가는 일이 생기기 시작했다. 6번가에서 한 남자가 시간을 물었을 때 나는 애들이 가짜 중국어를 하는 척할 때처럼 말도 안 되는 횡설수설을 늘어놓았다. 부조리 그 자체였기에 즉시 후회가 되었다. 남자의 얼굴에 놀라움이 떠올랐다. 황급히 도망가기 직전 찰나에는 공포심마저 비쳤다. 그 사건은 나 자신에게 주는 경고였고 이제 행동거지를 조심해야겠다고 마음속으로 다짐을 했다. 하지만 이삼일도 지나지 않아 밤에 웨스트 애비뉴 어느 집 현관 계단 앞에서 잠든 부랑자를 보고는 아무 이유 없이 그를 자세히 살펴보고 싶어 다시 돌아갔다. 부랑자의 얼굴과 팔은 상처투성이였고 긴 머리는 베고 있는 더러운 타월에 떡져서 들러붙어 있었으며 고약한 냄새가 났다. 부랑자에게서 풍기는 냄새는 메스꺼웠고 끔찍스러운 단내에는 코를 찌르는 독기가 있었다. 한 순간 죽은 줄 알고 더럭 겁이 났지만 가까이 가서 찬찬히 보니 가슴이 고르게 들썩이고 있었다. 악취를 들이쉬지 않으려 숨을 참고 허리를 굽혀 그를 살폈다. 일어서는데 그 느낌이 왔다. 발로 걷어차고 싶은 충동. 도저히 참을 수 없으리만큼 압도적인 욕구였다. 온 몸이 뻣뻣해지고 발끝이 저릿저릿했다. 눈을 감았던 기억이 난다. 허리 위로 상반신을 흔들었다. 억지로 눈을 뜨고 다시 보았다. 참담하고 소름끼치는 몰골이었다. 멀찌감치 떨어져, 내가 말했다. 너 저 사람을 다치게 하려는 거잖아. 그때 부랑자의 손이 눈에 들어왔다. 한 손으로 사타구니를 가리고 태아처럼 몸을 웅크리고 누워 있었다. 그 방어적 자세를 보니 절로 몸이 움찔했다. 경악한 나머지 입을 손으로 막았다. 그리고 팁으로 받은 돈에서 1달러를 꺼내 부랑자의 셔츠 호주머니에 꽂아주었다. 그는 꿈쩍도 히지 않았다. 그 불쌍한 위인은 누가 자기를 죽여도 몰랐을 것이다.

밤 외출로 체력이 소진되었다. 하루 종일 자다가 일할 시간에 맞춰 간신히 깨어나곤 했다. 몽롱한 상태에서 손님들에게 서빙을 하면서 모든 게 새로 시작될 11시만 기다렸다. 처음에 느꼈던 기쁨은 이미 사라지고 없었다. 술집과 밤거리는 이제 필수품이었고 반드시 행해야 할 의례였다. 내 삶은 쭈그러들었고, 과거에 있었던 일들을 생각하거나 부모님과 전화 통화를 하거나 길에서 아는 사람이나 대학원생을 만날 때면 전부 다른 생애에서 있었던 일처럼 느껴졌다. 게다가 몸도 좋지 않았다. 갑자기 어지러워 무릎을 꿇고 의식을 잃지 않으려 안간힘을 쓴 적도 몇 번 있다. 자주 이런 일이 반복되자 신경이 쓰여 혹시 뇌 쪽으로 희귀질병에 걸렸거나 보이지 않는 암이 있는 게 아닐까 걱정이 되었다. 가끔 몸에서 종양이 자라나는 상상을 하기도 했다. 그러다 어느 날 밤, 일하다가 기절하는 바람에 치킨 카레 샐러드 두 접시와 보르도 와인 한 잔을 바닥에 와장창 날려 버리고 말았다. 정신을 차렸을 때는 해고 통지를 받았다. 매니저 밥이 내 곁에 서서 안 그래도 긴 얼굴을 축 늘어뜨리고 걱정 가득한 표정을 하고 있었다. 미안하다고, 그는 말했다. 하지만 상태가 안 좋아 보이는데 이제는 봐줄 수 있는 한도를 넘어간 것 같다고. 나는 놀랐다.

"한도라고요?"

그는 인중이 코에 닿도록 입을 비쭉 내밀었다. 이해할 수 없는 표정이었다. 그러더니 손으로 내 어깨를 짚고 나지막하게, 변명조로 말했다.

"그간 손님들한테서 들어온 불평불만이 좀 있었어."

그게 1979년 8월 21일의 일이다. 수중에는 27달러와 잔돈이 있었고, 그걸로 9월 4일 컬럼비아 학기가 시작될 때까지 버텨야 했다.

나날의 형태가 무너졌다. 질서는 일자리와 함께 골로 갔고 한 시간은 터무니없이 길어졌고, 시간은 그저 참고 버텨내야만 하는 무언가가 되었다. 잠을 엄청나게 많이 잤고 조각조각 책을 읽었으며 어둠이 내리면 거리를 배회하기 시작했고 일할 때 다니던 똑같은 곳들을 찾았다. 그러나 이제는 돈이 없었다. 바텐더들의 친절 덕에 생수를 얻어 마시거나 가끔 공짜 술을 대접받았다. 하지만 위장도 골치를 썩였고 무엇으로도 달랠 수가 없었다. 워낙 많이 걸어서 극심한 피로에 시달렸고 다리도 후들거렸다. 조금만 더, 나는 혼잣말을 했다. 장학금 수표가 나올 때까지만 버티는 거야. 그러면 다 고쳐놓을 수 있어. 하지만 몇 블록밖에 떨어져 있지 않은 대학은 이제 막연한 추상이 되었고, 난 더이상 그 개념을 믿지 않았다. 철학관을 생각하고 로즈 교수와의 대화를 생각하고 연구실을 기억했지민 그곳은 세세하게 묘사된 소실 속 배경처럼 완벽하게 상상할 수는 있어도 결코 방문할 수는 없는 장소였다. 이제 거기로 돌아갈 수는 없어, 나는 생각했다. 포기해.

면전에서 모든 게 다 폭발해 버리기 하루 전날의 오후, 전화가 울렸다. 시끄러운 소리에 망연자실해졌던 건 플러그를 뽑았다고 믿었기 때문이다. 부모님께 전화를 드리고 연결 끊는 걸 잊어버렸나 봐, 나는 생각했다. 전화를 받았지만 아무 소리도 나지 않았다. 그러다가 숨소리가 들렸다.

"패리스." 내가 말했다.

"맞죠? 내 말 들려요?"

답이 없었다. 난 수화기에 대고 비명을 지르기 시작했다.

"날 좀 가만 내버려 둬! 댁이 누군지 몰라도 지금 장난 따위를 칠 때가 아니란 말이야! 이해가 안 돼? 지금 내 목숨이 간신히 붙어 있다고, 내 말 들려? 사는 것 같지도 않단 말이야, 그러니까 썩 꺼져!"

찰칵 소리가 들렸다. 아주 오랫동안 나는 바닥에 털썩 주저

앉아 덜덜 떨면서 내 입에서 나온 말들을 경악 속에 되새겼다. 정말로 내가 그렇게 믿는 걸까? 그저 전화를 잘못 건 모르는 사람한테 위장을 다 토해낼 기세로 악을 썼는지도 모른다. 벽의 콘센트에서 전화기 줄을 뽑았다. 밤이 오자 정장바지와 티셔츠를 입었다. 양복 상의는 한 팔에 걸쳤다. 입고 나가기에는 밖이 너무 더웠지만 냉방이 되는 술집에서는 필수품이었다. 베이비돌 라운지 쪽으로 가면서 라모나를 볼 수 있기를 내심 바랐다. 가보니 라모나가 부스 좌석 맞은편의 작은 단상에서 스트립쇼를 하고 있었다. 포니테일로 묶은 머리에 특유의 안경을 쓰고 옷을 하나씩 벗는 그녀는 사랑스러워 보였다. 어찌나 편안하고 너그럽게 스트립을 하는지 난 늘 감탄하곤 했다. 라모나는 미소를 지으며 관객에게 손을 흔들어주었고 스스로도 즐기는 것처럼 보였다. 자기도취적으로 몰입해 우리 쪽은 보지도 않고 그 탱탱하고 운동선수 같은 몸을 반쯤 홀린 사람처럼 흐느적거리는 빌라라는 다른 스트리퍼와는 전혀 달랐다. 라모나는 내가 들어가자 고개를 끄덕여 인사를 해주었고, 난 그렇게 알아봐주는 게 그날따라 유달리 행복했다. 음악은 뭔지 몰라도 시끌벅적한 옛날 노래였는데, 그래도 선율이 살아 있어서 신이 났다. 자리에 앉아 브랜디를 시켰다. 끼니를 해결할 수도 있는 2달러를 탕진했지만, 그래도 난 미련 없이 팁까지 얹어서 지폐들을 바에 던졌다. 마음도 가볍고 편안하고 나 자신이 뿌듯했다. 알코올 중독으로 술만 퍼마시면 우는 단골 리타가 내 어깨를 스치고 지나갔고, 나는 진심으로 반가워서 돌아보고 환하게 미소를 지어주었다. 브랜디를 마시자 금세 머리가 가벼워졌고, 나는 바 뒤편의 거울 속에서 반짝거리며 빛나고 있는 술병들을 물끄러미 쳐다보았다. 너무나 아름답지 뭐야, 나는 생각했다. 세상이 내가 기억하는 것보다 아름다워. 게다가 여긴 시원하고. 공기도 좋아, 나는 혼잣말을 하고 상의를 걸쳤다. 경찰관이 들어와 내 옆에 앉았다. 나는 본 적이 없는 얼굴이었지만 바텐더 에드는 안면이 있는 눈치였고, 두 남자는 즉시 뉴욕 메츠에 대한 토론에 빠져들었다. 경관은 젊고 살집이 있었다. 허리둘레의 뱃살이 바지 위로 툭 튀어나와 권총 근처에서 파란 셔츠 천이 팽팽하게 당겨져 있었다. 지방 덩어리 너머로 튀어나와 있는 무기에 눈길이 갔다. 무거울지 궁금했다. 나와 너무나 가까이 있었다. 무릎에서 바로 몇 인치 거리였다. 슬쩍 스쳐볼 수도 있었다. 그래서 무릎을 살짝 대었다. 경찰관은 움직이지 않았다. 대화에 푹 빠져 있었다. 브랜디를 한 모금 더 마시고 다시 총을 내려다보았다. 권총집에 깊이 꽂혀 있는 무생물의 부품. 황당해서 실소가 나올 것 같았지만 난 매혹되고 있었다. 손에 저걸 쥐면 어떤 기분이 들까? 재빨리 브랜디를 한 잔 더 마시고 시선을 방 건너편으로 돌렸다. 아무도 나를 보지 않았다. 충동은 강력했다. 바 스툴을 빙글 돌려 총 옆으로 손을 슬쩍 내리고 손가락으로 핸들을 만지작거렸다. 여전히 경찰관은 미동도 없었다. 천천히 빼야 할까, 아니면 신속하게 한 번의 동작으로 빼앗아야 할까? 아무런 계획도, 발사할 생각도, 일단 손에 넣고 나서 총으로 뭘 할까 하는 생각도 없었다. 불타오르는 욕망은 그저 갖고 싶다는 것 뿐이었다. 부드럽게 손가락을 감아 총집에서 살금살금 빼기 시작했다. 경찰관이 화들짝 물러나더니 내 손목을 억세게 움켜쥐고 퍼뜩 돌아앉아 나를 똑바로 마주보았다.

"이거 미친 년 아냐! 씨발 뭐하는 짓이야?"

버럭 외쳤다. 내 손을 홱 잡아채 허공에 치켜들었다. 억센 손힘에 팔목이 아팠다. 쩌렁쩌렁한 음악 소리뿐 바에 침묵이 내려앉았다. 모두 나를 쳐다보고 있었다. 라모나가 보였다. 이제 동작을 그치고 웃음기도 싹 가셨다. 라모나가 소리 없이 입술을 달싹거렸다. "클라우스"라고 했던 것 같다. 에드가 신속하게 손짓을 했다.

"무슨 일입니까?"

"씨발, 이 년이 내 총을 가져가잖아!"

난 아무 말도 하지 않았다. 시끌벅적한 수다, 사람들끼리 웅성거리는 소리가 또 났다. 경찰관이 바 너머로 허리를 숙였는데 팔을 뻗어 내 손목은 잡고 있었지만 아귀에 힘이 좀 풀렸다. 그 틈을 타 세차게 몸을 빼고 문으로 달렸다. 나가는 길에 누가 소맷자락을 잡았지만 내 기세에 찢겨져 나갔고, 문밖으로 달려 나가자 뜨거운 공기가 훅 끼쳐와 역기처럼 나를 짓눌렀다. 등 뒤로 목소리들이 들렸다. 문이 닫히는 소리, 당장 서라는 외침소리가 들렸다. 돌아오라고 외치는 라모나의 목소리도 들렸던 것 같다. 웨스트 브로드웨이를 지나 화이트 스트리트로, 처치 스트리트로, 그리고 캐널 스트리트로, 신호등을 묵살하고 미친 듯이 달렸고 그랜드 스트리트에서 모퉁이를 돌아 숨을 곳을 찾았다. 우스터 스트리트에서 어느 집 문간에 딱 붙어 섰다. 사위는 고요했다. 그렇게 멀리까지 힘들게 쫓아올 사람도 없었지만 나는 꼼짝도 하지 않았다. 계단참에 앉아 인적 없는 거리를 바라보았다. 아무것도 움직이지 않았다. 죽음의 몇 분이 지났다. 그리고 마치 마술처럼, 고요 속에서 한 줄기 산들바람이 불어와 신문지 몇 장을 인도로 흩날렸다. 양복 상의를 벗으면서, 팔에 닿는 내 손가락의 움직임을 관찰했다. 이게 내 손일 리가 없어, 생각은 그렇게 했지만 그 길고 작은 뼈들은 부정할 수 없는 내 것이었다. 낯익은 느낌이 벼락처럼 내리쳤고, 귓전에 누군가 "아이리스!"하고 부르는 소리가 들렸다. 저 멀리 거리를 바라보았다. 어머니의 목소리였다. 하지만 뉴욕에 안 계시는데, 하고 혼자 중얼거렸다. 환청을 듣는 거야. 다리가 뻣뻣했고 한쪽 발이 아팠다. 운동화를 벗으면서 오른쪽 발목 아래 살이 찢어진 상처를 보았지만 어디서 다친 건지 알 수가 없었다. 한참 거기 그렇게 앉아 있다가 다시 신발을 신고 지하철로 걸어갔다. 항상 양말 속에 넣어 다니는 50 센트로 차비를 내고 110번가 역에서 내려 절뚝거리며 집까지 걸어갔다.

아파트 안으로 들어오자마자 곧장 침실의 긴 거울로 갔다. 몇 주일 동안 내 모습을 본 적이 없었다. 솔직히 늘 피했었다. 하지만 나는 바짝 깎은 머리에 해진 벨트로 헐렁한 바지를 허리에 걸친 꾀죄죄한 해골 같은 몰골을 똑바로, 아주 잘 보았다. 이 인간에게는 젖가슴이랄 게 아예 붙어 있지 않았다. 살이 빠지면서 가슴도 사라졌던 거지만, 단순히 초췌한 모습 때문에 그토록 겁이 났던 건 아니다. 내 얼굴에서 나는 소름끼치는 변화를 보았다. 내 눈이 달랐다. 소리가 없어진 것처럼 보였다. 흐느껴 울고 싶었는데 그럴 수도 없었던 기억이 난다. 이윽고 나는 바지를 벗어 아주 곱게 개었다. 아무 의미도 없는 짓거리였다. 더럽기 짝이 없었기 때문이다. 항상 곱게 다려 바지와 함께 비닐봉지에 넣어 옷장 깊이 넣어두던 양복 상의도 몰골이 말이 아니었다. 나는 적어도 한 시간 동안 욕조에 들어가서 몸을 씻었다. 세심하고도 기운차게 온몸을 구석구석 씻었다. 그리고 나체로 의자에 앉아 부모님께 전화를 걸어 경이로우리만큼 차분한 목소리로 일주일 생활비가 필요하다고 말했다. 직장에서 잘렸는데 더이상 버틸 수가 없다고 했다. 큰돈은 필요 없어요, 나는 말했다, 그냥 조금만 있으면 돼요. 아버지는 내가 부탁한 액수 이상의 돈을 부쳐주었다. 250달러였다. 하늘에서 떨어진 만나(이스라엘 백성이 광야에서 굶주리고 헤맬 때 하느님이 내려주신 양식―옮긴이)나 다를 바 없었다. 그 돈으로 나는 몸에 충격을 주지 않도록 조금씩 양을 늘려가며 매일 음식을 먹었다. 값비싼 야채와 고기를 사서 하루에 세 끼니를 해 먹었고 한입마다 꼭꼭 씹어 먹으며 위장의 반응을 살폈다. 위장은 잘 버텼다. 음식이 내 목숨을 살려주었고, 상상 속에서 나는 조금씩 살이 쪄갔다. 그리고 풍만함이 말도 안 되는 속도로 내 몸에 돌아오는 꿈을 꾸었다. 한 입 한 입 밥을 먹으며 클라우스를 묻었고, 절대 기어 나오지 못하도록 무덤에 흙을 쌓았다. 나 자신으로 돌아오리라 결연히 다짐하고 생존을 위해 프로그래밍된 로봇처럼 회복을 위해 노력했다. 4일에 포동포동 활짝 핀 얼굴로 학교에 등록하러 갈 생각이었다. 그날이 왔고 나는 새로 산 원피스(세일로 39.99달러였다.)를 입고 학교에 가면서 꽤 회복되었다고, 심지어 예쁘다고 생각했다. 하지만 옛날에 나를 알던 사람들은 하나 같이 충격 받은 얼굴을 하며 내 체중과 머리에 대해 외마디 소리를 냈다. 그래, 그래, 내가 말했다. 그 동안 좀 아팠어. 하지만 이제 훨씬 나아. 굉장히 심한 독감을 꽤 오래 앓았거든. 머리카락이 뭉텅이로 빠져서 확 잘라버렸지 뭐야. 하지만 이제 다시 자라고 있어. 웃기는 꼬락서

니였을 거다. 인형처럼 꾸민 시체 꼬락서니로 반미치광이처럼 두 번째 기회를 소망하고 있었으니. 그 순간 내 눈초리 끄트머리에 그가 보였다. 진중한 표정을 한 늘씬하고 핸섬한 청년. 손에는《문고판 니체》를 들고 있었다.

그 청년이 스티븐이었다. 그때는 내게 아무 말도 하지 않았지만 한 달 뒤 우리는 애인, 뭐 그 비슷한 사이가 되어 있었다. 8개월 동안 나는 그를 쫓아다녔고 그 사이 그는 뜨거웠다 차가웠다를 거듭했고, 난 단 한 번도 그가 나를 원한다는 확신을 가져본 적이 없다. 클라우스 얘기는 하지 않았다. 다 털어놓고 싶은 마음이 목구멍까지 치받쳐 올라온 게 한두 번이 아니었지만 끝내 말이 되어 입 밖으로 나오지 않았다. 루스는 내게 몇 번 전화를 했고 한두 번 같이 저녁도 먹었다. 양복은 드라이클리닝을 해 두었지만 돌려주지는 않았다. 비닐 백에 든 채로 옷장에 걸려 있었다. 9월 4일 전화기 플러그를 꽂자마자 패리스한테서 득달같이 연락이 왔다.

"하느님 맙소사." 그가 말했다.

"몇 주째 전화를 하는지 모르겠네. 아주 땅을 파고 숨었어요, 이 악마 같으니. 신분증도 없이 어느 길거리에서 죽어서 포터스필드 어디 묻힌 게 아닐까 그런 생각도 했다니까. 심지어 빌어먹을 그 건물에 가서 초인종도 눌렀다고. 아무도 집에 없더라고요. 아무도."

"미안해요." 내가 말했다.

"그 동안 좀 안 좋았어요. 그 얘기를 할 수는 없어요."

그리고 우리는 얘기하지 않았다. 지금 생각하니 그렇게 말 없이 지나간 게 신기하지만, 그때는 말한다는 것 자체가 불가능한 일이었고, 패리스가 알면서도 묻지 않는다는 게 의리의 증표처럼 느껴졌었다. 하지만 클라우스에 대해 그가 안다는 사실은 사라지지 않았다. 그 앎은 암묵적이지만 절대적인 어떤 역설이어서, 부자연스러운 친밀감과 의혹을 동시에 불러일으켰다. 패리스는 전화를 했다. 우리는 함께 점심을 먹었다. 하지만 패리스는 시외로 나가 지낼 때가 많았다. 워낙 공사다 망하신 분이라 자주 만날 수도 없었다. 그 시절에 나는 대학 근교를 벗어나지 않고 지냈다. 거친 황야 같은 다운타운보다는 훨씬 안전한 느낌을 주었다. 그러나 5월쯤 스티븐은 떠났고, 나는 또 다시 도시에서 혼자 여름을 마주했다. 다시는 웨이트리스 일을 하지 않겠다고 다짐하고 학문과 관련된 아르바이트를 이것저것 하다가 어느 의학사학자의 연구를 도와주었다. 경멸과 욕정이 혼재된 눈빛으로 나를 바라보는 노인이었다. 잃어버린 20파운드의 살은 다시 붙었고 머리카락도 턱선까지 길었다. 길거리에서 남자들이 목을 쭉 빼고 나를 보았고, 식료품점에서, 버스 정류장에서, 걸음을 멈추고 가만히 있기만 하면 희망 가득한 눈빛으로 내게 말을 걸어왔다. 한동안은 담배 피우는 데에도 재미를 붙였었다. 빨간 갑에 든 말보로였다. 담배를 피울 때면 그나마 마음이 좀 진정되는 느낌이었는데 병이 들면서 끊어야 했다. 7월에 모닝 씨가 등장해서 그를 위해 보고서를 작성해주었는데 이건 전혀 별개의 얘깃거리다. 다만 모닝 씨와 헤어지고 나서는 다시 돈이 절박하게 궁해졌고 두통이 시작되었다. 극악한 두통이 벼락처럼 내리치면 비참하고 우울하기가 이를 데 없었다.

8월에는 보험회사의 하급 직원들에게 영어를 가르치는 강사로 일했다. 내가 맡은 일곱 명의 학생들은 열렬하게 자기 발전을 갈구했고, 그 중에서도 제퍼슨이라는 이름의 젊은 남자는 내가 이제까지 본 중에서 가장 예리한 기억력의 소유자였다. 단 한 단어도 잊는 법이 없었다. 우리는 4주일 동안 매일 만났다. 그런데 강의가 끝나가던 어느 날, 내가 제퍼슨을 보고 제퍼슨은 나를 보고 있는데 갑자기 그의 얼굴 절반이 사라지는 것이었다. 그 상태가 오래 지속되지는 않았지만 나는 하던 말을 뚝 그치고 의자를 움켜쥐어야 했다. 구멍을 본 게 처음도 아니었고 또 마지막도 아닐 테지만, 그 시커먼 공허를 바라보던 순간에는 정말이지 현실이라 믿었다. 얼굴 일부가 홀연 사라진 줄만 알았다. 나중이 되어서야 편두통 후광효과를 앓은 거라고 스스로에게 말할 여유가 생겼다. 이어진 몇 달은 일상이 벼랑 끝처럼 위태로웠다. 시도 때도 없이 탁자나 의자, 얼굴이나 손 같은 평범한 물건이 사라지고 눈이 멀면서 내가 더 이상 온전한 인간이 아니라는 실감이 따라 덮쳤다. 간신히 다시 정신을 차렸는데 이제 몸이 말을 듣지 않았다. 머지않아 이 빌어먹을 몸뚱어리 어디가 뚝 부러지고 금이 갈 게 뻔했다.

그해 가을에는 봄에 있을 구술시험을 대비해 열심히 공부했다. 터무니없이 긴 독서목록에 올라온 희곡·시·소설·에세이를 읽고 금세 다 까맣게 잊었다. 내 뇌는 체처럼 구멍이 숭숭 뚫려 있었다. 단어들은 거즈에 싸여 있어 글자들이 하나같이 뿌옇고 흐리게 보였다. 내 머릿속의 통증은 약해졌다 심해졌다 했지만 싹 사라지는 일은 드물었다. 크리스마스 시즌에는 웹스터의 집으로 가서 이주일 동안 건강하게 잘 지냈지만 결국 1월에 사달이 나고 말았다. 그때까지 신경과 의사 여럿을 찾아다녀봤지만 아무 소득도 없었다. 나를 병원에 입원시킨 건 피시 박사였다. 박사는 내게 거대한 쏘라진 알약들을 주었고, 약기운에 무기력해진 나는 발가락을 꼼지락거릴 힘도 없이 누워 있었다. 하지만 내 생각들은 통찰과 망상이 어지럽게 뒤섞인 미친 난장판이었고, 뭐가 통찰이고 뭐가 망상인지 도저히 분간할 수도 없었다. 나는 열흘 뒤 자의로 퇴원했다. 얼굴도 몇 번 못 본 피시 박사가 신경질을 냈지만 나는 툭 치면 부러질 듯 허약한 몰골을 이끌고 침대에서 내려와 옷을 입고 비트적거리며 병원 로비의 데스크로 갔다.

"저 퇴원할래요."

거기 있는 여자에게 말했다. 이름을 말해주자 여자는 2038.46달러의 병원비 청구서를 내밀며 수납을 하고 가라고 했다. 대학 의료보험이 80퍼센트의 치료비를 보장해 주었다. 이게 그 잔액이었다. 나는 여자의 갈색 눈을 물끄러미 들여다보며 쫙 펴서 귀 뒤로 빗어 넘긴 머리를 찬찬히 뜯어보았다. 앞뒤가 맞지 않는 소리지만, 머릿속에 도사린 통증 때문에 여자가 까마득하게 멀리 있는 것처럼 보이면서도 동시에 영화 스크린에 비춰진 사람처럼 거대해 보이기도 했다. 여자는 내게 말하고 있었다. 병원 절차를 설명하며 내게 해야 할 일을 지시하고 있었다. 청구서는 내 손에 들려 있었고, 나는 액수를 곰곰이 들여다보았다. 멍청하게도 46센트 생각만 났다. 저건 낼 수 있어, 하고 생각했다. 그래, 저 정도는 쉽게 낼 수 있지. 잔돈이 호주머니에 들어 있었다.

"괜찮으세요?" 여자가 물었다.

여자를 바라보았다. 예쁘고 사랑스러운 여자였다. 피부는 검은색에 가까웠다. 빤히 쳐다보다가 손에 든 청구서를 내려다보았다.

"난 아파요."

마침내 내가 여자에게 한 그 말이 나 자신을 참으로 간단하게 설명해 주었다. 여자는 당혹스러운 눈길을 보내며 손짓으로 누군가를, 어떤 남자를 불렀다.

"저 여자한테 말을 좀 해주세요." 여자가 말했다.

"청구서를 전혀 이해 못하는 것 같아요."

남자는 덩치 큰 백인이었고, 뺨과 이마에 붉게 얽은 자국들이 있었다. 앞으로 각오해야 할 일에 대해 주절주절 말하는 남자의 목소리가 들렸지만 그의 눈을 바라보는 대신 청구서 종이를 얼굴에 바짝 갖다 대고 숫자를 다시 읽었다. "아가씨," 하고 남자가 말하고 있었다. 나는 건강하지 못해, 마음속으로 말했다. 병든 개 같아. "돈은⋯." 남자가 말했다. "시간이 필요한가요⋯." 나는 천천히 신중하게 청구서가 아주 작은 네모가 될 때까지 접고 또 접어서 종이를 입안에 넣고 먹어버렸다. 로비를 가로질러 걸으며 등 뒤에서 사람들이 언성을 높여 항의하는 소리를 들었다. 문손잡이를 잡는데 남자가 말했다.

"그냥 가게 돼요. 병원비는 우편으로 청구하면 됩니다. 보니까 완전히 맛이 갔는데요."

눈 덮인 공원을 가로질러 집까지 걸어왔다. 내 아파트 안에 들어오자마자 침대에 쓰러졌다. 잠들기 전에 마음속으로 생각했다. 그가 돌아왔어, 하지만 상관없어. 이젠 뭐라도 상관없어. 이틀 내리 잠을 잤다. 간헐적으로 머리가 아파서 깼다가 다시 무의식으로 떨어지곤 했다. 마침내 정신이 들었을 때는 밤이었고, 편두통도 옅어지고 덜 혹독하게 느껴졌다. 건강해

질지도 모른다는 희망으로 나는 엄청난 흥분에 휩싸였다. 침대 끝에 덜덜 떨며 걸터앉아 있다가 거울 속에 비친 내 모습을 일별했다. 너 또 살이 빠졌구나, 나는 생각했다. 넌 먹어야 해. 하지만 배가 고프지 않았다. 옷장으로 가서 싸두었던 양복의 포장을 뜯고 입었다. 괜찮아, 나는 스스로에게 말했다. 이제는 어쩔 도리가 없어. 그 동안 갔던 길로 계속 갈 수는 없어. 어쨌든 청구서를 먹은 건 클라우스였고, 물론 멍청한 짓이긴 해도 얼마든지 옹호해 줄 말이 있었다. 문을 열고 나섰지만 이번에는 할렘을 향해 북쪽으로 갔다. 125번가의 경계선을 넘었을 때, 나는 이제 다시 시작이라는 걸 알았다.

출석할 강의가 없이 시험 준비만 하면 되었기에 자유롭게 숨을 수 있었다. 다시 전화기를 꺼내서 2주일에 한 번 부모님께 전화를 걸 때만 썼다. 진실을 말하자면 아무에게도 내 아픈 몰골을 보이기 싫었다. 편두통은 나아지고 있었어도 여전히 발작적인 메스꺼움과 구토·위장 장애와 주기적으로 찾아와 혼을 쑥 빼놓는 피로감은 남아 있었다. 의사가 도와줄 수 있는 문제가 아니었다. 내가 알아서 해결해야 했다. 나는 침대에 누워서 "됐어, 신경 꺼"라는 주문을 계속 반복해 읊조리면 통증을 상당히 누그러뜨릴 수 있다는 걸 알게 되었다. 그 시절에 얼마나 자주 주문을 외웠는지 모른다. 공부해야 하는 도서목록을 보고 가슴 속에 공황이 치받치면, 주문을 외웠다. 병원에서 청구서를 보낼 때마다 주문을 외웠다. 후광효과에 시달리고 나면 주문을 외웠다. 식사 전에는 다시 게워내지 않으려고 주문을 외웠다. 그리고 클라우스는? 나는 클라우스가 필요했다. 내심 다시 타락했다는 느낌이 들긴 했지만 밤 산책은 내 건강에 도움이 되었고 머리를 맑게 해주었다. 어퍼 웨스트사이드를 주로 들락거리면서 중고 상점에서 산 남자용 겨울코트 밑에 양복을 걸치고 다녔다. 그리고 목덜미를 만지면 까끌까끌할 정도로 머리를 짧게 깎았다. 학생들이 많이 가는 바는 피하고 더 추레하고 우중충한 동네 술집을 고집했다. 역시나 사람들은 내 괴벽에 크게 동요하지 않았다. 밤은 위험했다. 나는 혼자 걷지 말아야 할 곳을 혼자 걸었지만, 무모한 짓이었기에 기분이 좋았다. 어둠 속에서 큰 소리로 노래를 부르고 낯선 사람들에게 휘파람을 불고 한 번은 일부러 스프레이 페인트를 사서 벽에 거대한 글자로 〈됐어, 신경 꺼〉라고 쓰기도 했다. 이런 비행을 저지르고 나면 활기가 생기는 한편으로 죄책감이 들었다. 밤마다 나는 오늘 밤이 마지막이라고 뇌까렸다. 그러다 늦은 밤 자주 찾던 스타즈라는 술집에서 로즈 교수와 맞닥뜨렸다.

스타즈의 바텐더는 툿츠라는 이름으로 통하는 비대한 남자였다. 땀을 엄청 흘리는 친절한 남자는 나를 걱정했거나 걱정하는 척했다. 그 동안 클라우스 내지 클라우시나에 대한 거짓말을 한 보따리는 들었을 텐데, 잘 들어주면서 측은해 했다. 하지만 한편으로 그런 얘기들을 진실이라고 믿는지, 그건 확실치 않았다. 나한테 윙크도 자주 날렸고 어쩐지 굉장히 지적인 분위기를 풍겼다.

"클라우스," 어느 날 밤 그가 내게 말했다.

"이제 새 옷을 좀 살 때가 됐다고 봐. 넌 예쁘게 생긴 여자애인데 그 허름한 정장은 바보 같아 보인다니까. 바보 같다고, 아가씨야. 내 말 들려? 오지랖 떨고 싶어서 하는 소리는 아니고. 남 일에 참견하는 부류는 아니거든. 내 알 바 아니지만 참 안타까운 일이야. 게다가 네가 남자 역할 레즈비언인 것도 아니잖아. 너처럼 다정한 사람이 그건 아니지."

"고마워요, 툿츠." 내가 말했다.

"그 말은 칭찬이라고 생각할게요."

나는 브랜디를 내려다보았다.

"그리고 뼈다귀에 살을 좀 붙여야 해, 좀 살을 채워야지. 아니, 바람만 좀 세게 불어도 휙 날아가겠어."

"알았어요, 툿츠."

나는 말하며 그를 보고 웃었다.

"부엌에 가서 버거 하나 갖다 줄게." 툿츠가 말했다.

"공짜야."

"괜찮아요." 내가 말했다.

"괜히 신경 안 쓰셔도 돼요."

툿츠는 안 들린다는 시늉을 하고 주방으로 들어갔다. 바에는 사람이 많지 않았다. 늦은 시각이었다. 만성 두통이 있었지만 심하지 않았다. 햄버거를 먹고 싶다는 생각에 기뻐졌다. 툿츠가 접시를 들고 뒤뚱뒤뚱 나와서 냅킨과 식사도구를 요란스럽게 차렸다. "남기지 말고 먹어, 아가씨." 툿츠가 말하는데 내 어깨에 얹히는 손길이 느껴졌다. 로즈 교수였다. 나를 찬찬히 뜯어보았다.

"아이리스?" 교수가 말했다. "너냐?"

"네." 난 속삭였다.

툿츠가 바에 기대고 서 있었다.

"다 괜찮냐, 클라우스?"

로즈 교수가 그에게 날카로운 눈길을 던졌다.

"네." 내가 말했다.

"나 좀 따라 와."

나의 선생님이 이렇게 말하며 한 손에 내 햄버거를 들고 다른 손으로 내 팔꿈치를 잡은 채 부스로 끌고 가 부드럽게 나를 밀어 자리에 앉혔다. 자기는 내 맞은편 자리에 앉더니 팔짱을 끼었다. 교수의 얼굴은 변함이 없었고 낯익은 그 얼굴이 나를 도발했다. 벽을 바라보며 교수의 눈길을 느꼈다. 고개를 돌려 보았을 때, 교수의 표정은 아이러니컬했다. 입가에 의뭉스

립게 미소를 지을락 말락 하는 특유의 표정이었다.

"여기서 뭘 하고 있는 거니? 대체 너 어떻게 된 거야?"

나는 얼굴을 붉혔다.

"아팠어요. 몰골이 형편없다는 거 알고 있어요."

그는 몸을 뒤로 기대앉더니 고개를 절레절레 저었다.

"똑같은 질문을 저도 해야겠어요." 내가 말했다.

"선생님처럼 저명하신 교수님이. 여기서 뭘 하고 계신 거예요? 혹시 눈치 못 채셨을까 봐 말씀드리는 건데, 여기는 진짜 허름한 술집이에요."

그는 씩 웃었다.

"심지어 저명한 교수님들도 아파트에서 나와서 가끔 늦은 밤에 술 한잔 할 때도 있으신 거야. 우리 집이 여기서 한 블록 거리밖에 안 되거든, 아이리스."

나는 그가 말하려다 망설이는 걸 주시했다. 툿츠가 나를 클라우스라고 부르는 걸 듣고 적당한 말을 찾으려 하고 있다고 짐작했다. 교수는 테이블 상판 바로 위로 왼손을 흔들었고, 난 그런 동작의 의미를 알고 있었다.

"아이리스." 그가 말했다.

"너 뭔가 지금 문제가 있는 거지. 내가 도와줄 수 있을지도 모르잖니."

그러더니 잠시 말을 끊었다.

"노스캐롤라이나에서 너한테 짤막한 안부라도 전할까 생각은 많이 했는데 결국 못 했다."

날 무너뜨린 게 끝내 보내지 않은 편지였는지 그저 그 목소리였는지 모르겠지만 얼굴이 씰룩이고 입가가 떨려왔다. 전자든 후자든 몇 개월에 걸쳐 바닥까지 고갈된 자기연민에 불을 댕기고야 말았다. 좋은 시절에 나는 자주 울고 쉽게 눈물도 흘린다. 하지만 상황이 나빠지면 눈물샘은 말라버리고 엉엉 우는 일은 정말 거의 없어진다. 그때 내가 느꼈던 참담함은 비탄이었다. 예전의 내 자아를, 교수가 떠나는 모습을 보았던 그 여자애를 되찾고 싶었지만 이미 죽고 없었다. 내가 다 엉망으로 망쳐 버렸다. 스티븐·병원·졸렬하기 짝이 없는 은행계좌·양복·접시에 반쯤 먹다 만 햄버거, 이 모든 게 다 똑같이 불쌍하고 다 똑같이 원망스러워서 심장이 미어지도록 울었다. 몸을 흔들고 흐느껴 울며 요란 법석을 떨었다. 착하고 오지랖 넓은 툿츠가 내 접시를 획 가져가며 로즈 교수를 미심쩍은 눈길로 흘겼다.

"클라우지, 클라우지."

툿츠는 내 팔을 툭툭 두드리며 말했다.

"세상에 그렇게 서러운 일이 어딨어. 이 인간을 내가 치워줄까?"

"그 사람 때문이 아니에요, 툿츠."

나는 냅킨에 코를 풀었다.

"내가 문제예요."

"얘는 내가 잘 돌봐줄 겁니다."

로즈 교수가 말했다. 교수는 밥값을 내고 나를 부축해 일으켜 데리고 나왔다.

"내 연구실로 가자."

거리로 나섰을 때 교수가 말했다.

"거기는 조용하고 얘기를 좀 할 수 있으니까."

나는 고개를 끄덕였다. 우리는 침묵 속에 네 블록을 걸어 대학 정문으로 돌아들어가 재빨리 철학관으로 향했다. 교수가 잠긴 문을 열었고 우리는 계단으로 6층까지 걸어 올라갔다. 교수가 연구실 문에 열쇠를 꽂고, 문을 열고, 내게 들어와 앉으라는 손짓을 하는 사이 나는 아무 말도 하지 않았다. 그는 의자를 내 쪽으로 끌어당겨 앉고 손을 무릎에 놓았다. 얼굴에는 아버지 같은 근심이 어려 있었다. 이제 호되게 야단을 맞겠구나, 나는 생각했다.

그는 미간에 주름을 지었다.

"클라우스? 그 남자가 너를 클라우스라고 하더구나."

"가끔 그 이름을 써요." 내가 말했다.

"저한테는 일종의 게임이에요."

"게임이라고! 무슨 게임인데?"

"그게 교수님한테 중요하기나 해요?"

본의 아니게 헉, 소리가 났다. 아직도 울음이 다 그치지 않은 모양이었다.

"그래, 중요하다. 난 네가 걱정이 돼. 아니, 한밤중에 바에 들어갔는데 제일 아끼는 제자가 브랜디를 벌컥벌컥 마시면서 디킨스 소설에서 튀어나온 꼴을 하고 앉아 있나고 생각해 보라고. 그 옷이며 머리며 게다가 그 끔찍한 남자가 널 부른 이름이 클라우스? 내가 뭐라고 생각해야 되겠니?"

"그분은 끔찍한 남자 아니에요."

"그래, 좋다."

캄캄해진 창 쪽으로 고개를 돌리며 그가 말했다.

"끔찍하지는 않다고 치자."

교수의 옆모습을 곰곰 뜯어보았다. 잘생긴 코였다.

"보고 싶었어요." 내가 말했다.

"말도 못하게 보고 싶었다는 걸 이제야 알겠어요."

이 말들이 얼마나 술술 흘러나오는지 나 스스로도 깜짝 놀라버렸다.

그가 나를 돌아보았다. 표정이 슬펐다. 그는 양팔을 툭 허리께에 떨어뜨렸다.

"아이리스, 넌 사람을 무방비로 만들어 버려. 뭐라고 말해야 할지 모르겠다."

우리는 한참 서로를 보았고, 그는 얼굴에 떠오른 고뇌를 굳이 감추려 하지 않았다. 그러더니 패배자처럼 한숨을 쉬었다. 난 축 늘어지는 그 어깨를 보았고 그는 내게 팔을 뻗었다. 내 팔뚝을 잡고 자기 쪽으로 끌어당겼다.

우리는 그날 밤 철학관에서 시끌벅적하게 사랑을 나누었다. 냉혹한 형광등 불빛 아래 필사적으로 한 덩어리가 되어 뒹굴며 엄청나게 큰 소리를 냈던 게 틀림없다. 절정에 올라 내가 비명을 질렀고 교수가 내게 뭐라고 말했던 것도 안다. 하지만 뭐라고 했는지는 기억나지 않는데, 아마도 남들이 다 하는 말, 다른 사람의 이름이나 그냥 "됐어" 같은 말, 오로지 말을 할 당시에만 의미가 충만한 그런 말들이었을 거다. 그런 말을 되풀이하는 건 신성모독이다. 한 마디로 우리는 서로를 산 채로 잡아먹다시피 했고 다 끝난 뒤에는 방금 일어난 일에 놀라, 아마도 넋을 놓고 멍하니 누워 있었던 것 같다.

방안은 추웠다. 나는 떨었고 그가 안아주었다. 양복이 우리 옆에 구겨진 채 던져져 있었지만, 한기에도 불구하고 난 그 옷을 다시 입기가 꺼려졌다. 로즈 교수가 자기 양복으로 나를 덮어주었고, 한참 뒤 이렇게 말했다.

"이제 더는 하지 않는 게 좋겠어."

"뭘요?"

"클라우스."

나는 그 제재조치를 달가이 받았다. 기다려왔고, 소망해온 제재라는 걸 알고 있었다.

　"알아요." 나는 말했다. "안 할게요."

　나는 그를 마이클이라고 부르기 시작했다. 처음에 그 이름을 부를 때는 어김없이 감정이 복받쳤다. 새로운 위성으로 옮겨왔다는 강렬한 실감 때문이었다. 대학은 아마 미국에서 이름이 여전히 친밀감의 힘을 가지는 마지막 장소일 것이다. '마이클'은 내게 은밀한 신호였고, 우리의 비밀을 여는 열쇠였기에 그 이름을 그에게, 또 나 혼자, 쓰고 또 썼다. 우리는 오후 늦게, 내 창문에 살짝 햇살이 걸렸다가 금세 사라지는 시각에 만났다. 그 빛은 중요했다. 함께 있지 않을 때에도 네 시의 비스듬한 햇살에 에로틱한 연상들이 농익었기 때문이다. 그는 격정적인 애인이었고 그 열정이 내 안에 나 자신의 타자성에 대한 새로운 감각을 창출했다. 그가 가고 난 후 가끔씩 나체로 거울 앞에 서서 내 모습을 꼼꼼히 살피다 보면 어느 찰나 그의 눈에 보인 것, 마술에 걸린 몸이 내 눈에도 보인다는 상상을 하게 될 때가 있었다. 마이클 로즈는 아름다운 남자가 아니었다. 커다랗고 깔쭉깔쭉한 맹장염 수술자국이 있었고, 허리 둘레에 군살이 좀 붙어 있었으며, 창백한 다리 피부 밑으로 퍼런 혈관이 뚜렷하게 눈에 띄었다. 그 남자의 육체적 현실 때문에 소외감을 느끼거나 그 남자에 대한 내 이상과 실제가 단절되는 때도 있었지만, 불과 몇 초 그러다 말았다. 나는 귀로 유혹 당했다. 그가 말을 하면 할수록 더욱 그를 원했고, 그는 카툴루스·보카치오·돈과 시드니·셰익스피어와 와이어트·필딩과 조이스로 구애하며 폭풍처럼 말을 쏟아냈다. 지금, 이 말을 하다 말고, 그 모습을 그를 기억하고 싶다. 내 침대에 누워 눈을 감고 기억에 의존해 인용문을 읊조리던 모습으로.

하지만 그는 내게 자기 얘기를 별로 해주지 않았다. 아내와 장성한 자식 셋이 있다는 건 알고 있었고, '거의' 평생 뉴욕시에서 살았다는 것도 알았다. 부모님은 모두 돌아가셨다. 처음에는 자세한 얘기를 해달라고 졸랐지만 그가 내켜하지 않는 기색이라 그만두었다. 한 번은 어린 시절 얘기를 해달라고 했더니 이렇게 말했다.

"우리 아버지는 날 때렸고 난 열 살 때 집시 패거리하고 도망을 쳤지."

"아니, 진짜 얘기 해줘요." 내가 말했다.

"우리 아버지는 날 때렸고 난 집시 패거리를 기다리면서 유년기를 보냈어."

"그게 정말이에요?"

"다소간."

"얼마나 다소간이요?"

그는 한쪽 입가만 치켜 올리며 웃었다.

"아, 나도 모르겠네. 기억이 안 나는 건 아니고, 기억이 나거든. 가끔 내가 더이상 아이가 아니라는 게 이상할 때가 있어. 내가 늙어가고 있다니. 야구 글러브는 어디로 갔을까. 찰리 샤피로는 대체 어떻게 됐지?"

"왜 그런 얘기를 전부 저힌데 안 해주세요?"

"말해줄 거야, 아이리스, 언젠가는. 하지만 지금은 그런 찌꺼기를 긁어 끌어올릴 때가 아니야. 전부 다 털어놓는 건, 관용의 양식 치고는 미심쩍지. 어떤 건 차라리 말하지 않고 두는 편이 낫거든."

그래서 그게 다였다. 나쁜 아버지 · 집시 패거리 그리고 찰리 샤피로만 남겨놓고 떠났다.

우리는 클라우스 얘기를 하지 않았다. 나는 말하고 싶었지만 그 밤들에 대한 내 감정을 표현하는 말들은 묻어두고 있었고, 그걸 은닉처에서 파내 입에 올린다는 건 나로서는 도저히 감당할 수 없는 노력을 요했다. 마이클은 내 배회의 근원에 너무 가까이 있었고, 일종의 공모자였기에 강한 육감으로 이 일에 끌어들이지 않으려 했다. 하지만 나는 클라우스를 죽인 게 바로 마이클이라는 걸 알고 있었다. 철학관에서의 그날 밤 이후로 나는 배회하는 소년에 대한 욕망을 모조리 잃었다. 마이클이 소년을 사라지게 만들었고, 나는 이런 일을 할 수 있는 사람이라면 클라우스를 다시 데려올 수도 있을 거라는 미친 생각에 사로잡혔다. 크뤼거의 소년은 우리의 프랑켄슈타인 괴물이었다. 우리가 묵살하기로 선택한 피조물이었다.

우리의 관계는 봄까지 지속되었고, 나는 건강했다. 가끔씩 편두통이 재발해 머리가 흐려질 때면 침대에 드러누워 주문을 읊조렸지만 통증 자체는 참을 만했다. 구역질과 구토는 끝났다. 검은 구멍도 더이상 보이지 않았다. 머리카락도 자라났다. 3월에는 구술시험을 쳤다. 처음 한 시간 동안은 폭주하는 자동인형처럼 정보를 줄줄이 쏟아냈다. 이름·날짜·장소를 인용하고 머릿속에 떠오르는 지식의 쪼가리까지 다 긁어서 뱉어냈다. 철학자·언어학자들을 다 끌고 들어오고 온갖 이론을 전개하고 사랑하는 소설들에서 인용을 했다. 그러다 기력이 다 떨어져서 마지막 한 시간, 그리 중요하지 않은 세 영역의 시험을 칠 때는 헐떡거리고 버벅거리며, 알고 있다고 생각한 것도 다 잊어버리고 말았다. 내 논문 심사 위원회의 다섯 중년 남자들 얼굴을 보니 몇 분 전만 해도 은근히 재미있어 하더니 순식간에 다 똑같은 연민과 걱정으로 전락해 있었다. 아무튼 그들은 나를 통과시켜주었다. 나는 아는 게 너무 많고 하나도 없었다. 그건 할 수 없는 일이었다. 심사위원들이 친절을 베풀어 주었다. 나는 겸손해졌다. 마이클이 말했다.

"그건 통과의례고, 그 이상 아무것도 아니야. 이제 지난 일이니 그냥 잊어."

하지만 나는 회한에 속상해 하며, 말문이 막혔던 순간들을 머릿속으로 무한반복 재생했다. 집에 처박혀서 우둔한 노숙자처럼 도시를 뛰어다니는 대신 형이상학파 시인들이나 공부했으면 얼마나 좋았을까 생각했다.

그리고 얼마 지나지 않아 마이클이 나와 함께 밤을 보냈다. 아내가 시외로 나갔다고 했다. 우리는 그렇게 오랜 시간 함께 있어본 적이 없었기에 아침이 되었을 때는 딴판으로 변해 있었다. 그 차이는 미묘했지만 역시나 그 이야기에 달려 있었다. 마이클은 컬럼비아 대학 출판부에서 그 중편소설을 출간할 계획이라고 말해주었다. 자기는 서문을 썼고 번역은 전적으로 내 이름으로 나갈 거라고 했다.

"기쁨에 날뛰는 분위기는 아니군 그래." 그가 말했다.

나는 그를 보았다.

"하지만 선생님 이름도 번역으로 올라와야죠."

"그건 네 거야. 힘든 일은 다 도맡아 했잖아."

"그건 사실이 아니에요. 내 것인 만큼 선생님 것이기도 하다고요!"

그는 침대에 앉아 등에 받친 베개를 조절하고 있었다.

"여기서 우리 무슨 얘기를 하는 거지, 아이리스?"

"아시잖아요. 언제나 알고 있었잖아요. 아닌 척하는 거 이제 못 참겠어요. 정말로 질려요."

그는 양손을 치켜들고 손사래를 치기 시작했다.

"그러지 마세요." 내가 말했다.

그러자 멈추고 나를 보았다.

"아이리스, 네 마음을 읽을 수가 없어."

나는 양반다리를 하고 앉아 그를 보았다.

"오래 전에 판도라의 상자라고 하셨잖아요."

"우리가 함께 일하는 것 얘기였어."

"아니, 그렇지 않아요."

"아이리스." 그 목소리에 슬픈 노랫가락이 배어 있었다.

"그 소설에 뭔가 있어요, 그 안에 뭔가 끔찍하게 흥분되는 게 있어서 우리한테 영향을 미친 거예요."

"아이리스." 나직한 목소리였다.

"그 이름을 빌린 건 너잖니. 어떤 목적으로 그랬는지 난 제대로 이해할 수가 없었어. 굳이 억지로 캐고 싶지도 않았어. 하지만 지금 그래서 화가 난 거잖니. 허구는 삶이 아니야."

"그 말 안 믿으시죠."

"믿는다고 생각한다."

"선을 그을 수가 없다는 걸, 우리는 온갖 종류의 허구에 매

순간 감염된다는 걸, 불가피하다는 걸 나만큼이나 잘 아시잖아요."

"궤변은 그만두자." 그가 말했다.

"세계가 있고 그건 구체적인 거야."

"그런 말이 아니에요." 내가 말했다.

"제 말은 그 세계를 진짜로 보는 건 어렵다는 뜻이에요. 우리 꿈과 판타지가 아지랑이처럼 끼어 있으니까요."

"클라우스, 너의 클라우스 얘기를 하고 있는 거군."

"우리 클라우스에요." 내가 말했다.

"그 빌어먹을 소설을 선생님이 쓰셨다고 잠깐 생각했었다는 거 아세요?"

그가 씩 웃었다.

"그랬으면 좋게."

"선생님이 각색을 하고 차용하셨잖아요, 그런데 문제는요, 그건 잔인해요."

"잔인한 이야기는 세상에 많고도 많아, 실화건 가상이건."

"그래요, 하지만…."

"하지만 이건 피부로 체감되더라."

"우리의 피부죠." 내가 말했다.

"우리는 한 몸도 아니고 똑같지도 않아, 아이리스."

"알아요, 하지만 우리 사이의, 아니 우리의 일이라는 느낌이 들어요. 제게 보여주지 않은 퍼즐 조각이 있다는 느낌이 들어요."

"수수께끼처럼 굴고 있군."

"선생님은 숨기고 계시고요."

그가 한숨을 쉬었다. 그러더니 손을 내밀어 내 머리카락을 만졌다.

"정신 나간 소리로 들리는 건 아는데요." 내가 말했다.

"그 없어진 조각, 우리 사이의 그것, 전 그게 사악하다고 생각해요."

"악이라고?"

그의 눈빛이 흐려지더니 입술이 하얗게 되도록 입을 꼭 다물었다.

"악이 뭐지?"

"몰라요."

"클라우스는 사악한가?"

그는 실눈을 뜨고, 재빨리 말했다. 나를 똑바로 쳐다보았다.

"고양이를 죽이지는 않죠."

"그래, 하지만 죽일 작정이었지." 그가 말했다.

"그러면 악한 건가? 그건 가벼운 과오일까, 범죄일까?"

"법에 그 나름대로 계량법이 있겠죠."

"그래, 하지만 우리 모두 범죄를 저지르는 상상을 하지만 판타지에는 형벌이 없지. 클라우스는 고약한 생각들로 가득해. 하지만 판타지를 절대 실행에 옮기지 않는다면 어떨까? 그러면 클라우스가 좀 덜 사악한 사람이 되나? 악이 악행만으로 구성되지는 않을 텐데 말이야."

"클라우스가 악하다고 말하지는 않았어요."

"그러면 사람과 행위는 분리될 수 있다, 그 말인가?"

"잘 모르겠어요."

"법은 끝도 없는 정상참작 요건들이 있잖아, 그렇지? 한시적 광기·호르몬 주기·테스토스테론 과다·폐경기 광증·산후 우울증·불량식품 과다섭취… 이런 게 다 사람을 살인으로 몰고 가지. 이게 다 '악마가 시켜서 하는 수 없이 했어요' 노선의 변론인 거야. 하지만 악마는 우리가 아닌가?"

"그래요." 나는 그에게 속삭여 말했다.

"우리가 악마죠."

그는 아무 말도 하지 않았다.

"하지만 끔찍한 생각을 한다는 건 실제로 저지르는 것과는 달라요."

이 말을 하는데 몸이 부르르 떨렸다.

"사람들은 언제 생각을 행동에 옮기는 걸까요?"

냉기가 느껴져 담요를 끌어당겨 무릎을 덮었다. 경찰의 총이 눈앞에 선했고, 마음의 눈으로 그 총을 보자 비명을 지르고 싫어졌다. 입을 꽉 다물고 눈을 감았다.

"어떤 장벽이 걷히는 거야. 어떤 사람들한테는 처음부터 아예 장벽 같은 게 생기지 않고. 다른 사람들에게는 관문을 부수고 허문다는 뜻이지. 그리고 가끔은 그냥 문을 열고 걸어 들어가기도 하는 것 같아. 아무 일도 아니라는 듯이. 차마 말로 형용할 수 없는 범죄가 일상적으로, 질서정연하게 저질러지곤 하지."

그는 말을 잠시 끊고 숨을 쉬었고, 나를 향하던 눈길을 돌려 저 멀리 벽 쪽을 보았다.

"날마다 사람들은 믿을 수 없는 짓거리를 저지르지. 단순히 까마득한 곳에서 벌어지는 정치 고문 같은 얘기만 말하는 게 아니야. 나는 세 살짜리 아들을 창밖으로 던져버린 여자를 알고 있지. 아들을 던지고 자기도 뛰어내렸지만 죽지 않았어. 아직 살아 있다고."

"잘 아시던 분이셨어요?"

"한동안은 그랬지. 병원으로 문병도 갔거든. 라일라가 제일 잘 알았고. 아주 친한 사이였지만 라일라는 너무 화가 나서 차마 얼굴도 보지 못했지…."

싸늘한 오한이 온몸으로 퍼졌고 이가 딱딱 부딪혔다.

"그 여자분 말이에요. 제정신이 아니었을 거예요."

"그래, 그랬겠지. 하지만 그게 무슨 뜻이지? 우리는 결국 같은 장소로 돌아온 거야. 책임 소재를 어디다 두냐 그 말이지?"

나는 벽을 따라 놓여 있는 내 책들의 책등을 유심히 보았다.

"저는 선善이나 진眞이라는 관념은 융통성 따위가 전혀 없이 절대적이어야 한다는 생각을 자주 해요. 그렇지 않으면 모든 게 해체될 거예요."

그가 나를 보았다.

"미덕과 진실을 혼동해서는 안 돼. 그 둘은 몹시 다르거든."

그 말이 뇌리에 새겨지자 내가 저지른 실수에 마음이 불편해졌다.

"미덕은 진실과 무관한 윤리적 자질이지." 그가 말했다.

고개를 끄덕였다.

"그래서 악이 진실이 될 수 있군요."

"물론이지."

"하지만 그 진실이 뭔지 아무것도 설명해 주지 않는군요."

마이클이 고개를 저었다.

"아우구스티누스가 옳았다고 생각해요?" 내가 말했다.

"제 말은, 악이란 일종의 타락이나 간격·변절 같은 건가요?"

"아우구스티누스는 이원론을 피하고 있었던 거야, 아이리스. 전체 논증은 신에 대한 믿음을 근거로 서술되었지…."

"알아요. 하지만 분명히 그런 식으로 느꼈을 거예요. 악이 공허라고, 존재가 아니라 어떤 부재라는 느낌을 받았을 거예요."

그는 고개를 홱 돌려 나를 보았다.

"그런 게 욕망이잖아, 안 그런가? 무언가의 결여."

화가 난 목소리였다. 그러더니 그는 양손으로 내 팔을 잡고 흔들었다. 격하지는 않아도 단호하게.

"진실이 뭔지 듣고 싶어?" 그가 말했다.

"착한 건 차치하고. 내가 널 도망치게 만들 거야. 우리 사이가 끝나기 전에 네가 날 미워할 거야. 그게 느껴진다고, 그 심연이, 그 공허가. 너를 잃게 될 거야."

그는 잠시 웃음을 터뜨리고는 양팔을 떨어뜨렸다.

"끔찍한 아이러니는 나는 세상 그 무엇보다 네가 머물러 주길 바란다는 거지."

그의 말은 세상의 갈라진 틈새 같았다. 말을 하면 다 진실이었고, 그 틈새를 통해 그뿐 아니라 다른 사람들과 나 자신까지도 들여다보는 느낌이 들었다. 그렇지만 그때는 다 털어버렸다. 신파였다. 우리가 감정에 휩쓸려 버린 거다.

"그런 말 하지 말아요." 내가 말했다.

"미래를 내다볼 수는 없잖아요…."

"우리는 말을 너무 많이 했어." 그가 말했다.

"늦었어. 이제 여기 같이 있어."

그는 가슴에 얼굴이 짓눌릴 정도로 나를 품에 꼭 안아주었다. 숨을 쉬려고 고개를 돌려 빼야 했다.

밤에 그는 잠을 설쳤다. 자주 뒤척이고 혼자 중얼거리기도 했다. 아침이 다가올 무렵에는 자다가 소리를 질러 나까지 잠이 깼지만 곧 조용해졌다. 무슨 말을 했는지는 듣지 못했다. 죄책감이야, 라고 생각했다. 내가 한 번도 못 본 아내를 생각했다. 부드러운 얼굴에 긴 갈색 머리를 목 뒤로 틀어 올린, 늘씬하고 나이 든 여자였다. 그 이미지가 뜬금없이 어디서 튀어나온 건지는 모른다. 평생 보아온 수많은 교수 아내들의 콜라주였을 것이다. 하지만 내가 떠올린 부인의 모습은 그랬고, 그 모습은 그 여자를, 그리고 그를 연민하게 만들었다. 그리고 나는 마음속으로 생각했다. 알지도 못하는 사람을 내가 배신했어. 마음속으로 그녀의 이름을 읊조렸다. 라일라, 내가 말했다. 예쁜 이름이야.

아침식사를 하며 마이클은 정신이 산만했고 안달하고 초조해 했다. 시뻘겋게 핏발이 선 눈을 자주 비볐다. 보고 있으면 당장이라도 테이블에서 벌떡 일어나 문으로 내쳐 달릴 것만 같았다.

"이런 세상에." 내가 말했다.

"누가 보면 비밀경찰한테 쫓기는 사람인 줄 알겠어요. 마음 편히 가지세요."

그는 부끄러워했다.

"미안해."

나는 그를 보고 미소를 지었다.

"아침에 절 본 적이 없으시죠. 제가 무서워서 도망가시는 거 아니에요? 저 완전 마녀처럼 보이죠." 손으로 입을 쭉 찢고 눈이 툭 튀어나온 시늉을 하고 찡그리며 그를 보았다.

그가 웃음을 터뜨렸다.

"너는 마녀지, 그렇고말고."

그러더니 테이블 위로 손을 뻗어 내 머리를 도닥여 주었다.

"하지만 아름다워."

그 말을 하고 몇 분도 안 되어 그는 가버렸다. 그 부재는 내 안에 두려움과 죄책감이 혼재된 새로운 감정을 창출했다. 아주 느릿느릿 설거지를 했다. 접시를 하나씩 기계처럼 정확하게 닦고, 하나씩 들고 창문으로 들어오는 햇빛에 비추어 반짝거리는지 확인했다. 그리고 아파트 전체를 청소했다.

바로 그 주, 패리스가 전화를 걸어 탈리아 극장에 영화를 보러 가자고 했다. 마이클은 그날 오후 나와 함께 있었다. 여섯 시가 되어도 가지 않았다. 나는 이제 영화를 보러 가야 하기 때문에 옷을 갈아입어야 한다고 말했다. 화장실에서 립스틱을 바르고 있는 동안 마이클은 내 뒤에 서 있었다.

"극장에는 누가 데리고 가는데?"

"아무도 '데리고' 가지 않아요. 내가 친구를 만나러 가요."

"어떤 친구?"

"패리스요. 패리스 얘기 했잖아요."

"그 미술비평가?"

"네, 마이클, 왜소하고 매력 없고, 하지만 재미가 없지는 않은 미술비평가요."

마이클은 괴로운 표정이었다. 그는 양복 재킷을 입었다.

"이제 나는 가주는 게 좋겠지." 그가 말했다.

"그래야 네가 준비를 하지."

"잠깐만요." 내가 말했다.

"선생님은 결혼하셨잖아요. 밤마다 부인한테 돌아가시잖아요."

그건 텔레비전에나 나오는 대화였다. 알고 있었지만 나는 밀어붙였다.

"그럼 저는 여기 있으면서 청승이나 떨까요?"

"그런 말을 한 건 아니야." 그가 말했다.

"내가 무슨 말을 할 처지가 못 된다는 건 잘 알고 있어."

소소한 불행들은 바로 그때부터 시작되었다. 탈리아까지 가는 길 내내 그 장면을 되새김질하며 내가 쓴 언어를 재고했다. 내 입장을 좀 더 잘 설명했다면 좋았을 거라 생각했다. 패리스를 만났을 때, 나는 처음으로 그를 포옹해 주었다.

"이거 왜 이래?"

"보고 싶었어."

나는 패리스의 얼굴에 대고 웃어주었다. 패리스가 나와 팔짱을 끼었고, 우리는 어두운 극장으로 걸어 들어갔다. 극장 안은 붐비지 않았고 나는 내 앞자리 시트 위로 다리를 올려두었다. 우리보다 몇 열 앞에 어떤 사람이 큰 소리로 방귀를 뀌었다. 패리스와 나는 서로 쳐다보고 웃음 지었다. 영화는 1927년 F. W. 무르나우가 감독한 〈일출〉이었다. 영화 시퀀스를 잘 기억하지도 못하고 전체 이야기를 재구성할 수도 없지만, 내게 그 영화가 미친 효과, 영화 속 도시의 모습(지옥의 카니발, 그로테스크한 놀이터)은 기억이 난다. 난 그걸 믿었다. 패리스는 간간이 고개를 돌려 나를 보았는데, 내 반응을 모니터하는 건 아닐까 의심하게 되는 것이었다. 실내의 어둑한 조명은 정감이 갔고, 스크린에 나오는 사람들 말고는 아무도 보지 않아도 된다는 게 기분이 좋았다. 곁에 패리스가 있지만 굳이 얼굴을 보지 않아도 된다는 게 다행스러웠다. 영화가 끝나고 나서 패리스가 웨스트사이드의 시끌벅적하고 패셔너블한 식당 '카페 뤽상부르'로 데려가주어 저녁식사를 했다. 나는 눈으로 정신없이 다른 테이블들을 구경하면서 걷잡을 수 없이 수다를 떨었다. 대화는 다 잊어버렸다. 그저 그날 저녁의 끝만 기억날 뿐이다. 패리스가 뭐라고 한 말에 내가 정신없이 웃고 있었는데, 문득 정신을 차려 보니 어느새 그가 심각한 얼굴로 나를 바라보고 있었다. 말을 꺼내기 전에 패리스는 한 손가락을 자기 연분홍 넥타이에 댔다가 앞으로 몸을 숙이고 내 머리칼을 쓸었다. 그러더니 자기 의자에 다시 기대어 앉았다.

"네 머리." 그가 말했다.

"길어지고 있네."

그를 똑바로 바라보았다.

"이 머리 마음에 들어."

패리스가 고개를 끄덕였다.

"예뻐." 그가 말했다.

"하지만 스포츠머리처럼 당돌하지는 못하지, 안 그래?"

나는 물끄러미 테이블을 내려다보았다.

"그래." 그리고 말했다.

"맞아."

마이클이 왔다 가곤 했지만 내겐 차이가 느껴졌다. 처음 몇 주일 동안 그는 우리의 간통을 호사스럽게 즐겼고, 만면에 웃음을 띠고 우리 집 문 앞에 서 있곤 했다. 하지만 이제 그는 무슨 사명을 짊어진 사람처럼 초췌하고 심각한 얼굴로 찾아오는 일이 잦아졌다. 가끔 내가 사는 아파트 내부를 흘끔거리

며 둘러보는 눈길을 보면 뭘 찾는 건가 싶을 때도 있었다. 넋
나간 사람 같은 그가 나는 불안했다. 기분이 왜 그런지 물으면
막연한 대답만 돌아왔다.

"선생님께서는 감당이 안 되시나 봐요."

한 번은 그렇게 말했다.

"도둑처럼 여기를 몰래 드나드시는 것 말이에요."

그는 그냥 고개만 저었고, 나는 더 추궁하지 않았다. 우리
사이의 침묵은 은근한 암시로 자리를 잡았지만, 그에 맞서 저
항하는 법을 나는 알지 못했다. 다만 그런 순간들에 나는 멀찌
감치 거리를 두고 그를 보게 되었다. 마치 군중 속에 있는 낮
선 타인처럼 말이다. 4월의 어느 날 오후, 마이클이 샤워를 하
고 아파트 거실에 딸린 간이주방 근처에 서 있었다. 수건 하나
밖에 걸치지 않은 모습이었다. 나는 그의 허리에 팔을 두르고
등에 기댔다.

"항상 커피 잔을 두 개 쓰는 거야?"

싱크대를 바라보며 그가 말했다.

"가끔 게을러서 설거지를 안 할 때가 있어요."

"누구 손님이 왔던 건 아니고?"

따분한 목소리로, 그가 말했다.

난 포옹을 풀고 그의 어깨를 잡아 내 쪽으로 돌려세웠다.

"안 돼." 내가 말했다.

"이러지 말아요. 제발 부탁이에요. 우리 사이가 다칠 거예요."

그는 나를 보고 고개를 끄덕이고는 입을 꼭 다문 채로 미소를 지었다.

"알아." 그가 말했다.

하지만 마이클은 온갖 곳에서 배신의 증표를 상상했다. 미처 돌려주지 못해 내 옷장에 걸려 있던 스티븐의 셔츠, 루스가 내 생일에 보낸 꽃, 심지어 우리 엄마의 편지까지. 내 책상 위에 굴러다니던 엄마의 편지는 말머리를 "사랑하는 아이리스"라고 시작하고 있었다. 그는 어떤 일로도 나를 비난하지 않았다. 심문은 언제나 완곡했다. "꽃을 받은 거야?"라든가 "누구한테 편지가 왔나 봐?" 그런 식이었다. 근거 없는 질투는 드물다. 내게 다른 연인은 없었지만 마이클은 내게서 단절을 감지했다. 아무리 순간적인 단절이라 해도 탓할 대상이 필요했던 거다. 의심은 위협의 분위기를 동반했다. 그가 양손을 격하게 비비면서 내게 말할 때가 있었는데, 그럴 때면 자기 손을 못 믿는 게 틀림없다는 생각이 들었다. 어떤 때는 마이클의 질투가 나를 외경심에 찬 구경꾼으로 만들어 버리기도 했다. 또 다른 때 질투는 질병처럼 내 안에 스멀스멀 들어와, 좌절감에 울부짖게 만들기도 했다. 바로 그게 문제였다. 나는 플레이어면서 동시에 플레이어가 아니었다. 나는 안에 있고 또 밖에 있었다. 주체적으로 결단을 내리지 못하는 끔찍한 인간, 그런 터무니없는 여자가 되어 있었다. 그러나 내 기분은 계산에 들어가지도 않았다. 마이클이 변했다. 이랬다저랬다 시시각각 달라졌다. 가까웠다가 금세 멀어졌다. 나는 양 극단을 셔틀처럼 왕복했고 긴장을 온전히 받아냈다.

스티븐과 사귈 때는 내가 반대편에서 질투를 앓았고, 그 질병에 내가 걸렸었다. 어쩌면 그래서 그런 경험이 익숙했는지 모른다. 그렇지만 거기서 그치지 않았다. 마이클이 던지는 위장된 비난·나의 부정·종국적 화해는 의례처럼 거행되었고 처음부터 재연의 힘을 지니고 있었다. 악을 쓰며 욕을 하든 달래가며 안심을 시키든, 내 입에서 나오는 말들은 닳고 닳은 각본에서 나오는 것 같았고 소극笑劇의 배우가 된 기분이 들었다. 이제 나는 진정한 사랑의 언어는 없고 오로지 소리가 있을 뿐이라고 믿게 되었다. 입을 열어 그에게 말을 하려 해도 연민과 애정을 담뿍 쏟아내려 해도 내 귀에는 무의미한 헛소리로만 들렸다. 그러나 우리는 계속 말을 하고 또 했다. 한 문장한 문장으로 틀에 박힌 관례를 파고 또 파 들어갔다. 죽은 표현들의 쓰레기더미로 포식을 했고 게걸스러운 탐식으로 악화되었다. 그는 허풍을 떨거나 청승을 떨었다. 나는 못되게 굴거나 멍청하게 굴었다. 그렇게 우리는 한쪽 극단에서 다른 쪽 극단으로 비트적거리며 몰려다녔고, 그 어느 쪽에서도 진정으로 존재하지 못했다. 그러다 우리 자신을 찾아서 옛날의 방식대로 서로에게 말을 걸었고 행복한 시간들이 이어졌다. 하지만 여전히 제 3의 존재가, 눈에 보이지 않고 질척거리는 또 다른 존재가 남아 있었다. 그가 내게 말할 때면 화두가 문학이든 철학이든 과학이든 이 다른 무언가, 제 3의 존재를 에둘러 빙빙 돌기만 했다. 모든 토론이 은근한 암시로 팽팽하게 차올라 있었다. 그의 말은 덜 직설적이고 더 모호하고 섬세해졌다. 잔인성과, 잔인성의 수수께끼와 사지를 절단하고 파괴하고자 하는 인간 충동에 대해 많이 얘기했다. 개인적 사디즘과 집단 야만주의에 대해서, 사이코패스들과 나치에 대해 말했다. 그런 토론들이 끝도 없이 이어졌다. 빙빙 돌다가 결국 원래 그 자리로 귀결되었다. 온갖 설명을 줄줄 풀다가 불신으로 끝맺었다. 마이클은 그 핵심을 찾고 있었지만 도저히 찾을 수 없었고 나는 그게 사적인 모색이고, 그 모색에 그가 나를 데려가려, 나를 끌어들이려 한다는 걸 알고 있었다. 그는 내 공모를 강요하며 말했다. "넌 이해하잖니." 아니면 "우리는 똑같이 생각하잖니." 그러나 그 시간의 절반은 내가 그를 따라가지 못했고, 그가 아우슈비츠에서 음악가로 살아남았지만 훗날 공공장소에서 딸의 뺨을 때린 후 자살을 하고 만 남자의 얘기를 해주었을 때는 왈칵 울음을 터뜨리고 말았다. 그는 다시 《잔인한 아이》 이야기를 꺼냈고, 죽음의 수용소에서 클라우스와 크뤼거의 운명에 대해 말할 때 내가 어떤 반응을 보이는지 살폈다.

"그 얘기는 이제 하지 말아요." 내가 말했다.

"왠지 점점 더 나빠지는 것 같아요. 그 멍청한 책에 처음부터 눈길도 주지 말 걸 그랬어요."

그때 그가 쓴 정확한 단어들을 기억하고 있다.

"이제 와서 우리가 시계를 되돌릴 수는 없어. 우리가 눈을 감으면 그게 어둠속에서 우리를 덮칠 거야."

'그것'이 무엇을 말하는지, 그 이야기인지 악인지 부정형의 존재를 뜻하는지 몰랐지만 나는 묻지 않았다. 그때쯤에는 듣고 싶지도 않았다. 동시에 나는 공포영화를 보러 간 사람이 눈을 가리고 손가락 사이로 빼꼼히 구경을 하듯 완전히 홀려 있었다.

마이클의 횡설수설하는 강의를 듣고 있자면 어김없이 난 그때의 그 술집과 권총으로, 차마 그에게 말할 수 없는 일로 돌아가곤 했다. 그때의 일화가 메스꺼우리만큼 반복적으로 다시 떠올랐다. 그렇지만 그건 잘못된 기억이었다. 내가 유체를 이탈해 그 짓을 저지르는 나 자신을 구경했기 때문이다. 결과적으로 나는 내 행위의 관객이 되었다. 충격에 빠져 바라보던 베이비돌 라운지의 구경꾼이 되었다. 하지만 그건 너였어, 나는 스스로에게 말했다. 총을 원했던 것도, 빼앗으려고 했던 것도 너였잖아. 동기는 설명이 불가능했다. 그렇게 나를 밀어붙인 충동은 클라우스와 함께 매장되었다.

　마이클은 내게 선물을 갖다 주곤 했다. 먹을 것이나 책 같은 작은 선물들도 있었지만 물건들도 있었다. 향수병, 토파즈와 금으로 된 아주 작은 귀걸이, 내가 꽃을 꽂아두는 오래된 마요네즈 병 대신 쓰라고 갖다 준 크리스털 화병. 나는 이런 봉헌을 사랑했고 내가 상자를 열 때 그기 짓는 표정을 사랑했다. 그럴 때면 젊어보였고, 나를 진심으로 기쁘게 해주고 싶어 하는 것처럼 보였다. 그러나 이런 징표들은 또한 내 삶의 삭막함을 덜어주었다. 그런 것들을 갖고 있으면 내 것이 아무것도 없다는 쓸쓸함에서 멀어질 수 있었다. 물론 상징성도 있었지만, 튤립과 데이지와 아네모네와 프리지아가 가득한 화병을 보고 있자면 마음의 위로가 되었다. 6월 초 마이클이 내게 준 선물이 결국 우리 사이의 마지막 선물이 되었다. 그는 아파트에서는 그리 멀지 않지만 컬럼비아 대학의 궤도 밖에 있는 작은 프랑스 레스토랑에서 저녁식사를 하자며 나를 데리고 갔다. 위험부담이 있었지만 우리는 감행했다. 내가 여름방학 일자리를 찾은 걸 축하하려는 자리였다. 나는 퀸즈 칼리지에서 1학년 영어를 가르치게 되었고, 강사료는 미미해도 안정적이었다. 우리는 먹고 마시고 웃었다. 그는 여러 번 테이블 위로 손을 뻗어 내 손을 꼭 잡아주었다. 다음 날 그는 여름휴가를 떠나게 되어 있었다. 버몬트에 부인 소유의 집이 있어, 거기

가서 함께 7월과 8월을 보낼 예정이었다. 이별의 주제는 우리 사이의 금기였기에 아예 입에 올리지도 않았다. 마이클은 나를 이 도시에 혼자 두고 떠나는 게 걱정이라고 했지만, 정말로 괴로운 건 내가 다른 남자들과 함께 있는 상상이라는 걸 나는 알았다. 그의 눈에서, 그의 입에서, 그의 몸에서, 그리고 모호하지만 불길하게 '여름'이라 칭하는 말에서 읽을 수 있었다.

저녁식사를 마치고 그는 내게 상자 하나를 주었다. 포장지는 금박이었고 연한 파랑색 리본이 묶여 있었다. 천천히 열어 티슈페이퍼를 들춰보니 실크 스카프가 들어 있었다. 흰색·남색·빨강과 녹색이었다. 한 귀퉁이에 디자이너의 이름이 새겨진 아름답고 값비싼 스카프였다. 나는 그걸 들어올리며 "이런 건 가져본 적이 없어요."라고 말했고, 어깨에 걸쳤다. 몸을 앞으로 숙여 그에게 키스를 했다. 식당에서 나올 때쯤에는 거의 열한 시 반이었고 우리는 내 아파트 쪽으로 걷기 시작했다. 마이클은 내 어깨를 한 팔로 감싸 꼭 끌어당겨 안고 있었다. 아는 사람들을 여럿 만날 수도 있었건만 마이클은 조심 따위는 바람에 날려버린 듯 대담하게 굴어서 나는 행복해졌다.

"이 익숙한 거리." 그가 말했다. "여기 너무 오래 살았어."

"얼마나 오래요?"

"15년이 다 되가는군."

서로 아무 말이 없다가, 얼마 후 내가 이렇게 말했다.

"전 여기 온 지 3년 됐어요. 이 거리들을 수백 번도 넘게 걸어 다녔지요. 거리의 리듬이 발에 아예 붙어 있어요."

그리고 말하기 전에 고개부터 주억거렸다.

"이 마지막 거리는 눈가리개를 하고도 걸을 수 있다고 내기해도 좋아요."

팔뚝을 싸고느는 그의 손가락이 느껴지기가 무섭게 그가 날카롭게 휙 고개를 돌려 나를 보았다. 그리고 손을 내 목으로 가져가 스카프를 어루만지며 세 번째 손가락으로 내 피부를 쓸었다.

"좋았어, 내기하자고." 그가 말했다.

"정말 할 수 있는지 보자."

"농담이시죠."

그가 한쪽 입가를 씰룩거렸고, 어둠 속에서도 그의 초록색 홍채가 보였다. 그가 발을 멈추고 스카프를 풀었다.

"돌아서 봐." 그가 말했다.

그 말을 듣자 복부에 짜릿한 흥분감이 느껴져 위장과 허벅지가 내 의지와 상관없이 딴딴하게 굳었다. 그는 무릎을 올려 받치고 반듯하게 스카프를 개었고 한 발로 서 있느라 잠시 비틀거렸다.

"돌아서 보라고." 그가 다시 말했다.

나는 그 말대로 했고 그는 실크 스카프를 둘러 내 눈을 가리고는 머리 뒤에서 단단히 매듭을 지었다.

"이건 미친 짓이에요, 아시죠." 내가 말했다.

아무것도 보이지 않았다. 천의 직조가 촘촘했다.

"정말로 앞이 안 보이네요." 내가 말했다.

"집에 갈 수 있겠어?"

"네." 내가 말했다.

"우리는 103번가에 있어요. 내가 블록을 세면 돼요. 하지만 선생님이 건물이나 차로 돌진하지 않게 지켜주셔야 해요."

"당연하지." 그가 웃음을 터뜨렸다.

"사람들이 우리를 보고 있어요?" 내가 물었다.

그가 내 팔꿈치에 손을 얹었다.

"신경 쓰이나?" 그가 말했다.

"아니요. 우리 시작해요."

그가 손을 거두었다. 나는 천천히 걸어 앞으로 나아가기 시작했고, 실패는 없다고 작정하고 한 발 한 발 디딜 때마다 연석을 확인했다.

"비틀거리고 있는데." 그가 말했다.

"참 나, 맹인들도 지팡이는 쓴다고요."

산들바람이 불었다. 이유는 모르지만 별들이 있을까 궁금했던 기억이 있다. 하늘을 보고 시작할 걸, 생각했었다. 마이클은 내 곁에 가까이 있었다. 어색하게 연석을 넘는데 밤공기에 훤히 노출된 느낌이 들었다. 나는 웃음을 터뜨렸다.

"사람들이 다 보고 있어요?" 내가 물었다.

"온 세상이 다 빤히 쳐다보고 있는데." 그가 말했다.

"우리가 미쳤다고 생각하지."

하지만 그 시각에는 거리에 사람들이 별로 없었다. 부산하게 우리 쪽으로 다가오는 발소리가 들려서 발길을 멈췄다. 마이클이 낮고 맑은 목소리로 말했는데 내게 한 말이 아니었다.

"내기예요, 부인, 그냥 단순한 내기입니다."

발걸음이 빨라졌다. 갑자기 웃음이 터져 나왔다. 어깨가 들썩거렸다. 마이클도 웃으면서 나를 끌어당겨 뺨과 턱에 키스를 했다.

"타임아웃." 그가 말했다.

그 여섯 블록은 오디세이가 무색했다. 시각과 함께 평형감각이 사라졌고 나는 갈지자로 비틀거리며 머릿속으로 한 블록 한 블록을 헤아려 전진했다. 마이클이 인도하려고 팔을 뻗었지만 난 그를 밀어내며 "할 수 있어요."라고 말했다.

109번가에서 나는 앞으로 손을 맞잡고 돌아섰다. 마이클은 곁을 떠나지 않았고, 암흑 속 그의 존재는 내게 유리했다. 보이지 않지만 그의 몸이 소정의 공간을 차지하고 있었고 숨 쉬고 기침하는 소리가 들렸다. 그 목소리에 귀를 기울이며 짓궂은 표정을 상상했다. 더듬거리며 내가 사는 건물의 벽돌담을 찾아내 손으로 쓸면서 곧 나타날 현관 앞 계단에 대비했지만 계산을 틀리는 바람에 금속 물체에 부딪혀 그만 옆으로 넘어질 뻔했다. 마이클이 내 허리를 안아 잡아주었고, 나는 기진맥진해서 그의 품안으로 쓰러졌다.

"쓰레기통이야." 그가 말했다. "하지만 어쨌든 해냈군."

스카프를 벗으려고 손을 뻗었지만 그가 내 손을 잡았다.

"아직 안 돼." 그가 말했다.

"하지만 너무 피곤한 걸요. 더이상은 못 해요."

"내가 데리고 갈게." 그가 말했다.

"안에 들어갈 때까지는 하고 있어."

마이클이 나를 덥석 안아 들고 계단을 올라갔다. 놀랍게 힘이 세어 보여 그의 품에 뺨을 기대고 몸을 내맡겼다. 마지막으로 이렇게 안아준 사람은 잠든 나를 자동차에서 안아 내려주던 아버지였지, 하는 생각이 들었다. 오래 전, 아주 오래 전의 일이다. 마이클이 나를 내려 세워주고 가방을 받아들었다. 짤랑거리는 열쇠 소리, 문소리가 들렸다. 그가 나를 안으로 잡아끌었다. 복도의 불빛이 눈을 가린 천을 뚫고 스며들었다. 이번에도 그는 나를 안고 걸었다.

"그러다 다치겠어요, 마이클." 내가 말했다.

그러나 그는 대답하지 않았다. 무겁게 숨을 몰아쉬며 마지막 짧은 계단 한 층을 올라가 다시 나를 내려놓고 문을 열고

나서 안으로 끌어당겼다. 문이 닫히며 쾅 소리가 났다. 발로
차서 닫은 모양이었다. 다시 스카프를 벗으려고 손을 올렸지
만 이번에도 그가 막으며 말했다.

"아니, 지금은 말고. 딱 이번 한 번만 네 눈이 안 보이면 좋
겠어."

그기 내게 키스를 했는데 차라리 보이지 않으니 좋았다. 아
무 남자라도 상관없는 기분이었다. 익명성은 그의 것이고 또
내 것이었다. 앞이 보이지 않으니 아예 내가 사라진 듯, 어린
애 같은 생각을 했다. 아니 적어도 내 몸의 경계가 불안정해지
고 있었다. 우리 중 한 사람이 헉, 하고 숨을 몰아쉬었다. 누구
였는지조차 알 수 없었고 이런 혼란에 내 심장이 쿵쿵 두방망
이질을 쳤다.

우리는 다른 방에 있었다. 그가 손으로 내 어깨를 눌러 침
대에 눕혔다. 빛이 없었다. 그는 빠른 손놀림으로 내 옷을 잡
아당겼다. 눈이 멀다, 그 말이 나를 흥분시킨다, 나는 생각했
다. 가라앉고 있었다. 그가 내 손목을 잡고 머리 위로 팔을 치
켜들어 정복의 제스처를 취했고, 이를 인식한 나는 성적으로
흥분했다. 그 역할을 받아들이고 연기했다. 우리가 타자의 반
복이라고 인식하는 무대의 연출에 쾌락이 있었다. 말하지 않
고도 나는 그걸 알았고, 내 여성성이 다른 모든 여자들이 즐
기는 게임이라고 느꼈으며 그 수수께끼 같은 정체성의 인식

속에서 나 자신을 잊고 몰입했다. 그 역시 몰입했고 나는 그가 본 건 무엇이었는지, 누구였는지 궁금했다. 하지만 중요하지는 않았다. 푹 빠져 가라앉자, 나는 생각했다. 그러자 팽팽하게 당겨진 눈가리개 아래 관자놀이에서 쿵쿵거리는 맥박이 느껴졌다. 하지만 그때 그가 다급한 마음에 사로잡혀 나보다 앞서 달려 나가기 시작했다. 키스를 하려고 그이에게 얼굴을 가까이 대었지만 그는 외면했다. 새로운 리듬을 찾으려 했지만 아예 리듬이란 게 없었다. 깔고 누운 담요가 등에 닿아 거슬렸다. 눈가리개를 조정하려고 손을 들고 싶었지만 열에 달떠 몰입한 그가 팔을 붙잡고 있었다. 그의 피부는 뜨겁고 끈적끈적했다. 내가 마음속의 드라마에서 빠져나와 방황하자 몸이 죽어버렸다. 그의 손 때문에 손목이 아파서 팔을 빼려고 발버둥 쳤지만, 그는 다시 홱 꺾어 뜨끈한 시트 위로 눌렀고 그 맹렬한 격분에 나는 충격을 받았다. 이런 순간에 생각을 하게 된다는 건, 그 생각이 자유로이 움직인다는 건, 그래서 그때 내가 우리가 나눈 대화를 기억해냈다는 건, 참 이상한 일이다. 차마 형용할 수 없는 행위, 간질 발작 같은 잔인성, 클라우스. 두려움에 사레가 들려 내 입에서 나오는 괴성이 귓전에 들려왔다. 경계하는 짐승 같은 소리, 그때 내가 말했다.

"싫어!"

그가 손으로 내 입을 틀어막았다.

"쉬이이이! 누가 듣겠어."

"싫어요!"

자유로운 한 손으로 그와 싸우면서 다시 비명을 질렀다. 그가 그 손을 움켜쥐었고 나는 그의 몸 아래 깔린 채 발길질을 하고 또 소리를 질렀다.

"마녀."

으르렁거리며 부른 그 이름에 울음이 터졌다. 그가 내 싸대기를 때렸다. 통증에 어안이 벙벙했다. 저 사람은 몰라, 나는 생각했다. 아직도 드라마 안에 있어. 알 리가 없어. 내 위에서 밀어붙이며 끝까지 질질 끌고 가려고 애쓰던 그가 또 내 입을 틀어막았다. 하지만 나는 한 손으로 주먹을 쥐고 등을 때리며 입으로는 그의 손가락을 더듬어 찾았다. 손가락을 깨물면서 나는 울부짖는 그의 괴성을 똑똑히 들었고, 그 소리에 행복감을 느꼈다. 그가 떨어져 나갔고 나는 일어나 앉아 얼굴의 스카프를 찢어 침대 위에 던져 버렸다. 담요를 끌어당겨 어깨에 덮고 온몸을 완전히 가렸다. 그에게서 멀찌감치 물러나 창가 쪽의 침대 귀퉁이에서 밖을 내다보았다. 마름모꼴 보안 창살 너머로 달빛과 아득한 네온 불빛에 밝혀진 저 아래 통풍공이 보였다. 땅바닥에 흐트러진 쓰레기와 돌멩이들이 널브러져 있었다. 저 돌멩이들은 어디서 온 걸까, 궁금했다.

마이클이 신음소리를 냈고 나는 고개를 돌려 그를 보았다.

맨다리를 쫙 벌리고 셔츠를 풀어헤친 채로 침대 끝에 걸터앉아 있었다. 그는 울고 있었다. 나는 부르르 떨리는 등과 그로부터 나오는 낯선 소리에 매료되어 그를 바라보았다. 짧고 불규칙하게 터져 나오는 소음이었다. 불행에 휩싸인 그는 추했고 나는 혐오감을 느꼈다. 얼마나 오래 우리가 그렇게 있었는지, 얼마나 오랜 시간이 흐른 뒤에 내가 심경의 변화를 느꼈는지, 그건 말하기가 어렵다. 심경의 변화는 애가 끊어지는 날카로운 감각으로 다가왔고 나는 그를 연민했다.

그는 말을 하고 있었고, 단어는 흐느낌으로 위장한 채 흘러나왔다. 뭐라고 말하고 있는 거지? 나는 생각했다. 알아들을 수가 없어. 그래서 담요를 끌고 찔끔찔끔 다가갔고, 아주 가까이 다가가서는 손을 뻗다가 망설였다. 마침내 손가락을 살짝 그 어깨에 대었다. 그의 뺨에 줄무늬처럼 난 젖은 눈물 자국이 도저히 믿기지 않았다. 문장의 파편이 내 머릿속에 들어왔다가 사라졌다. 입을 벌렸다가 다물었다. 그러다가 속삭였다.

"왜 그랬어요?"

그는 무릎 위로 깍지를 끼고 손바닥을 비비며 고개를 저었다. 그 손가락들을 물끄러미 바라보던 나는 한쪽 손등에서 내가 깨물어 피를 낸 자국, 아주 작은 상처를 보았다. 그 손에 머무르던 시선을 옮겨 침대 위 하얀 시트 위에 여전히 묶인 채 놓여 있는 스카프를 보았다. 이상해, 나는 생각했다. 모든 게 이상해.

마이클이 움직여 우리 맞은편 긴 거울에 비춰볼 수 있는 자리로 갔다. 우리는 거울에 비친 상을 바라보았다. 나는 그를 보았다, 부드럽고 파리한 뱃살을, 깊은 배꼽과 축 늘어진 성기를 보았다. 눈을 돌렸다. 이미 다 보아 버렸다. 거울 속에서 본 그 몸은 코믹한 공포를 자아내는 물건이었다. 나약하고 노화하는, 부패의 장이었다.

그 또한 그것을 보았다.

"내 꼴 좀 보라지." 그가 말했다.

"노인네로군, 부조리하고 경멸해 마땅한."

나는 그의 뒤로 가서 거울 속 내 모습을 자세히 보았다. 작은 머리와 산발한 머리, 핏기 없는 얼굴, 눈 아래 어두운 그늘, 담요를 잡고 있는 가는 손가락. 손을 풀자 몸을 가리고 있던 담요가 침대로 떨어져 나의 벌거벗은 몸이 드러났지만, 그때 내가 본 건 내 입이었다. 입술이 아주 빨갛고 통통 부어 있었는데, 그건 적나라한 관능성의 외로운 상징이자 광고였다.

마이클은 내 거울상에 홀려 박제된 사람 같았다.

"눈을 돌려요, 마이클." 그에게 속삭였다.

"거울. 그렇게 빤히 보지 말아요."

그는 거울 속 내 눈을 마주보았고 우리의 거울상은 똑바로 대면한 채 고정되었다.

"너도 보여?" 그가 말했다.

"뭐요?"

"해답. 저기, 네 안에, 네게 걸려 있잖아."

나는 말하지 않았다. 그가 나를 보았다.

"아니요." 내가 말했다.

"그건 선생님이 본다고 생각하시는 거죠. 우리 사이의 해묵은 그것, 선생님이 말하려고 했던 것, 나한테 말하려고 애썼던 것⋯."

말을 끝맺을 수가 없었다. 이어진 기행奇行에 지쳐 있었다. 말에 신물이 났다.

마이클은 계속 자기 자신을 바라보다가 거울 속 내 모습을 보았다. 나는 시야 밖으로 벗어나 다시 담요 주름 밑에 몸을 숨기고 창문을 열었다. 공기가 필요해, 생각했다. 그리고 한껏 들이쉬었다. 싸늘한 공기에서는 가솔린·먼지·벽돌 냄새가 났다.

"오늘 밤," 그가 말했다. "나는 내가 아니라 다른 사람이었어."

그가 기다렸지만 난 아무 말도 하지 않았다.

"그건", 그가 말을 멈췄다, "용서할 수 없는 짓이었어."

"날 때렸어요."

내가 말했다. 그 말을 하는데 울컥했고 감정이 되돌아왔다.

입술을 꼭 깨물고 눈을 감았다.

"믿을 수가 없어."

그는 이 말을 조용히, 혼잣말로 했다.

우리는 침묵했다. 이윽고 내가 그에게 다가가 말했다.

"그런 일이 생길 줄 알았어요. 거의 예상하다시피 했어요."

그는 눈을 내리깔고 무릎을 보았다.

"마이클."

이제 나는 속삭이고 있었다.

"그런 건 어디서 온 거에요? 이해가 안 돼요."

그가 날카롭게 고개를 홱 젖혔다.

"내가 말해줄 수 있을 것 같아? 내가 안다고 생각해?"

"'마녀'라고 했어요."

그는 얼굴을 돌려 나를 보았다. 텅 빈 눈빛이었다.

"기억이 안 나요? 날 마녀라고 불렀어요."

그의 입술이 달싹거리면서, 그 말을 소리 없이 되뇌었고, 나는 그에게 설명했다. 방안은 여전히 어두웠고, 거실의 알전구불빛만 설핏 비쳐 들어오고 있었다. 그거면 충분했다. 스탠드불은 켜지 않기로 했다.

"가끔은 우리가 행하고 우리가 말하는 게 그저 반복에 불과하다는 생각이 들어요, 이미 예전에 다 일어난 일이라고." 내가 말했다.

"기시감이로군." 무감정한 목소리로 그가 말했다.

"아니, 그거 말고요. 똑같은 게 아니고요, 막연하게 같다고요. 마치 우리가 포기할 수 없는 패턴이나 사유에 갇혀 있는 것처럼, 코가 꿰어 끌려가고 있는 느낌….."

"지금 철학적 논쟁을 하고 싶다는 거야?" 그가 말했다.

"맙소사!"

그는 벽에 대고 외쳤다.

"아니요, 그저 무슨 일이 벌어진 건지 이해하고 싶을 뿐이에요."

"아이리스, 우리가 심판의 날까지 얘기를 해도 답은 나오지 않을 거야."

"선생님은 나의 일부분만, 아니 나 자신의 편린만을 원했다고 생각해요. 그래서 그걸 드리려고 애썼지만 잘되지 않았어요. 전부 왜곡되어서….."

아직도 그는 고개를 돌려 나를 보지 않았다.

"그 술집에서 너를 다시 찾아냈을 때, 아이리스, 넌 길 잃은 소년 같았어, 초췌하고 광기 어린 눈빛의 아이, 약간 미치기도 했었지. 내가 그걸 잊었다고 생각해? 난 항상 그 생각을 해."

"타락에서 나를 구해주었다 그 말씀이세요?"

"아니, 이건 그보다 더 나쁠 수도 있어. 모르겠어. 내 말뜻은 내가 널 보았다는 거야. 정말로 널 보았다고. 그리고 내가 본 건 단순하거나 하찮지 않았어. 복잡하고 양가적이고 신비로웠고, 그게 날 미치게 만들었어."

"제 탓을 하시는군요." 내가 말했다.

"아니, 내 탓을 하는 거야. 내 바지 어디 있지?"

"뭐라고요?"

"내 바지."

"내가 깔고 앉았어요, 마이클." 내가 밀쳤다.

"미안해요."

"그런 소리 마, 아이리스. 내가 못 견디겠어."

나는 그에게 바지를 던져주었고, 그는 일어섰다. 나는 하얀 그의 뒷다리, 허벅지 근육을 보았다. 그는 팬티를 입고 갈색 코듀로이 바지를 입었다. 셔츠는 여전히 풀어헤친 채로 돌아서서 나를 보았다. 나는 침대 옆 스탠드 불을 켜고 그를 보았다. 가슴의 검은 털 사이로 자라나는 회색 털이 눈에 띄었다. 그 모습이 안쓰러워 가슴이 아파왔다. 그는 셔츠 단추를 채우고 있었다. 나는 그의 양손을 잡고 내게로 끌어당겼지만, 그는 경직된 채로 내 옆 침대 위에 앉았다.

"나는 받을 수가 없어, 아이리스." 그가 말했다.

"네 연민·용서·뭐든. 지금은 못 해."

그는 혼자 고개를 주억거렸다.

"감정을 모조리 실행에 옮긴다는 건 미친 짓이야. 찰나의 충동에 흩날려 밑도 끝도 모를 곳으로 날려갈 수는 없잖아. 연민·사랑·분노·질투."

그리고 고개를 돌려 찌푸린 얼굴로 나를 보았다.

"지금은 네 얼굴에서 볼 수가 있어. 견딜 수 없는 친절·슬픔·선의의 표정. 하지만 오래 가지 못할 거야."

"그게 우리가 가진 전부예요, 마이클. 이처럼 벅찬 감정의 순간들. 이 순간들은 사라졌다가 돌아와요. 성인들도 가끔은 잔인한 걸요."

확실히 이해할 수 없는 이유로 난 이 말을 덧붙였다.

"내게서 돌아서지 말아요. 말이 안 되잖아요."

"완벽하게 말이 돼."

그는 턱을 치켜들고 천정을 물끄러미 응시했고, 나는 그의 목선, 툭 튀어나온 목울대를 보았다. 그리고 그는 고개를 툭 떨구었다.

"우리는 스스로를 괴물로 만들어 버릴 거야, 모르겠어? 아니면 적어도 내가 그렇게 될 거야."

"아니요. 그건 틀렸어요."

마이클은 고개를 흔들면서 마룻바닥에 떨어져 있는 상의를 주웠다.

"제발 가지 말아요." 내가 말했다.

그는 나를 봤지만 대답하지는 않았다.

"내일 떠나시죠."

나는 넥타이를 바지주머니에 쑤셔 넣는 그를 바라보았다.

"여기 있어요. 오늘밤은 여기 있어 줘요."

"안 돼."

그가 일어섰다.

"내 말 좀 들어봐요." 내가 말했다.

"나한테 말해주지도 않고 가실 순 없어요. 우리는 이 문제를 해결해야 해요, 분명하게 해둬야 해요."

그는 다른 방으로 들어가서 돌아섰다. 위에서 때리는 날카로운 조명 때문에 죽은 사람처럼 보였다. 핏기 없는 얼굴은 가면이었다.

나는 그를 향해 갔다, 망토처럼 담요를 끌고 가서 그 앞에 섰다.

"이러지 말아요, 마이클." 내가 말했다.

그는 차분하게 나를 보았다. 그러더니 고개를 끄덕이고 입을 달싹였다. 난 잠시 그가 또 우는 게 아닐까 생각했지만 그러진 않았다.

양손으로 그의 얼굴을 잡느라 담요를 떨어뜨렸다. 열린 창에서 불어오는 산들바람이 내 맨살에 스쳤다.

"모든 게 가능해요." 내가 말했다.

"바로 지금, 우리는 선택할 수 있어요. 우리는 다시 시작하기로 결심할 수 있어요."

내 손가락들이 그의 뺨을 꼭 눌렀다. 이 말들이 나를 흥분시켰고 눈물이 뺨을 타고 흘러내렸지만 흐느껴 울지는 않았다. 말을 했다.

"선생님은 이해 못하시지만 나는 해요. 이건 우리를 새로운 세상으로 보내줄 수 있는 위기라는 걸요."

미소를 지어 보였다.

"이제 다 괜찮아요."

손을 떼고 두 팔을 벌려 내밀었다. 웃음이 터져 나왔다. 정말이었다. 내겐 확신이 있었다. 내 턱이 떨리고 있었다. 나는 울면서 웃었다.

"기적이라는 게 있잖아요." 내가 말했다.

마이클은 눈을 가늘게 뜨고 물끄러미 쳐다보았다. 아무 표정도 없는 얼굴로.

난 멈추지 않았다.

"간단해요." 내가 말했다.

"단 하나의 제스처, 하나의 신호만 해주면 돼요. 그러면 다 돼요."

마이클은 움직이지 않았다.

나는 입술을 깨물었다. 이제 끝났다. 그래서 그를 보지 않으려고 고개를 돌렸는데 문득 〈라푼젤〉의 결말이 기억났다. 그녀의 눈물 두 방울이 장님이 된 그의 눈에 떨어지자 그는 앞을 볼 수 있게 된다. 옷장으로 가서 가운을 찾아 천천히 입으면서 허리를 묶는 끈에 온 신경을 집중했다. 그리고 돌아와 그를 마주했다.

"편지 쓸게." 그가 말했다.

나는 고개를 끄덕였다. 그리고 그를 보고 미소 지었다. 그가 움찔하며 물러선 것으로 보아 끔찍한 미소였던 게 틀림없다. 그는 구부정한 어깨를 하고 바닥을 바라보았다. 그 동작과 함께 그는 과거로 들어갔다. 재킷을 걸치고 내게 다시 키스를 하고 문으로 걸어갈 때 그는 이미 추억이었다. 문간에서 발길을 멈추고 나를 보던 그는 사진처럼 가만히 멈춰 있었다. 내가 작별인사를 했을 것이다. 잘 모르겠다. 그가 떠나고 방안의 사물을 본 기억이 난다. 테이블과 의자 두 개, 임시변통으로 쓰는 소파, 바닥에 떨어져 있는 담요를 뭐랄까, 남의 일처럼 초연한 호기심으로 봤던 것 같다. 그리고 거의 동시에 내 양복 생각이 났다. 어렸을 때는 세상 만물을 다 살아있는 것으로 상상했었지, 나는 혼잣말처럼 말했다. 장난감들에게, 스푼과 포크에게, 신발에게 말을 걸었어. 문을 잠그면서 나는 그 세계를 되살리고 싶다는 욕망에 왈칵 휩싸였다.

여름이 왔다, 뜨겁고 낯익은 여름. 첫 월급으로 에어컨을 샀다. 퀸즈의 내 학생들은 단편 소설을 읽었다. 멜빌·호손·체호프·바벨*·카프카를 읽었다. 일주일에 닷새 동안 나는 지하철을 타고 가서 버스로 다시 갈아타고 플러싱으로 출근했다. 매일 밤늦게까지 문법과 딕션을 교정하고 논리의 결함과 말도 안 되는 헛소리를 수정하며 긴 야근으로 불면증을 유보했다. 마이클은 편지를 쓰지 않았다. 나는 항상 그를 생각했고, 그를 생각하면 클라우스가 생각났다. 어떤 감정이―죄책감·슬픔·우울증―내 갈비뼈 아래 자리를 잡고 들어앉아 나를 거의 떠나지 않았다. 휴지기가 있으면 어김없이 자라나는 감정이었다. 강의나 논문이나 대화를 쉬면 어김없이 커졌다. 혼자 있을 때면 그 거친 감정의 응어리 말고는 아무것도 느껴지지 않았기에 얼른 사라졌으면 좋겠다고만 생각했다. 나 자신을 정화하고, 누군가에게 그 이야기를 다 털어놓아 버리고픈 욕구가 나를 괴롭히기 시작했다. 말을 해야만 했다.

한창 농익은 7월에는 《잔인한 아이》를 강의했다. 정본이 아직 나오지 않아 원고를 복사해 학생들에게 나눠 주었다. 악이라는 문제를 놓고 이틀 동안 학생들을 들볶았다.

---

* 이사크 바벨Isaak Emmanuilovich Babel(1894~1941), 우크라이나 오데사 출신의 러시아 유대계 소설가. 단편집 《오데사 이야기》(1925) 《기병대騎兵隊》(1926), 희곡 《일몰日沒》(1928) 등의 작품으로 1920년대 러시아 문학을 대표하는 작가의 한 사람이 되었으나, 1930년대 이후에는 침묵을 지키다가 1939년 숙청 때 허위밀고로 체포된 뒤 소식이 끊겼는데, 숙청당하여 희생된 것으로 보인다.

"클라우스가 누구냐고?"

나는 두 번째 강의를 마무리할 무렵 놀란 얼굴들을 앞에 두고 결국 울부짖고 말았다. 티나 재워스키가 손을 들었다.

"잘 모르겠습니다, V 선생님."

그녀가 말했다.

"전 상당히 정상적인 아이라고 생각해요. 실제로 뭐 '하는' 일이 별로 없잖아요."

그녀는 잠시 생각했다.

"우리 오빠가 일곱 살 때 키우던 거북이를 죽여서 화장실 변기에 넣고 물을 내려 버렸어요. 그러고는 악을, 악을 쓰고 울었죠."

학생들이 웃었다. 나는 책상머리에 앉았다.

"내일 봐요."

나는 십 분 일찍 말해버렸다.

크뤼거의 중편소설에는 아무 단서도, 근거도 없었고 아무것도 설명해주지 않았다. 이야기는 주의를 돌리기 위한 속임수였다. 그래서 나는 공허하게 남았다. 그때 나는 루스에게 양복을 돌려주고 클라우스와 마이클 이야기를 털어놓기로 결심했다. 우리는 톰스 레스토랑에서 만났다.

도착했을 때 루스는 벌써 와 있었고, 내 눈에는 옛 친구가 아름다워 보였다. 빨간 머리는 정수리로 느슨하게 틀어 올리고 소박한 녹색 원피스 차림에 브론즈 샌들을 신고 있었다. 루스는 이제 학생처럼 보이지 않았다.

"잘 지냈어, 아이리스?" 진지한 표정으로 루스가 말했다.

"난 괜찮아, 만나서 반가워, 정말 반가워. 넌 예뻐 보인다. 행복해 보이고."

"행복해." 루스의 눈빛이 차분했다.

그 표정에서 나는 열린 틈새를, 새로 시작할 자리를 보았다. 숨을 몰아쉬었다. 드라이 클리닝 된 양복이 백에 든 채로 내 옆에 놓여 있었다.

"남동생 양복 가지고 왔어." 내가 말했다.

그녀는 무슨 영문인지 모르겠다는 표정을 하더니 곧 말했다.

"아, 그거! 까맣게 잊고 있었네. 틀림없이 걔도 잊었을 거야."

"너한테 꼭 해야 할 얘기가 있는데, 루스…."

나는 나지막한 목소리로 말했다.

"그 후에도 몇 번 그 옷을 입었어…."

루스가 미소를 지었다.

"괜찮아, 아이리스. 엄청 불길한 목소리로 말하기에, 뭐, 완전히 다른 얘기를 하려나 그랬는데."

나는 아무 말 하지 않고 루스의 금 귀걸이를 보았다. 로버트 코엔은 부자인가 보다고, 결론을 내렸다.

"나 저질렀어, 아이리스." 루스가 말했다.

"저질러?"

"우리 결혼했어."

"너하고 그 저명하신 코엔씨?"

"아, 아이리스." 루스가 말했다.

"로버트를 안 좋아하는구나."

"그렇지 않아." 내가 말했다.

"좋아해."

"시내 법원에서 했어. 법석 떨지 않고 신속하게. 하지만 우리 파티를 하긴 할 거야. 그리고 너도 초대하려고, 또…."

"그리고 너 많이 행복하구나." 내가 말했다.

"그래, 하지만 그게 다가 아니야."

나는 루스를 보고 웃었다.

"좋아, 어디 말해 봐."

루스는 일어나서 배를 덮은 원피스 천을 매만졌다.

"나 임신했어."

"어머, 루스."

나는 말했고, 팔을 벌리며 한 번 더 그 말을 했다. 루스는 나를 꼭 안아주었고, 물러서서 보니 루스의 얼굴이 복받친 감정으로 씰룩거리고 있었다.

차마 말할 수가 없었다. 내 침묵의 원인은 아기라는 걸, 루스가 임신했다는 사실 그 자체라는 걸 알았다. 그렇지만 태어나지도 않은 루스의 아기가 왜 말하는 걸 불가능하게 만들었는지, 그건 지금도 모를 일이다. 헤어지기 전에 나는 말했다.

"딸이었으면 좋겠다."

"난 정말 상관없어." 루스가 말했다.

"둘 중 하나기만 하면 돼."

그렇게 말하며 웃음을 터뜨렸다.

"알아." 내가 말했다. "하지만 나는 딸이 좋아."

"그러면 나도 딸이기를 빌게." 루스가 말했다.

"너를 위해서."

패리스가 8월 중순 다시 표면으로 부상했다. 교정하지 않은 1학년 영작문 50개를 들고 퀸즈에서 돌아오는 길이었는데, 떡하니 그가 진한 황록색 정장 차림으로 우리 집 건물의 계단에 앉아 〈인터뷰〉지를 읽고 있는 것이었다.

"오디세우스." 그가 말했다.

"마침내 고향인 내게로 돌아왔군."

나는 그를 보고 씩 웃었다.

"오랜만이야, 페넬로페."

"기나긴 세월이었지만 오로지 당신만을 기다리며 정절을 지켰다는 걸 알아주길 바라."

"여기 얼마나 오래 앉아 있었어?"

"별로 오래 되지 않았어." 그가 말했다.

"타이밍이 불가해할 정도라니까."

눈가에 쪼글쪼글한 잔주름을 바라보며 내가 말했다.

"그렇게 생각한다니 정말 기뻐. 저녁 같이 할까?"

"기꺼이." 내가 말했다.

패리스가 내 손을 잡고 힘을 꼭 주었다. 무더위에 햇살이 아른거렸다. 나는 길 건너 석회석 건물을 빤히 쳐다보았다. 누가 2층 창문의 블라인드를 걷었다. 여자의 벗은 팔뚝을 보자 마이클이 생각났다.

패리스는 내가 샤워를 하고 옷을 갈아입는 동안 기다려주었다. 패리스는 전에 내 아파트를 본 적이 없었고, 내가 침실에서 나오자 집안 살림이 간소하다고 한 마디 했다.

"그건 미화한 표현이잖아, 패리스. 사실은 내가 교회 생쥐처럼 가난하다는 거고. 그렇게 세심한 배려라니 깜짝 놀라겠는데."

"지금 최고로 점잖게 행동하고 있는 거야."

그는 나를 데리고 트라이베카의 오데온으로 갔다. 대체로 블랙으로 차려입은 젊은이들의 성원을 받아 운영되는 반짝반짝하고 붐비는 곳이었다. 한껏 치장을 한 우아한 부류의 청년들이 실내로 들어오면 강렬한 자의식이 눈에 띄는 행동거지처럼 두드러졌다. 레스토랑은 흘끗 던졌다 재빨리 거두는 눈길들이 얽힌 혼돈의 도가니였다. 마음속으로 딱지를 붙이며, 시크하고 아름다운 사람들은 숭모의 대상이 되고 그렇게 시크하지 않고 그렇게 아름답지 않은 사람들은 즉결 처분을 받고 버려진다. 왜소한 패리스와 팔짱을 끼고 들어갈 때는 2인치 힐을 신고도 거인이 된 기분이었고 매장 할인 코너에서 산 내 드레스가 출신성분을 들키지 않기만 바라는 마음이었다. 그러나 막상 테이블에 자리를 잡고 앉자 긴장이 풀어졌다. 패리스가 샴페인을 샀고 다른 테이블 손님들 중에서 자기가 아는 사람들에 대해 재미있는 이야기를 들려주었다.

"저 자주색 점프수트 입은 여자 보여? 저 들창코? 부자, 부자, 말도 못 하게 부자야. 갤러리를 소유하고 있는데 사실 아빠가 무기거래로 번 돈이지. 그리고 저쪽에…."

그가 고갯짓을 했다.

"저 사람은 화가 릭 홉스야. 이제는 한물가서 오렌지밖에 안 그리지만. 작품이 거지같아. 뭐 자기 몫의 명성은 이미 누린 셈이고…."

나는 입을 떡 벌리고 다양한 인물 군상을 하나씩 구경했다.

"아이리스, 그렇게 대놓고 쳐다보는 건 점잖지 못하다는 걸 대체 언제 배울 거야?"

"어떻게 지내, 패리스?" 내가 물었다.

그의 얼굴에서 미소가 싹 사라졌다.

"별로 잘 지내지 못해." 그는 가슴에 손을 얹었다.

"어젯밤에 마비가 왔었어. 숨이 쉬어지지 않더라고."

"어떡해."

"수전이 목요일에 나를 떠났어. 아직 아파트에 수전이 버리고 간 살림이 많아."

"같이 사는 줄 몰랐어." 내가 말했다.

"살다 말다 했지. 가끔은 살고 가끔은 말고."

"정말로 다 끝났어?"

그가 생각에 잠겨 머리를 흔들었다.

"아직 신발장에 수전의 구두가 스물일곱 켤레나 있다니까."

"스물일곱 켤레?"

"내가 세어봤어."

"세상에 구두가 스물일곱 켤레가 되는 사람이 있나 보네."

패리스가 앞에 놓인 라즈베리 타르트를 보았다.

"내가 만나던 남자도 나를 떠났어." 내가 말했다.

이 무미건조한 말에 얼굴이 붉어졌다. 패리스가 수전 얘기를 할 때는 자연스럽고 매끄러웠는데, 사생활처럼 느껴지지도 않았는데. 내가 마이클의 이름을 입에 담자 목이 메일 것만 같았다.

패리스가 눈길을 들었다.

"스티븐이 아니고?" 그가 말했다.

"나 스티븐 알아."

"그래?"

"그래. 어떤 모델이랑 어울리고 있더라고, 완전 멍청이."

"아."

스티븐이 병원에 병문안을 왔었고, 그 후로는 본 적이 없다. 패리스와 스티븐의 연결에는 놀랄 것도 없었다. 스티븐이 미술비평을 쓴다는 얘기를 들었고 그 세계는 좁으니까. 그럼에도 불구하고 나는 약점을 잡힌 느낌이었다.

"그러니까 스티븐이 내 얘기를 했다는 거야?" 내가 말했다.

"연애 얘기를 시시콜콜하게 다 말한 건 아니야. 혹시 그런 걱정을 하고 있을까 봐 하는 얘기지만." 그가 말했다.

"그냥 옛날 여자 친구였다고만 했어."

패리스가 짤막하게 웃음을 비쳤다.

"너하고 나이든 남자하고 무슨 염문이 있다는 얘기는 하더라. 교수라고 했던가…."

나는 입술을 꼭 다물고 패리스를 빤히 바라보았다. 숨는다는 건 불가능하구나, 생각했다. 비밀이란 우리 상상 속에만 있는 거야.

패리스가 얼굴을 자글자글하게 찌푸렸다.

"미안해." 그가 말했다.

"뜬소문, 그냥 돌아다니는 소문일 뿐이야. 사람들이 나에 대해서 무슨 소리를 하고 다니는지 알아. 그게 다 사실이면 나는 지금쯤 하버드 의대의 유리단지 속에 들어 앉아 있을 걸."

루스가 해줬던 자살한 화가 얘기가 기억났다. 죽은 그 남자의 이미지가 한순간 눈앞에 떠올랐다. 다음에는 침대 끝에 걸터앉아 있던 마이클의 모습이 보였다. 시트 위에 매듭이 지어진 스카프가 놓여 있었다. 백 가지 대화들의 소음이 실내를 가득 채웠고 아주 가까운 데서 희미하게 땀 냄새가 났다.

"이 사탕가게에서 일단 나가자."

웨이터를 불러 한 손으로 글을 쓰는 손짓을 하며 패리스가 말했다.

"내 아파트로 가는 거 어때? 거기는 조용해."

우리는 택시를 타고 첼시로 갔다. 패리스는 아무 말도 하지 않았고, 나는 창밖을 물끄러미 바라보았다. 한 번은 그가 내 팔을 툭툭 두드렸다. 친절한 사람이야, 나는 생각했다. 오늘 밤에도 친절하게 대해주었지. 패리스가 음침하고 말없는 기사에게 돈을 지불했고 나를 자기 건물 안으로 데리고 들어가서 2층의 계단을 올라갔다. 내가 기억하는 아파트는 온통 유리였다. 유리테이블과 초록색 통유리 벽과 거울 여러 개. 패리스가 벽에 달린 스위치로 조정해 신비로운 조명을 어둡게 만들자 투명한 유리가 한층 강조되었다. 낡은 건 아무것도 없었다. 심지어 거대한 금속 책장에 모아둔 책들도 반짝이는 재킷에 꽂혀 새것처럼 보였다. 패리스가 하얀 소파를 가리키고는 내 맞은편에 앉아 브랜디 두 잔을 따랐다.

"미안하지만 스티븐한테 들은 그 뜬소문을 나도 퍼뜨렸어." 그가 말했다.

"별 생각을 안 했어. 가끔은 내가 주둥이로 내쳐 달릴 때가 있거든. 내가 보기에는 그간 상처를 많이 받은 것 같네."

나는 고개를 들고 그를 보았다.

"네 잘못은 아니야. 요즘 내가 과하게 예민해."

눈가가 젖어들었지만 나는 브랜디를 벌컥벌컥 마셨다.

"괜찮아, 아이리스." 그가 말했다.

"나한테는 말해도 돼. 괜찮아."

허락이 떨어지자 나는 필사적인 짐승처럼 그 벌어진 틈새로 냅다 뛰어들었다. 줄줄 다 털어놓았다. 모든 걸 말했다. 클라우스·스티븐·마이클·병원·눈가리개를 했던 밤. 흐느낌이 문장을 끊어놓았지만 어떻게든 입 밖으로 내뱉었고, 진술을 하나씩 할 때마다 "난 모르겠어."라는 멍청한 후렴구로 방점을 찍었다. 말을 하면서 나는 패리스를 보지 않았다. 커다란 창 건너편의 도시에 대고 내 이야기를 했다. 도시의 불빛과 동굴 같은 어둠을 바라보며 말할 수 있었다. 우리는 부두와 강이 가까운, 도시의 서쪽 끝에 있었다. 간간이 차분해지는 시간이 찾아와 보통의 목소리로 말할 때도 있었는데, 그간 있었던 일을 어떻게든 또박또박 설명해 보려고 애쓰다 보면 결국은 또 엉엉 울음이 터져 숨을 쉬려고 헐떡거리며, 코를 훌쩍거리고 괴상한 작은 소리들을 내고 말았다. 이런 막간마다 패리스는 혀를 쯧쯧 차며 공감한다는 듯 추임새를 넣었고, 나는 이를 더 말해도 좋다는 허락으로 받아들여 다시 방향을 잡고 혼란스러운 이야기로 돌아가곤 했다. 마침내 내 고백의 마지막 자락이라고 생각했던 얘기까지 벌컥 쏟아 뱉고 나서 나는 패리스를 보았다.

패리스는 양손으로 술잔을 잡고 하얀 의자에 기대 앉아 있었다. 보이지 않는 천정 등불이 구름 같은 불빛을 드리우고 있었다. 빛살 속에 떠다니는 먼지가 보였다. 그는 눈을 껌벅이더니 하품을 했다. 일 초도 못 되는 찰나의 순간, 치아를 때운 은이 반짝 빛을 반사했다. 나는 앞으로 몸을 숙여 소파 팔걸이를 붙잡았다. 그의 얼굴이 어느 새 변한 것처럼, 내게는 그렇게 보였다. 패리스가 한쪽 입가를 치켜 올려 씩 웃었다.

"나는 경찰이 나오는 대목이 마음에 들어. 눈앞에 선히 보이는 것 같아."

패리스가 웃음을 터뜨렸다.

"웃긴 얘기 아니야." 나는 그를 노려보며 말했다.

"이러지 마, 클라우스." 그 이름을 강조하며 그가 말했다.

"대박 웃기는 얘기야."

"아니야."

나는 고개를 흔들며 말했다. 소파에서 그와 거리를 벌리며 서서히 물러나면서, 계속 그를 응시하고 있었다.

"아이리스." 그는 이제 웃고 있었다.

"좀 객관적으로 봐, 약간의 유머를 가져 보라고. 그냥 한동안 핼로윈 의상을 입고 돌아다닌 거야. 난 이미 그걸 알고 있고 좀 괴상하다고 생각하지만, 너라는 사람을 더 흥미롭게 만들 뿐이야. 스티븐이 여기 어디쯤에서 들어오는데. 이게 좀 실망이었는데 솔직히 따분한 인간이잖아. 그런 인간은 치워버린 게 다행이야. 그 모든 일 때문에 역한 두통이 생긴 거고 한동안 업타운의 신경정신과 병동에 입원해 있었고. 그러다 이름은 몰라도 아무튼 그 남자를 만난 거지. 그냥 그 사람을 할배라고 부르자고. 할배가 어느 날 밤 널 이리 저리 끌고 다니다가 영원히 네 인생에서 사라져 버렸다 이거잖아. 그걸로 대충 요약이 되지, 안 그래?"

나는 벌떡 일어났다. 어지럼증이 나서 몸을 가누어야 했다.

"너는 괴물이야." 그에게 말했다.

충격에 빠진 내 목소리는 작았다. 한 발 뒤로 물러서다 소파에 부딪혔다.

"어이, 들어 봐." 그가 말했다.

"이 모든 일에 기분이 영 안 좋다는 건 알겠는데, 다른 식으로 보면 그냥 휘발되어 버린다고. 아무것도 아니야. 나도 너한테 들려줄 얘기가 수도 없이 많아… 정말이야, 아이리스. 자리에 앉지 그래."

"믿을 수가 없어. 한 시간 전만 해도 온몸에서 선의를 풍기는, 공감에 찬 친구였잖아. 이제는 대체 어떤 사람이 된 거지?"

"왜 그렇게 흥분하는지 모르겠네. 너를 갖고 재미 좀 봤다, 그래서 뭐?"

"패리스, 너를 믿었으니까 말해준 거야. 우리는 친구였잖아."

그는 텅 빈 눈으로 나를 보았다.

"개소리."

그는 언성을 높이지도 않고 말했다.

"나는 편리한 친구였지. 가끔씩 기분 전환도 되고, 하지만 진지하게 고려해볼 상대는 아니었잖아. 주연감이라고 하기 힘드니까. 난 땅꼬마라는 거, 기억해?"

그는 손에 든 잔을 돌리며 어깨를 으쓱했다.

욕지기가 올라왔다. 코냑 때문이야, 나는 생각했다. 평형감각을 되찾으려고 다리를 벌리고 섰다.

"너 진짜 이름이 뭐야?" 내가 말했다.

그는 꼼짝도 않고 의자에 앉아 있었다. 정곡을 찌른 거야,
나는 혼자 생각했다.

"부모님이 주신 이름. 뭐야?"

그는 눈도 깜박하지 않았다.

"혹시 프레드 아니야?"

"아니, 아니야."

"아놀드." 내가 말했다.

"아놀드 귀엽네. 에이브·앨프리드·애브너. 맙소사, 가능성
이 수천 개는 되네. 버디·버트·버트런드·브라이언·빌리·
버스터·케일럽·커티스. 그것도 좋네."

이름들이 내 머릿속으로 날아올랐다.

"알파벳은 잊어버려야겠다."

나의 히스테리아가 격해지고 있었다.

"딕·딕키·릭·릭키·병신."

독설을 했더니 기분이 좋아졌다.

"존·조니·거시기·작은 거시기·그냥 거시기·올리버·월
터·앨런·조지. 뭐였어?"

패리스의 미소는 평온했다.

"넌 미쳤어."

그는 손가락으로 브랜디를 찍더니 빨아먹었다.

"좀 진정하지 그래."

실내의 거울상을 보니 멀미가 났다. 나는 눈을 감았다.

"어쩌면 이름 뒤에 '2세'가 붙었을지도 모르겠네. 밥 2세? 꼬마 짐. 넌 주니어지, 안 그래?"

그를 바라보았다. 내 입이 걷잡을 수 없이 덜덜 떨리고 있었다.

"건드리지 마." 그가 말했다.

"넌 취했어."

나는 숨을 몰아쉬었다. 이제 좀 진정된 목소리였다.

"네 이름이 뭔지 몰라도, 너한테는 끔찍스럽겠지. 누구의 인생이든 형편없는 농담으로 바꿀 수 있어―내 인생도, 네 인생도―하지만 왜 그래야 하지? 넌 내가 얘기를 하길 바랐지. 네가 부추겼잖아. 이유가 뭐야? 뜻밖에 벼락처럼 내리친 진짜 감정? 소위 엣지를 위해서? 커다랗고 못된 도시에서 약간의 권력을 위해서? 그런 거야? 대체 나를 어디에 쓰려고 했던 거야? 너한테 좋을 게 없는데."

"똑바로 서지도 못하는 주제에 입은 살아가지고." 그가 말했다.

"하지만 넌 자신을 속이고 있어. 넌 한 번도 내가 진지한 걸 좋아한 적이 없잖아. 나한테 홀린 거지. 그게 유일하게 중요한 거야, 아이리스. 넌 하는 짓만큼 그렇게 고고하고 고상하지 않아. 사실 규칙이라는 게 아예 없어, 실제로는 없다고. 규칙을 누가 만들지? 신? 내 생각에 너는 더러운 데 관심이 있어, 일 말의 잔혹성에 끌리지. 흥분되니까. 인생은 서커스라고, 내 사 랑하는 친구야. 그런데 왜 저항하는 거지?"

패리스가 팔을 벌리더니 자기 쪽으로 오라고 손짓을 했다.

방이 움직였다. 시야가 불안정했다.

"정말 그게 진심이야, 그런 거야?" 내가 물었다.

그가 고개를 끄덕였다.

"키스해 줘."

그는 이렇게 말하며 손가락을 자기 입술에 대었다.

"궁금하지 않아? 어떤 느낌인지."

"난 간다." 내가 말했다.

"지금 당장 갈 거야."

그가 일어났다. 초록색 재킷은 꼬깃꼬깃 온통 주름투성이 였다. 난 기가 찬다는 눈빛으로 그 멍청한 헤어스타일을 바라 보았다. 그가 손가락으로 내 팔을 건드렸다. 난 꼼짝도 하지 않았다. 그는 내 손을 잡고 빤히 쳐다보다 엄지로 내 손바닥 을 문질렀다. 그러다 손을 놓자 내 팔이 나무토막처럼 툭 떨 어졌다.

"아무래도 오늘밤엔 안 되겠다." 그가 말했다.

"택시 불러줄게."

"싫어." 내가 말했다. 그리고 문 쪽으로 걸어갔다. 패리스가 내 앞으로 질러 달려가 문을 열었다. 나는 복도에서 돌아서서 그의 머리 위로 보이는 방안을 보았다. 아무 말도 하지 않을 거야, 나는 생각했다. 패리스는 한손으로 문틀을 잡고 있었다.

"뭐, 그럼 잘 가." 그가 말했다. "연락할게."

나는 그 눈을 똑바로 보았다. 그리고 아주 천천히 고개를 오른쪽으로, 그리고 왼쪽으로 돌렸다. 소리 없는 거절이었다.

패리스가 갑자기 문을 잡고 있던 손을 떼더니 홱 내 쪽으로 달려들어 드레스 천을 밀며 사타구니를 노렸다.

내 어깨와 턱이 부르르 떨렸다. 그대로 돌아서서 계단으로 가서 난간을 꼭 잡고 내려갔다. 어두운 거리로 나서자 욕지기가 올라와 건물들 사이에서 토했다. 일이 분쯤일까, 아주 가만히 서 있으면서 내 숨소리를 들었다. 그리고 구두를 벗고 지하철로 달려갔다. 사람들이 하는 말대로 지옥에서 내빼는 박쥐처럼 죽도록 내달렸다.

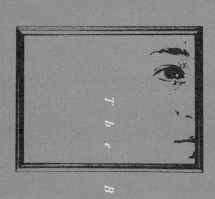

The Blindfold

불안한 젊음의 미궁을 지나서

김선형(번역가)

누군가 물었다. 시간을 되돌릴 수 있다면 언제로 돌아가고 싶으냐고. 그때 생각했다. 젊음은 참으로 좋은 것이지만 이십 대로는 다시는 돌아가고 싶지 않다고. 꽃처럼 아름답다고 하는 그 시절이 왜 그렇게 힘들고 불안했는지. 매혹하고 매혹당하고 상처를 받고 또 상처를 주었던 그 시절. 낯선 캠퍼스가, 처음 만나는 교수와 동료들이, 처음 해보는 연애가, 새로운 직장이, 어쩌면 그렇게 미노타우루스의 미로처럼 어지럽고 스핑크스와의 대화처럼 막막했는지. 반려자도 직업도 살 곳도 아무것도 정해지지 않은 이십대, 그 미정의 상태는 아마도 찬란하고 무한한 가능성의 다른 이름이었겠지만 어쩐지 허덕허덕

밭은 숨을 몰아쉬며 견뎌내야 했던 깜깜한 터널의 체감으로 기억되기도 한다.

《당신을 믿고 추락하던 밤》은 이 막막하고 불안한 젊음의 체감을 날카롭게 포착해 최대치로 증폭한 기묘한 스릴러다. 문학의 역사에서 '청춘'은 끝없이 화려하게 미화되어 숭배되고 찬양받아온 불멸의 소재다. 하지만 자칫 잘못된 선택을 하면 삶이 나락으로 굴러 떨어질 것만 같던, 그래서 어쩐지 외줄타기 곡예처럼 느껴지던 그 생생한 불안감을 날것으로 픽션의 영역으로 끌고 들어온 사례는 찾기 힘들다. 그런데 이소설, 《당신을 믿고 추락하던 밤》은 청춘의 이면에 도사린 섬뜩한 공포와 우울증에 현미경처럼 미시적인 시선을 가차 없이 들이민다. 내 맘 같지 않은 남자친구의 배회하는 눈빛에 배신을 읽고 휘청거리기도 하고, 돈이 없어 배를 곯아도 이상하게 부모님께 손을 벌릴 수 없어 고민하고, 동의할 수 없는 사진이 자기도 모르게 가십으로 유포되고 있다는 피해의식에 시달리기도 하고, 졸업논문을 써야 하는데 편두통에 시달리며 피폐해져 버리기도 하고, 젠더 정체성을 의심해보기도 하고, 그러다 나이 많고 현명해 보이는 어른의 매력에 속절없이 이끌리기도 하는, 누구나 정도의 차이는 있지만 한 번쯤 겪어 보았을 만한, 어쩌면 평범한 성장과 독립의 과정이 수백

배 수천 배의 미시적 경험으로 확대 묘사되어 낱낱이 해부되는 서늘한 느낌.

이 특이한 소설의 중심에 놓인 것은, 병적으로 예민한 감수성과 극도로 발달한 지성을 겸비한 한 젊은 여성의 의식이다. 컬럼비아 대학원에서 영문학을 전공하는 재원 아이리스 베건이 세상을 바라보는 눈이 카메라의 렌즈처럼 현실과 독자 사이를 중재한다. 주인공의 이름 아이리스는 여러 모로 의미심장한 이름이다. 작가 시리 허스트베트(그녀 역시 컬럼비아 대학원에서 영문학을 전공했다)의 이름인 Siri를 거꾸로 쓰면 Iris가 되기 때문이다. 게다가 영어로 Iris는 홍채라는 뜻이니, 말 그대로 '눈eye'이 되는가 하면 동시에 궁극의 일인칭 시점인 '나I'이기도 하다. 아이리스를 중심으로 한 일인칭의 관점, 작가와 독자와 주인공이 혼연일체가 되는 철저한 주관성은 이 소설의 형식이자 내용을 규정한다. 이 소설에서 벌어지는 그 어떤 사건도 끝내 객관적이고 합리적으로 파악되지 않는다. 걷잡을 수 없는 상상력과 병적인 피해의식을 지닌 아이리스의 시선을 통과하면, 지극히 일상적인 몸짓 하나, 지극히 일상적인 말 한 마디에도 수만 가지의 함의들이 따라붙는다. 그러나 어디까지가 실체 없는 허구의 소산이며 어디까지가 객관적 현실인지 파악할 길은 없다. 그 둘이 분리할 수 없이 뒤섞인 상태가 아이리스가 체감하는 현상으로서의 현실이기 때문이다. 아이리스의 의식을 투과하면 현실은 증폭된다. 그저 더러운 장갑 한 짝, 뭔가 붉은 물질에 오염된 솜뭉치, 평범한 일상의 흔적에 불과할지 모르는 사물인데도, 아이리스는 거리를 두고 무심하게 묘사하는 작업이 불가능하다는 걸 깨닫는다. 어쩔 수 없이 좋아하는 손으로 난간을 쓸어보는 젊은 여자, 피범벅으로 난자되어 죽어간 젊은 여자를 복원하고 상상하려 애쓰지 않을 수 없다. 하지만 그래서 결국 대체 무슨 일이 어떻게 된 것인지 시원하게 밝혀주는 객관적인 삼인칭의 화자, 흔히 신이라고 하고 권위라고 하는 환한 조명이 이 소설에는 끝까지 없다. 그러니 아이리스의 '눈'은 눈가리개를 하고 현실을 더듬는 불완전한 인식이다. 가려진 것은 무섭다. 숨어 있는 것은 불안하다. 답답하다 못해 좌절감을 불러일으키는 이 좁디좁은 시야가 바로 예민한 젊은 여자가 생경한 도시에서 타자와 맞닥뜨리는 체감을 구성한다. 그 국한된 시선이 공포의 근원이자 이야기의 원천이다. 소설은 정체성이 불안한 미완의 자아가 타자를 만나 흔들리는 경계를 모색하는 일련의 경험을 피부의 솜털 한 올 한 올이 쭈뼛쭈뼛 돋는 소름끼치는 감각으로 재현한다.

하지만 가려지고 숨어 있는 것은 상상력을 자극하기에, 무서운 만큼 매혹적이다. 자아와 타자 사이에 존재하는 허구와 현실이 뒤섞인 황혼지대, 나와 네가 뒤섞이고 어우러질 때 흔들리는 경계선에서 탄생하는 이야기에는 에로스와 타나토스가 함께 어우러진다. 아이리스는 자신의 정체성에 가해지는 위협의 가능성을 선명하게 상상하면서도 언제나 미지의 타자를 믿고 몸을 던지는 용기를 지니고 있다. 모닝 씨의 배후조종에 정면으로 맞서고 조지의 카메라에 자아를 '노출'하고 마이클 로즈 교수를 믿고 위험한 밤거리를 눈가리개를 하고 걷는다. 멸절의 위협에도 불구하고 자아를 방기하고 타자에게 존재를 맡기는 용기를 호세 오르테가 이 가세트는 '사랑'이라고 부른다. 나는 아이리스가 이 소설에서 잇달아 만나는 모든 타자들과 분명 사랑에 빠졌다고 느꼈고 그것이 아이리스의 일상을 기기묘묘한 모험으로 바꿨다고 생각한다.

아이리스가 만나는 이들은 각자 다른 방식으로 아이리스와 뒤섞이고 아이리스의 정체성을 위협하며 동시에 짜릿하고 도착적인 에로티시즘을, 일상에서 멀어진 판타지의 체험을 제공한다. 죽은 여자의 소지품에 페티시가 있는 모닝 씨의 달처럼 흰 목덜미와 흐트러진 매무새, 불충하고 의뭉스러운 스티븐의 마술 같이 매혹적인 육체, 에로틱한 자아 방기의 순간을 사지 훼손의 위협으로 바꾸어 재현한 조지의 사진, 편두통에 시달리며 꿈과 현실을 오가는 혼미한 상태에서 입안을 침습해 들어오던 O 부인의 젖은 혀, 정체성의 근원까지 흡입하려 드는 허구적 캐릭터 클라우스, 실크 눈가리개를 한 아이리스를 곁에서 보호하며 뉴욕의 밤거리를 함께 걸을 만큼 전적인 믿음을 주었던 마이클 로즈 교수의 강간 시도, 이 모든 아이리스의 이야기를 왜곡하고 전유하려는 뒤틀린 패리스까지. 이들은 모두 아이리스가 마주치는 아름답고 이상한 괴물들, 말하자면 사이클롭스고 사이렌이다. 이들과의 조우가 강간으로·위협으로·폭력으로·인격적 살해로 화하는 찰나들을 몸으로·마음으로·지성과 감성으로·온 존재로 겪으면서 아이리스는 힘겹게 정체성의 경계를 구획하려는 사투를 벌인다. 스스로 자처한 모험에서 사투를 벌이고 "지옥에서 내빼는 박쥐처럼 도망쳐" 살아남는 아이리스는 정체성을 스스로 결정하는 힘, 주도권을 쥐고 창작하는 힘을 아주 서서히 획득한다. 시각과 함께 평형감각이 사라지고, 자아가 녹아 사라져 버릴 듯한 암흑을 헤치고 힘겹게 집을 찾아가는 아이리스 베건의 이상하고 아름다운 모험은 정말이지 "오디세이가 무색하다."

이 소설은 날카로운 청춘의 한 시기에, 사랑 또는 죽음이 도사린 캄캄한 미궁 속으로 '당신을 믿고 추락했던' 경험을 통해 독특한 여성 작가의 사이키가 피닉스처럼 태어나는 과정을 그린다. 자아와 타자가 위태롭게 얽히는 순간, 감각과 지성과 감정이 총체적으로 발동하는 강렬한 에로티시즘은 이 소설에서 탄생해서 지금까지도 시리 허스트베트의 글쓰기를 여전히 가르고 있다.

당신을 믿고 추락하던 밤

첫판 1쇄 펴낸날 2017년 3월 29일
첫판 2쇄 펴낸날 2018년 5월 1일

지은이 | 시리 허스트베트
옮긴이 | 김선형
펴낸이 | 박남희

펴낸곳 | (주)뮤진트리
출판등록 | 2007년 11월 28일 제2015-000059호
주소 | 서울시 마포구 토정로 135 (상수동) M빌딩
전화 | (02)2676-7117 팩스 | (02)2676-5261
전자우편 | geist6@hanmail.net
홈페이지 | www.mujintree.com

ⓒ 뮤진트리, 2017

ISBN 979-11-6111-001-1 03840

• 책값은 뒤표지에 있습니다.